U0006014

GOBOOKS
& SITAK
GROUP©

我就想蹭
你的氣運
明桂載酒 著
上

目錄
CONTENTS

第一章　時髦值

《藍色生死戀》看過嗎？明溪目前的狀況和那個反派女配真千金有點像。

真千金流落鄉野，時隔幾年才被找回，卻發現那個家已經有了個更加明秀活潑、天真嬌憨的少女，這十五年來早就全方位地替代她了。

唯一的區別就是，我可能更加傻。明溪悲憤地心想。

這兩年來，她很努力去討好這一家人，不忘記每一個人的生日和喜好。

她小心翼翼地替母親捏捏肩，母親卻一臉尷尬，站起來就往樓上走：「不必了。」

她和一家人去餐廳吃飯，服務員將湯打翻，她眼瞧著湯要淋到大哥趙湛懷身上，立刻起身去擋。結果回過神，一家人已經心急如焚地將大腿濺到了一小塊的趙媛送去醫院了。

等她錯愕地、後知後覺地發現自己臉上也被燙到了一小塊，一家人影都沒了。

第二天只有十五歲的趙宇寧發現。

明溪以為家裡至少有弟弟趙宇寧不會區別對待她。可半個月前的化學競賽只招收一人，當趙宇寧得知趙媛想去之後，居然偷偷拿走了明溪的報名表。

明溪失去了化學競賽的資格。臉頰上多了一小塊淺淺的疤，戴著口罩就是一整年。

趙媛去她朋友的店裡吃冰淇淋，不小心吃到花生醬過敏住院，全家都以為是她故意害趙媛，即便她解釋了也不相信——

這些，都沒問題，她都ＯＫ。

她也沒有多生氣，反正她性子也不好惹，該頂嘴從不憋著。全家人被她氣炸的時候也不在少數。

反正課本上都說水滴還能穿石呢，她多努力幾年，總能聽見回音不是嗎。

結果她錯了。當這一家人好像終於有了徹底接納她的跡象時，她二十三歲，死於腦癌晚期。

這他媽不是——逗她玩呢？這和辛辛苦苦打怪打到最後一關當機升天了有什麼區別？

死了之後明溪才意識到自己根本就是個悲劇。

她原來就是一本書裡的配角。

關於配角趙明溪的一生，省略一下字數概括起來是這樣的：「從小生活在破敗的北方小鎮，十五歲那年被趙家找回，而後便因嫉妒女主趙媛，開始費盡心機搶奪趙媛的家人。在得知趙媛與趙湛懷暗生情愫之後，更是讓閨密橫插一腳……最後患癌症而死，死後所有人都原諒了她。」

「搶奪」？？？

等等，家人不是原本就是她的嗎？難道她上輩子的所作所為都被這本書定義為「搶奪」

女主趙媛的東西？

憑什麼——就憑趙媛是上天眷顧的寵兒、柔弱無骨的小百合、氣運之女嗎？

還有，趙媛居然和大哥趙湛懷有一腿？

明溪的表情宛如老爺爺看手機般迷惑。

不知道是死的姿勢不對還是怎樣，總之，明溪在結束了她短暫的二十三年工具人的一生之後，居然又穿回了十七歲。

這一次她多了一個「女配幫扶系統」。

系統：『妳的設定就是不得好死的反派，所以氣運肯定為負。走路被車撞、喝口冷水都塞牙、得個病十拿九穩必定是絕症。但是妳想想，要是妳能悄悄地把自己變成正派呢？』

明溪愣道：「什麼意思？」

系統：『意思就是讓妳去蹭別人的氣運。男女主趙媛和趙湛懷的氣運妳肯定是沾不到的，但是妳可以蹭一下一些非主角、人氣值卻比較高的人物的氣運。氣運蹭著蹭著妳這個絕症說不定能好。』

明溪一拍大腿：「我懂了，意思就是去和時髦值高的角色做朋友？」

每本書裡除了男女主之外，都還有一些露面次數比較少，但是人設人氣值卻很高的大神角色。

讀者喜歡這些角色，她就經常出現在這些角色身邊，多露露臉，辦幾件好事，一來二去，不就能蹭到一點氣運了嘛。

系統非常欣慰：『不愧是我看上的貧困女配，一點就通。』

誰不想好好活下去呢。即便上輩子活得稀裡糊塗，活得像個傻瓜，但既然有了重來一次的機會，明溪就要好好把握！

更何況患上絕症後嘔吐、低燒、消瘦的滋味她再也不想體會了。

系統：『而且沾上氣運之後，妳臉上的傷應該會恢復得很快。』

明溪摸了摸左邊臉頰，眼睛亮了亮。

因為燙傷的部位不是別處，而是臉，為了不留下疤痕，醫生建議她一年四季都要防曬，直到皮膚恢復。

這便導致她戴了一年口罩，遮住了原本美麗的容貌。

系統給了明溪一份《可蹭人員名單》，明溪粗略看了一下，名單上的名字還挺多。

但是似乎只有前幾位回報率高一點，分別是百年財團大族傅家嫡孫傅陽曦、次孫傅至意，還有赫赫有名的姜家姜修秋。

這三位明溪都有所耳聞，都是學校的風雲人物。

再往下就是各個年級的學霸、級草之類的人物。明溪所在的高三六班的憨憨班長居然也在上面！明溪頓時一喜，她和自己班上的班長的關係還挺好！

……不過班長已經排到第一百零八名了，而且後面括弧內氣運回報率僅為百分之零點零零零零零一——這上榜了和沒上榜有什麼區別？？？

明溪頓時感到眼前一黑。

她捏著救命名單，起身倒了杯水壓壓驚：「我覺得我現在當務之急是先去做個體檢。」

上輩子她是二十三歲死的，現在她才十七，萬一還沒得癌症，或者還處於癌症早期，還有得救呢？

『沒那個必要。』系統道：『說穿了妳死於絕症根本不是身體問題，而是妳作為反派的氣運問題。妳即便去醫院檢查出來什麼，提前治療，妳的氣運值不改變，到了那個時間妳還是會死。死於車禍和死於癌症有什麼區別嗎？』

明溪聽著系統的話，悲從中來，哇地一聲哭出來。

所以唯一的路就是眼前這份名單了。

回報率百分之六，一騎絕塵、排在第一的傅陽曦聽說極其不好惹，張揚跋扈，肆意妄為，放在別的文裡那就是冰山校霸中的天花板。

但即便如此，有了傅家順位繼承人的這層身分，所有人還是卯足了勁往他身邊湊。

光是要和他說上一句話就很難。

明溪知難而退，視線往下。傅至意目前在國外讀書，沒聽說有要回來的跡象。

而這個姜修秋——好像聽說人還不錯，上學期還見他溫柔有禮地上臺發表演講。應該是最好做朋友的了。

但是，這兩人的回報率怎麼分別都只有百分之二啊？！丟分了啊！

算了，蚊子腿再小也是肉。

明溪決定先不確定目標，能揪到哪位氣運大神就揪到哪位。

『剛好妳上週的成績排名不是全年級前三嗎，按照你們學校規定，前五名都可以自由轉班的吧？』

明溪非常上道：「你是覺得我先轉到全是貴胄子弟的國際班再說？」

系統道：『對，和這些人處在同一個班級，也能沾點氣運，雖然不多，但聊勝於無。』

明溪所在的A中高三除了普通班，還有國際班、常青班、金牌班等。

後兩者見名知意，自然就是課業成績特別優異的班級，和專門參加全國競賽的班級。

而國際班則是一群名門望族的繼承人不學無術的地方了。

上輩子明溪也是這個時間點，從普通班轉去了金牌班。

其中很重要的一個原因是，和她定了娃娃親的沈厲堯就在金牌班。

上輩子她有點沒臉沒皮，的確很喜歡沈厲堯，畢竟沈厲堯英俊帥氣還優秀，就是性格冷了一點。

而且沈厲堯還對她和趙媛一視同仁——當然，是對她和趙媛都冷淡傲慢就是了。

但這一點依然很吸引明溪。

只不過後來沒追上，也就不了了之了。

明溪也懶得再回想這些事情，當前還是命要緊。

死都死過一次了，什麼家人、什麼沈厲堯，還重要嗎？

「行，我現在申請，應該明天就能去國際班報到了。」

明溪行動能力很強，她立刻走到書桌旁邊打開電腦，將已經填好的資料稍稍修改一下，把金牌班改成國際班，就傳到了教務主任的郵箱。

辦完這件事，她將行李箱打開攤在地上，開始將衣服一件件地收進去。

房門外響起幾聲急促的敲門聲，是趙宇寧壓低了的聲音：「明溪姐，媛媛姐今天出院，剛剛到家。妳躲在房間裡幹什麼？趁著一家人都在樓下，好好對媛媛姐道個歉，過敏這事也就算了！」

前幾天家裡剛大鬧了一場。

趙媛在賀漾家的連鎖甜品店裡花生醬過敏，賀漾是明溪的朋友，家裡人認為這事和明溪有關係。

明溪氣得衝去賀漾店裡一幀一幀地查監視器畫面，但是哪那麼容易，她熬紅了眼睛也無法自證清白。

所以明溪覺得自己傻，沒做過的事，怎麼自證清白？

上輩子她就那麼在意家人的眼光？生怕他們討厭自己？

以至於作繭自縛。

明溪拉上行李箱的拉鍊，打開門。

趙宇寧差點摔進來，剛要勸，忽地見了明溪的行李箱，臉色也立刻臭了：「趙明溪，妳又要玩這一套？這次是離家出走還是去學校住？過幾天還不得乖乖回來？就為了這點小事，至於嗎？」

「這是小事？」明溪臉色冷冰冰，行李箱輪子差點碾到趙宇寧腳上：「讓開！」

趙宇寧連忙退了一步，看著明溪的臉色，愣了愣。

家裡人要麼不喜歡明溪，要麼對明溪態度很疏離。明溪剛到家那年他才十三四歲，因此他算是和明溪關係最好的。

相處兩年，他還沒見過明溪用這種冷刀子般恨不得劃清關係的態度對待他——明溪對他，對家裡人的態度一直帶著點討好。

趙宇寧一時之間倒也沒想太多。

他脾氣也上來了：「這難道不是小事嗎？就算媛媛姐過敏和妳沒關係——我相信妳，我信妳行了吧？但媛媛姐現在剛出院，妳去說幾句貼心的話會死啊。妳就是這種倔脾氣，所以一家人都跟妳相處不好！」

「相處不好就別相處了。」

趙宇寧腳步頓在原地，不可思議地看著明溪的背影。

趙明溪這句話居然不帶任何情緒，而是直截了當的陳述。而且她眼睛沒紅，也沒多看他一眼，看起來竟然不像是以前那種賭氣的話。

不知道為什麼趙宇寧心頭湧出一絲不大好的預感。

他跟下樓。

明溪拖著行李下來，接趙媛回家的一家人見到這一幕，臉色都有點難看。

趙父還在公司，趙墨則在國外拍戲。

趙母扶著剛出院的趙媛在沙發上坐下，厭煩地抬眸看了明溪一眼：「妳又要幹什麼，怎麼就不能安分幾天？」

趙家除了明溪和趙媛，還有其餘五個人。

趙父一心撲在事業上，不怎麼管家裡的事。

二哥趙墨則是娛樂圈十八線小藝人，對明溪一貫看不順眼，不是嘲諷就是毒舌，好在他行程飛來飛去，一年沒幾天在家。

在家最多的除了弟弟趙宇寧、趙母，就是掌管著一家公司的大哥趙湛懷。

他作為男主角，氣質禁欲出眾，性格倒是較為溫和。但是當明溪從系統那裡得知，他之後會和趙媛有感情線，明溪就沒辦法直視他了。

趙母一向不怎麼喜歡明溪，明溪也懶得和她多說，徑直走到趙湛懷面前，掏出兩張紙：「幫我簽個名。」

趙湛懷有些頭疼：「明溪，不要無理取鬧，這次——」

明溪打斷他：「簽個名就行了，我去住校。」

她一雙眼睛黑白分明，冷靜漠然，不似以往哭鬧。

趙湛懷敏銳地察覺到今天的明溪有點不對勁，但是具體哪裡不對也說不上來。

「幫她簽了！」趙母先一臉怒容：「一天天地把家裡弄得烏煙瘴氣的，要去學校住就去，別攔她！家裡能彌補給妳的也早就彌補了，妳到底還想要什麼？」

趙湛懷其實很寬容，他沒有怪過明溪。他覺得明溪像個長不大的小孩子，她的叛逆都只是為了奪走家裡人放在媛媛身上的注意力。

但是人畢竟是情感動物，他們一家人和趙媛已經有了十五年的感情，這一點，是誰也搶不走的。

或許該讓明溪去學校吃吃苦，過段時間她就會想明白這一點，乖順地回來了。

她如果不再和趙媛搶的話，趙湛懷也能把她當成親妹妹對待。

趙湛懷漫不經心地簽了名。

一張是住校申請書，另一張是轉班申請。

他早就聽趙媛說過，趙明溪在學校一直纏著沈家那小子，似乎想轉去他所在的班級。

明溪等著他簽完名，將紙一抽，拖著行李轉頭走出了趙家的大門。

九月的天空氣微冷，但映入眼簾卻是一片金黃。明溪輕輕吸了口氣，戴上了口罩，這一次她還有時間，還能改變自己的命運。這輩子不再將時間浪費在討好這一家人身上，一切都來得及。

趙母睇了眼她這態度，氣得頭疼：「等著吧，這死丫頭過幾天又要哭著回來。」

趙湛懷則將筆蓋上，覺得不大對勁，問趙媛：「妳不是說明溪是想申請去金牌班？」

「對呀，哥。」

剛剛一直沒說話的趙媛從趙母懷裡支起腦袋，「明溪一直追著厲堯哥哥跑，在學校傳得……總之傳得挺不好的，厲堯哥哥最近都不來我們家，恐怕也是圖個清靜。」

「那剛剛她申請表上怎麼填的是轉去國際班？」

趙媛和趙宇寧都愣住，愕然：「這不可能呀。」

離開趙家比明溪想像得簡單。

事實證明的確是上輩子的她作繭自縛，一旦她自己先捨棄掉這些家人，她就根本不會再有那些庸人自擾的難過情緒。

明溪現在一門心思都在如何保住自己的小命上。她行動力很快，翌日清晨處理好轉班手續後，就開始搬書。

系統給了明溪一盆光禿禿、只有土壤的盆栽——只有明溪自己看得見。

『妳的氣運每積攢多一點，就會長出一根小嫩芽。只有盆栽全部長滿，壓在妳身上的反派負面氣運基本上才會被消除。到那個時候妳的下場才不會再是『不得好死』。』

『甚至如果妳把盆栽種得足夠茂密的話，妳的氣運還有可能超過趙媛。』

明溪問：「那會對這些被蹭的本人有影響嗎？」

『那倒不會，Wi-Fi聽說過嗎？妳蹭他們的氣運，但是他們本身的氣運不會變少。』

明溪放心了。

她拿到盆栽後心潮澎湃，特地在六班班長身上試了下，臨走之前和班長來了個大大的擁抱。

六班班長受寵若驚。

明溪一邊與班長深情相擁，一邊用眼珠子全神貫注地盯著空中的那盆盆栽，宛如等待妻子生產的丈夫。

……結果足足抱了三分鐘，盆栽裡光禿禿的土堆動都沒動一下。

彷彿靜止的圖片。

明溪：「……」

系統安慰道：『你們班長實在是太不起眼了些，回報率只有百分之零點零零零零零一，妳還是把心思花在名單前排的人身上吧。』

明溪整個人都不好了。

這盆土有她腦袋大，她要種樹種到何年何月？！還超過趙媛呢，她已經變得佛系了，只求不身患絕症不治而亡就行了。

明溪帶著一顆受傷的心，氣喘吁吁地和班長一起把書搬到了常青班、金牌班和國際班所在的那一棟大樓下。

她穿著寬大深色的A中校服，烏黑的長髮及鎖骨，皮膚偏冷白，頸間掛著一條紅繩，繫著玉。

她白皙的鼻尖上汗水涔涔，臉上一如既往地戴著口罩。

這口罩讓明溪感到難以呼吸。但她不能輕易揭開。

她上輩子就是沒聽醫生叮囑，不戴口罩，只塗防曬乳，結果臉上一直有塊淡淡的印子，除疤藥膏也沒什麼效果。

遠看倒是看不太出來什麼，一旦近看，就像是美麗無暇的花瓶上多了一小塊汙漬，是會令造物主痛恨「天道不公，非要在完美事物上劃一道痕跡」的程度。

要是她臉好了，校花可能也輪不到趙媛。

明溪也很無奈，可能就因為她是反派，所以處處都會被壓一頭。

總之，這輩子一定要忍住，等傷口徹底好了再說。

沈厲堯正在處理那些人趁著週末塞進他桌子裡的禮物。他桌子裡未完成的電路板、厚厚的競賽題冊都被禮物盒子擠成一團。

垃圾桶「哐當」一聲被他拎到桌子旁邊。

他垂著眼，看也不看，將桌子裡亂七八糟的禮物全掃進去。

他用兩根手指頭將一張粉紅色的信夾出來。

送情書的人大約是怕他看也不看就扔掉，特地將穿過信封的窄絲綢打了個死結，牢牢繫在他丟在桌子抽屜裡的一塊金牌上。

沈厲堯清冷的眉梢擰得可以夾死蒼蠅。

下一秒，「啪嗒」一聲，情書和金牌一併被丟在了垃圾桶裡。

幾個趴在窗戶旁邊的人忽然出聲：「——那不是趙明溪嗎？她在搬東西過來？我靠，她還真的考進了前五！」

沈厲堯正拉開椅子，動作驀地一頓。

葉柏從窗邊扭頭：「我靠，堯神，你知道我們剛剛看見了什麼嗎？趙明溪就在樓下！她也真的厲害了，不到黃河心不死，起早貪黑念了一整年——就為了和你同班，你有什麼感想？」

「無聊。」

沈厲堯神色似乎沒什麼波動，他坐下來，垂下眼，將小型機器人電路板接上：「普通班前五名可以自由轉班是學校的規定，這是她的權利，與我無關。」

「都要同班了欸，她轉到我們班上對你進一步死纏爛打怎麼辦？」

「成績剛公布她就搬東西過來了，這行動力也太快了！」

沈厲堯依舊眼皮也不掀，冷冷道：「我不早戀。」

一干人等的八卦小火苗都被沈厲堯的冷淡澆滅。

趙明溪一年前轉學過來，臉上的口罩就沒摘下來過，聽說是臉頰不小心受傷，為了防曬。不過金牌班裡倒也沒什麼人對她的臉感興趣，應該就長得中等偏上，平平無奇。

他們感興趣的是趙明溪追沈厲堯這件事，這女生夠猛，夠有毅力，居然鍥而不捨地從她們二十幾個普通班的年級中游爬到了前五。就為了轉班過來。

但是見沈厲堯的冷淡樣子，也知道沈厲堯對這世交家的女生毫無興趣。

葉柏摸了摸鼻子：「不過你放心好了，她來我們班，要是進度跟不上，還是得回她原先的班級，她待不了多久的。如果纏你纏得緊，耽誤你競賽，老師恐怕也會趕她回去。」

沈厲堯皺眉，正要說話。

外面走廊出現了趙明溪和班長的身影。

「來了來了。」有人笑道：「堯神，你接下來的日子可多采多姿了，你自求多福——」

然而，話還沒說完，卻見趙明溪和六班班長搬著書，就這樣從走廊外走過去了。

「……」

金牌班裡的空氣頓時靜了五秒鐘。

葉柏一臉錯愕：「前面是國際班，她是走錯了嗎？」

隔壁金牌班是怎麼想的，明溪沒有心思去考慮。

她抱著書從國際班後門口走進去時，眼前忽然毫無徵兆地一陣陣發黑，彷彿踩在棉花上。

「我上輩子有時也會這樣，我還以為我是低血糖，等等——」明溪突然驚醒：「這不會是我絕症的前兆吧？」

『是啊，不然妳以為呢？』系統：『人家小說也是講究邏輯和伏筆的好嗎，反派再討人厭也不可能突然來場病死翹翹。肯定會透過『趙明溪莫名感到身體不適』、『趙明溪腳踝上瘀青久久不散』這樣的細節句子來鋪墊和暗示讀者。』

「……」明溪沒有和系統調侃的力氣了。她抱著書，搖搖晃晃，眼前一片黑之餘，還出現了幾個趴在不同座位上的淺白色的光團。

系統道：『那是氣運，越亮的在我給妳的名單上排行越前。』

明溪整個人宛如瀕臨淹死的魚，想也沒想地就朝著最亮的位置衝去。

虛脫地坐下來後，她雙手一鬆，書本嘩啦啦砸了一地。

顧不上這麼多，她伏在桌上，朝著右側光亮最盛處，深深地吸了口氣。

淡淡的、帶著一些中藥味的松香，就這麼毫無徵兆地充盈了鼻尖，像是乾淨清爽的氧氣灌入大腦，瞬間緩解了明溪的難受。

而她眼前的盆栽忽然也顫顫巍巍地，在邊緣處冒出一根極其細小瘦弱的嫩苗，不到一公釐，看起來約只有一棵完整嫩芽的十分之一——但也令明溪睜大了眼睛，差點喜極而泣。

「這什麼？！怎麼突然冒出來第一棵了？」她喜出望外地問系統。

系統：『妳看看妳旁邊坐的是誰。』

明溪抬頭。

整個國際班死寂無比，所有的視線齊刷刷地釘在她身上。

大家都看著這個陌生的女孩戴著口罩抱著書本走進來，招呼也不打，埋頭就往倒數第二排靠走道的位子一屁股坐下去！

坐下後還對著傅陽曦深深聞了一下。

震驚當中，有人說了一句：「靠，妳真有種。」

還有人壓低聲音提醒：「妳旁邊的是曦哥，妳還聞他，等他睡醒妳就完了。」

曦哥等於傅陽曦？

明溪立刻看向右邊。

映入眼簾的首先是一顆後腦勺，「爺最囂張」的炸紅色刺蝟短髮。

少年趴在桌上，戴著銀色的降噪耳機，拘著運動外套，背對著她正在懶洋洋的睡覺。他身高至少一百八十八公分，因為長腿在桌子之下顯得格外蜷縮，穿黑色長袖，脖頸白皙，還掛著條細細的黑金骷髏鏈子。

從明溪的角度只能看到他半張側臉，右眼眼尾有一顆細小的淚痣，長相俊美逼人，眉稍微擰著，皺得彷彿行走的不羈．屌炸天．殺馬特[1]。

明溪腦子裡立刻蹦出幾個字：「暴躁的笨蛋美人」。

有人問：「妳誰？那個位子從來沒有人坐！」

明溪扭頭看向那人，回答：「我是從普通六班轉來的趙明溪，這個位子為什麼不能坐？」

「妳找死嗎？」那人一臉驚愕：「傅氏太子爺聽說過沒？」

校霸嘛。

有人膽敢坐在他旁邊，肯定是要被威脅一頓、並且承擔起跑腿職責的。

但是明溪巴不得能多做點幫傅陽曦跑腿的事。

多跑幾次她的氣運值豈不是嘩啦啦地來？

橫豎都是要死，明溪不覺得一個十七歲的白癡小屁孩，能比反派厄運給自己帶來更多的威脅。

明溪又趕緊抓緊機會，悄悄地深呼吸，繼續吸了點傅陽曦身上的氣運值。

看著籠罩在他身上的淡淡白光終於一點點過渡到自己身上，雖然只有一點如指甲大小，可以忽略不計，但是好歹讓明溪有了盼頭。

1 殺馬特，即一種次文化。外觀上受哥德次文化或視覺系影響，以誇張的髮型為主要特點。

她好整以暇地將地上的書本一本本撿起來：「嗯，知道了，但這不是沒其他位子可坐嘛，我就先坐這裡了。」

國際班的學生目瞪口呆。

接近傅陽曦的不在少數，但這個戴著口罩連樣子都看不清的女生，還是第一個用這種「破罐子破摔」的態度接近的。

她還吸他。

像吸貓一樣吸曦哥。

天啊。

旁邊這麼吵，傅陽曦醒了。

傅陽曦一醒，沒人敢說話了，都靜悄悄地等著傅陽曦發火。

傅陽曦摘下降噪耳機，隨手扔桌上，無精打采地揉了揉頭髮，動作軟綿綿的。

然後他從桌子抽屜裡翻翻找找，閉著眼睛掏出幾個白色的瓶子，裡面裝著的不知道是維生素還是什麼，嘩啦啦地倒了一堆在手上。

明溪用亮晶晶的眼神，用在大街上看 Wi-Fi、在夏天看冰鎮西瓜、在貓咪咖啡廳裡看最名貴的那隻貓的眼神看著他，捧起他桌上的水遞過去。

「謝了。」傅陽曦剛睡醒，聲音沙啞。

他喝了口水閉著眼將藥吞進去。

嚥下去後他才猛然意識到明溪的存在。

傅陽曦反應很大地站起來，他個高腿長，身後的桌子差點被他撞倒。他居高臨下地看著明溪，臉色一下子拉了下來，渾身寫滿生人勿近：「這女的誰，坐我旁邊幹什麼？」

國際班的人心說，想都不用想，肯定是泡你的啊。

明溪耐著性子，跟自己未來網速最好的 Wi-Fi 解釋了一遍：「我叫趙明溪，剛從普通六班轉過來。」

眾人紛紛心想，居然還是努力考進年級前五，拚了命才轉過來的。

深夜挑燈夜讀、奮筆刷題一定很辛苦吧。

厲害了，這得有多喜歡。

傅陽曦顯然也想到了這一點，略有點不自在，他到了嘴邊的髒話又嚥了回去，但臉色依然暴躁：「立刻換個座位，小爺旁邊從來不坐人。」

明溪就知道沒這麼容易。她屁股磨蹭在椅子上不想動，如果在之前，她早走了。但放眼望去，整個國際班就傅陽曦身上的氣運最旺——她一天多吸一點，指不定十天半個月就能長出好幾棵嫩芽。

「讓我走開，不是跟要了我的命一樣嗎。」

明溪正內心OS，忽然感覺全教室一片靜默。

她一個哆嗦抬起頭，所有人張大嘴巴，目瞪口呆，用驚愕萬分的目光看著她。

傅陽曦耳根生理性發紅，氣急敗壞：「妳、妳說什麼？」

靠。她這時才發現她不小心把內心吐槽說出來了。

「把她課本收拾，幫她搬走。」

傅陽曦剛強硬地冷聲說完，國際班的班導師就夾著一疊書從教室門口怒氣沖沖地進來了，一進來視線就在班級裡搜尋，而後徑直落在傅陽曦身上。

明溪冷不丁地想起這時候的情節。

原文主要聚焦在趙媛、趙湛懷還有她自己身上，著墨在傅陽曦身上的劇情並不多。但明溪記得上輩子正是趙媛出院的次日，學校門口的公告批評了幾個週末參與摩托車越野賽的國際班學生。

當然，以傅陽曦的身分，不可能受到處分，因此名單上都是幾個無關痛癢的學生。

但班導師一進來就盯著傅陽曦，這事應該和傅陽曦有關。

果不其然，下一秒班導師就臉色鐵青地走了過來，摔下一疊報紙：「傅陽曦，你看看你帶頭幹的好事！」

報紙砸在明溪面前，嚇得她眼皮一跳，她看了眼，發現A中學生因這件事上了報。班導師大概是獎金被扣光了，怪不得大發雷霆。

班上的人好像大多數都知道此事，頓時噤聲，沒人說話。

傅陽曦用腳將椅子一勾，大刀闊斧地坐下去，隨手將報紙挑過來一翻，笑出聲：「張老師，什麼年代了，您還看報紙呢。」

班導師氣得火冒三丈，頭冒青筋：「你真當沒人管得了你？你現在立刻給我滾去跑三十圈！不跑完今天我就什麼也不幹，在辦公室等你家長來！」

傅陽曦唇角笑意一下子淡了下來，他盯著班導師，剛要說什麼，身邊的明溪倏然「蹭」地一下站了起來。

「那個，我能不能替他跑？」

國際班本就沒人敢喘氣，這一下更是讓所有人都驚掉了下巴。

系統：『勞力換取氣運是回報率最高的了，如果我沒算錯的話，妳跑完之後，應該至少能長出三棵嫩芽。』

明溪激動得發暈，眼睛發亮，三十圈也就是十二公里，這能蹭到多少氣運？！

明溪因為激動，舉起的手顫悠悠。她忽然覺得達成一盆栽的氣運也沒那麼難，或許她真的可以擺脫患絕症的惡毒女配命運！

眾人心裡卻：靠，有那麼喜歡嗎？

接近傅陽曦的不在少數，但老實說，真的喜歡他們曦哥的異性沒幾個，不是為了錢就是為了傅家。除去這些，頂多送送情書和巧克力就結束了，這還是第一次有人做到這分上。

別說他們瞠目結舌了，就連傅陽曦都是十七歲的人生中第一次見到。

他見過怕他的、巴結他的，也見過說喜歡他的，但很少見到真的為他做點什麼的。

傅陽曦終於側過頭，盯著明溪好好看了眼，少女身段纖細伶仃，肌膚蒼白像玉，舉起的手小巧如蔥，正在微微地顫抖——她明明對三十圈怕得要死，連手都在抖，卻挺身而出。

班導師簡直快氣死了，怒火一下子轉移到了明溪頭上：「好，妳去跑，不跑完不准回來上課！」

「是！」明溪箭一樣衝了出去。

——生怕班導師繼續懲罰傅陽曦、生怕班導師後悔，竟然立刻毫不猶豫地就去跑了嗎？

坐在最後一排的柯成文抬起自己驚掉的下巴，接回去，目瞪口呆地拍了下傅陽曦的後背：「曦哥，我的天吶，你在哪裡招惹這個女生的，這對你簡直——」

找不到合適的形容詞，柯成文用了個非常土氣的「愛得癡狂」。

傅陽曦視線落在窗外，明溪跑下樓的身影，竭力想保持面上的冷漠，但他耳根依然克制不住地紅了起來。

他垂下眼，舔了舔唇，繃住得意和開心。

「唉。」他顯得非常頭疼：「人格魅力，沒有辦法。」

「不能讓她真跑三十圈，不然小爺多丟面子。」他慢悠悠地說：「讓人去體育館代替她。」

「……」

國際班這邊的消息一向長了腿，傳得飛快，才剛下課金牌班這邊就得到了消息。

一個男生從外面衝進來：「勁爆消息，堯神，你解脫啦！聽說趙明溪這次申請轉去的是國際班！」

金牌班因為沈厲堯的緣故，對趙明溪這個最為積極的追求者的姓名如雷貫耳，聞言紛紛轉頭朝後看來，都萬分驚愕。

葉柏：「怎麼可能？？？」

那男生：「而且她現在好像換、換人追了——她好像在追傅陽曦。國際班說她為了傅陽曦，被罰跑了。」

「……」

空氣沉默了五秒鐘。

「趙明溪怎麼了？沈厲堯，她故意的？」葉柏根本不相信。

還追傅陽曦呢，她和傅陽曦之前根本就沒見過。

但是除了這件事，她轉進國際班又是怎麼回事？好不容易考進了前五，有了轉班機會，卻不轉來金牌班。

下個月她還想再考進前五就沒那麼容易了。

「不關你的事。」

沈厲堯不知何時也看向了窗邊，跑道上沒有身影，罰跑一般是在室內體育館。

但在葉柏看過來時，他迅速收回了視線。

他臉色莫名看起來比先前任何一秒都要冷硬：「回你們自己的位子去。」

十二公里，聽著雖然多，但是慢慢跑起來，也只不過是腿快斷了、肺快炸了。要不是涉及生死，明溪也不知道自己怎麼會這麼有毅力，她揮汗如雨地一圈一圈跑下去。

有個國際班的男生跑過來要代替她，被她理也不理地拒絕了。

男生跑回去這樣那樣地轉述了一番。

一下了課，整個國際班都在起鬨。

傳到傅陽曦的耳朵裡，已經變成了新來的轉班生為他跑圈，甘之如飴，一邊跑還一邊帶著幸福的憧憬和微笑。

傅陽曦活了十七年，什麼時候見過這麼猛、且大張旗鼓的追求者？

他心裡的紅色小鳥昂首挺胸，得意洋洋地將羽毛抖了又抖，表面仍端著一副極其不耐煩的樣子，一拍課桌大聲呵斥：「八卦夠了沒？一群大老爺們這麼八婆。」

傅陽曦一凶，起鬨的聲音終於消停了點。

姜修秋這陣子感冒了沒來學校，八卦的小弟打電話給他告知了此事，笑得不停咳嗽，忍不住打電話給傅陽曦。

『不可能吧，你們是不是搞錯了，轉班生興許只是有事求你呢——你說她喜歡你？哈哈哈她能喜歡你什麼呀，喜歡你脾氣爆臉色臭？還是喜歡你髮型殺馬特性格像隻狗？再說了，你除了家裡有幾個臭錢……』

「不會說人話就把嘴縫上！」傅陽曦臉色果然很臭，電話一掛，怒氣沖沖把手機往桌子抽屜裡扔。

得意歸得意，轉班生猛歸猛。

但傅陽曦自然也並不真的認為轉班生是衝著他來的。

八成又是衝著錢來的。

傅陽曦鬱悶地踹了一腳身邊的椅子，打算等轉班生回來後，掏筆錢把她打發了。

而這邊，明溪跑完了三十圈，整個人快要虛脫，也沒回教室，她直接回宿舍沖了個澡，蒙頭睡了一覺。

快十一點半時她醒過來。

她一睜開眼就看見自己的盆栽果真長出了三根完整的小嫩芽！

綠油油的、晶瑩剔透，顫顫巍巍地在電風扇下搖擺。

加上之前坐在傅陽曦身邊猛吸那幾口氣運長出來的嫩芽胚，差不多有三又五分之一根嫩芽了。

明溪整個人驚喜得一激靈，迅速從上鋪爬下來，衝到廁所照了下鏡子。

她白皙的左臉上，顏色比別的地方略深的那一小塊痕跡，幾乎肉眼可見地淡去了非常多。除非對著鏡子看，否則幾乎看不出來。

明溪：「以這樣的速度下去，我很快就能摘口罩了！」

系統：『當然，妳所遭受的這些倒楣事情都和妳作為女配的負面氣運有關，一旦妳吸收了正面的氣運，妳的一切都會順利很多。』

明溪整個人振奮起來，只要她夠努力，惡毒女配的命運是可以改變的！

跑了這麼多圈消耗了大量卡路里，明溪也餓了，她走在去學生餐廳的路上，還在絞盡腦汁地思考能做點什麼，以最短的時間多吸收一點氣運。

這位傅氏太子爺性格果真凶悍不好惹，今天是被班導師罰跑的事情打岔了，他才沒來得及讓人把她書本搬走。

要是沒這件事打岔，她的課本說不定已經被冰冷無情地丟進垃圾桶了。

明溪倒也不生氣，本來就是她有求於人。

她只是感到很頭疼——要做點什麼才能和他套一下近乎？

明溪很快想到了自己最擅長的事情之一，做菜。

前十五年沒有被趙家找回去之前，她一直都是自己做飯照顧養她的奶奶。她經常從小鎮的街坊鄰居那裡得到一些菜的恩惠，然後做好了美味的菜，回報回去。

從大約七八歲時起，就已經有人對她做的菜讚不絕口。

而這兩年來到趙家之後，為了更快地融入趙家，她也經常做幾道拿手菜擺上餐桌。

趙母愛挑刺，但是面對她做的菜也沒話說。

趙宇寧更不必說，每次都是恨不得舔盤子的那一個。甚至有時候還央求她多做兩道菜，第二天帶便當去學校學生餐廳吃。

看來今天放學後她得去一趟賀漾的店裡準備食材。

明溪心中有了主意，腳步輕快不少。

國際班今天上午發生的事，也傳到了趙媛和她朋友鄂小夏耳朵裡。

趙宇寧從高一那邊過來找趙媛吃飯，坐在她們旁邊。

姐弟倆聽常青班的鄂小夏說起此事，雖然很驚訝，但根本不覺得趙明溪是真的換了人追。

開什麼玩笑，她喜歡沈厲堯都是人盡皆知的事情了。

每次沈厲堯來他們家，她打扮漂亮後從二樓衝下來那亮晶晶的眼神，他們又不是沒看到。

「是不是在故意氣厲堯哥？」趙宇寧扒拉著盤子裡的飯菜，食不下嚥：「學生餐廳的飯菜真他媽難吃。」

趙媛把自己盤子裡的肉夾給他，一邊細嚼慢嚥，一邊嘆了口氣：「明溪有時候挺小孩子脾氣，和厲堯哥哥賭氣這件事是，突然離家出走住校也是，媽媽其實很擔心——宇寧，她有沒有和你說什麼時候回家？」

「管她呢，愛回不回！」趙宇寧惱火道：「這一套她玩多少次了，最後哪次不是自己回來了？！」

「你不要生氣。」趙媛勸道：「你和她關係最好，不然你還是去勸勸她。實在不行，我們就等她回來後，統一承認我過敏的事和她沒關係。」

趙宇寧煩躁道：「這次我才不要去，姐姐妳也別管了。我昨晚去看了，她衣櫃裡衣服都還在，媽買給她的衣服她幾乎都沒帶走，說明她根本就沒打算住幾天學校。我不信過幾天她不會灰溜溜地主動回來！」

話雖這麼說，但趙宇寧看著盤子裡毫無顏色的學生餐廳的飯菜，糟心極了。

之前他要麼翻牆出去吃，要麼就是吃趙明溪從家裡帶過來的便當。

趙明溪做的菜很好吃，趙宇寧每天望眼欲穿，上午第四節課還沒下課就往學生餐廳衝，只為了她那一口好吃的。

可以說沒有趙明溪做的便當，他的一天就沒有了靈魂。

前幾次趙明溪即便和家裡吵了架，或者即便和他吵了架——吵得再厲害，也不忘帶便當來。

姐弟倆吵架之後，彆扭又生硬地坐在一起，一頓飯吃完，兩人的悶氣就能消失了。

但今天趙明溪居然一反常態，沒有出現！

趙宇寧一直不著痕跡地朝學生餐廳外看，但一頓飯都快吃完了，根本沒看到明溪的身影！

她去哪了？趙宇寧心想。

是有事所以沒來吃飯？還是忘了中午幫自己帶飯了？還是明明記得，但這次太生氣了於是故意不帶飯給自己？

總之太反常了！

趙宇寧心中憋悶，筷子要將盤子戳爛。

鄂小夏還在旁邊笑：「跑圈的事都傳到我們常青班了，是為了氣沈厲堯？但追沈厲堯的人都排到隔壁學校了，肯定看不上她啊！她想追人家堯神，不說長成嫒嫒這樣，好歹長成隔壁學校孔佳澤那樣吧。」

「胡說八道什麼呢妳？！」趙宇寧心裡的火氣忍不住，突然把筷子一摔：「妳先撒泡尿照照妳自己。」

鄂小夏被嚇到了一瞬，才發現自己剛剛口無遮攔了。趙宇寧和趙明溪雖然關係一般，但他好歹也是趙明溪的弟弟。

「對不起。」鄂小夏認錯倒是認得很快。

趙媛也道：「別這樣說明溪，吃飯吧。」

趙宇寧瞪了鄂小夏一眼，不說話了。

趙媛卻忍不住想到趙明溪的那張臉——鄂小夏沒見過趙明溪兩年前剛來趙家時的那張臉。

甚至比她還要好看太多。

她是那種清純可憐、小家碧玉的漂亮。

而趙明溪則是張揚外放、五官明豔精緻的美麗。

那天趙明溪來到趙家時，見到她第一眼，全家人都沒能移開視線。

也是那一刻，趙媛心中就產生了一種微妙的危機感。

當然，這一切都被一年前的那次燙傷終結了。

美麗被劃上了痕跡，不再無暇，這令趙媛心裡稍微平衡了點。

她思緒正散開之時，耳邊忽然傳來了趙宇寧的一聲：「趙明溪？」

趙媛和鄂小夏回過頭。

明溪正從學生餐廳正門口那邊走進來，依然戴著拋棄式口罩。

趙宇寧猜測她是因為跑圈的事耽誤了，所以才沒來學生餐廳。他的視線先落到趙明溪手上——居然兩手空空，沒有便當。

趙宇寧心中頓時有點悶悶的。

這還是第一次明溪姐和他們吵完架之後，沒有帶便當給他。看來明溪這次生的氣確實有點大。

趙宇寧猶豫著要不然自己先服個軟，昨天趙明溪離家時，他說話確實也有點難聽。他們一向是家裡面關係最好的，他昨天語氣那麼衝，明溪生氣也情有可原。

就這麼猶豫著，明溪已經走近了。

趙宇寧是個極其抹不開面子的男生，但他咬了咬牙，頭皮一硬，還是站了起來。

「明溪姐。」他開口叫道，「妳——」

要說的話還沒說，趙明溪彷彿沒看到他一般，直接就從他身邊走過去了。

？

趙宇寧像遭到當頭棒喝，一下子沒反應過來，整個人慢半拍地愣了一下。

接著他轉過身，就見趙明溪已經無視他走到窗戶那邊了。

她拎起盤子打好飯，回過頭時，還對上了他錯愕的眼神，但是她很快移開了視線，走向了另一個角落裡的位子，單獨坐下了。

趙宇寧臉色頓時僵得不能再僵。

明溪看到了趙宇寧欲言又止的神情，但她懶得理。

她這個人很果斷，要麼全部都要，要麼就全部不要。她會為了一件事拚盡全力地去努力，但是當回報與努力全然不成正比，她就會及時止損。

而現在，趙家所有人對她而言，就是要止的「損」。

趙宇寧能不能適應是他自己的事情。

反正她不可能和上輩子一樣，把他當成血脈相連的親弟弟，還提前做好便當給他了。

明溪坐下來後，賀漾很快也打好飯過來了，她還帶了兩塊小甜品，遞給明溪：「上週末妳來我家店裡做的，妳手藝厲害，就連我爸都說好吃！這兩塊妳自己都沒嘗過，我就用冰塊儲存，今天帶來給妳嘗嘗！」

明溪食指大動，正要拆包裝，但是想到了什麼，又將精緻的包裝袋收起來：「我帶回教室去吃。」

「小窮鬼，隨妳。」賀漾笑了一聲。

明溪看著她，卻忍不住想起好友賀漾上輩子的結局。

賀漾在全文中，也算一個不大不小的炮灰反派。因為她性格火爆，站在自己這邊，而且還非常不喜歡趙媛，每次見到趙媛都要陰陽怪氣兩句，然後就會作為無腦女配被趙媛及其身邊的人打臉——臉腫著腫著之後家裡生意就下滑，無暇去找趙媛的麻煩了。

雖然比起自己的絕症結局要好得多，但是想起幾年後賀叔叔頭髮半白的可憐模樣，明溪心裡還是不忍心。

「妳爸的生意最近沒出什麼問題吧？」

賀漾咬著筷子白了明溪一眼：「能出什麼問題？妳操心操心妳自己吧，妳自己的事還一大堆呢。那個誰，趙媛過敏好了嗎？」

賀漾家裡的生意是在三年後招了一個新的銷售經理後才開始出問題，想來現在那個背叛賀漾爸的人還沒出現，暫時不會有什麼大問題。

但是這輩子她一定要幫賀漾提防好，再也不能讓賀漾家裡出事了。

「我搬出來了，現在住學校。」

「什麼鬼？就為了趙媛過敏這破事，妳家裡就把妳趕出來了？到底誰才是親生的啊？！」賀漾差點沒暴走。

「小聲點！」明溪連忙拉住她讓她坐下來：「不是趕，是我自己搬出來。說起這事，還得拜託妳幫我找找，有沒有什麼賺錢的管道。」

賀漾更加憤怒了：「趙家還斷了妳的經濟來源？氣死我了，我看這件事就是趙媛那個小賤人自己自導自演的吧？我雖然討厭她，但也不至於故意害她過敏呀——不過我還真想下手試試。」

「不是她。」明溪道。

趙媛這個女主妙就妙在，擁有天生的氣運，她自己不必去爭搶些什麼，所有的寵愛便都是她的了。

所以她沒有必要自導自演陷害明溪。

上輩子沒找到證據，這件事不了了之，以明溪和家裡大吵一架結束。

但是這輩子通讀全書後的明溪心裡卻有了一個猜測人選。

「倒有可能是鄂小夏。」

賀漾睜大了眼睛。

鄂小夏是趙媛前期最好的朋友，凡事都護著趙媛，罵明溪永遠都站在前線。

但她對明溪的討厭，其實很大一部分是因為，她把明溪當情敵。

上週五明溪親眼看著她在籃球場邊遞水給沈厲堯，才發現原來她也喜歡沈厲堯。

「不過我也只是猜測。」明溪道：「當天那麼多人進進出出，已經沒辦法真的找到什麼證據了。」

「肯定就是她，她就是妒忌妳和沈厲堯定了娃娃親。」賀漾：「那妳向家裡人解釋啊！」

「解釋了也不會信的，即便信了，也還是會覺得我也有責任。」明溪無奈地道：「妳是我朋友，在妳家店裡發生的這件事，等於是我故意的。」

賀漾一時之間心堵得說不出話來。

明溪說的是對的，即便花大力氣把這件事說清楚，也沒什麼用，因為明溪的存在就是對趙媛的威脅。

她做什麼，都看起來像是在爭寵。

這件事的本身不在於是誰導致了趙媛過敏、是誰的責任，而在於，趙家那一家人偏向趙媛的心。

明溪上輩子很難過，但這輩子已經完全無所謂了。

反而是賀漾委屈得食不下嚥，臉一下子垮了。

「妳等著，我一定想辦法幫妳把這件事搞清楚！誰在背後搞鬼我一定讓她好看！」

「快吃飯吧。」明溪後悔和她說這麼多了，忍不住捏捏她的臉：「妳別管了，反正我現在決定和趙家徹底劃清界線，妳能幫我的，就是找找有什麼管道賺錢。」

賀漾消息靈通，整天泡在論壇。

她迅速掏出手機：「這個問我真是問對了，我傳幾個網址給妳，妳下午下課看看。代寫作業、代上鋼琴課、代考試、什麼都有。前幾天有個土豪發了篇文章，說感冒了找個人代考——開價很高，八千塊。」

「這麼高？」明溪有點驚喜。如果能接，一學期的生活費就有了。

她看了眼發文人，ＩＤ是Handsome J，有點眼熟，但一時又想不起來是誰。

明溪是個努力的人，本身成績很好，以前在北方小鎮時從來沒考過第二。

但是被趙家認回之後——也就是反派厄運纏身之後，她在這所學校幾乎每次考試都會出點問題，不是頭疼就是拉肚子，以至於大家所看到的就是她成績不行，前半年成績一直在中游。

她只能更加勤奮地逼迫自己，刷題到深更半夜。只有能力更強，才能在考試考到一半，忽然肚子劇烈疼痛之前，把試卷做完。

她就是透過這種方式，上次考試衝到了普通班二十多個班裡的第三名。成績越好，能接到的代寫作業或者代考的開價才更高，而如果她想讓成績提升更快，還得用更多時間在攢氣運上。

一定沒問題的！

明溪看了眼用三十圈換來的三又五分之一棵小嫩苗，心中的鬥志小火苗熊熊燃燒。

明溪和賀漾吃完飯就離開了。

她背後不遠的位子上，正坐著校競隊的人。

明溪說話的聲音一直不大，但賀漾大驚小怪，偶爾能說出幾個關鍵字。

「看來是上週末趙家發生了點事情。常青班的那個鄂小夏導致趙媛過敏，將黑鍋推到了趙明溪身上，趙明溪不得家裡信任，和家裡吵了一架，現在搬出來住校了。」

校競隊的人都聰明，葉柏也不例外，他很快就從兩個女孩子的對話中精準提煉出了一些資訊。

也不枉費他非要拉著沈厲堯坐在這個角落。

當然沈厲堯雖然臉色冷硬，卻沒拒絕，也讓他覺得很破天荒。

「所以，現在能解釋為什麼趙明溪轉去國際班、並揚言要追那個姓傅的了。」葉柏看了眼明溪離開的身影，又轉過臉看著沈厲堯，一臉興趣盎然：「肯定是吃你和鄂小夏的醋了！」

沈厲堯蹙眉：「鄂小夏是誰？」

葉柏：「……」

「就是上週五！籃球場！我們打完第二場，遞了一瓶礦泉水給你的那女生，當時趙明溪就在旁邊！」

沈厲堯面無表情地從腦海中搜索片刻，總算有了點印象。

他琢磨著些什麼，眉眼冷了幾分。

片刻後，沈厲堯冷冷道：「她將礦泉水塞我手裡，塞完就跑，旁邊沒有垃圾桶，我總不能亂扔垃圾。」

頓了頓，他看向趙明溪的背影，也不知道是跟誰解釋，道：「而且我也沒喝，我轉頭就拋給你了。」

「趙明溪八成是沒看到後面的。再加上週末她又和鄂小夏這個情敵起了衝突，越想越氣，所以故意轉去國際班。」

葉柏摸著下巴分析道，最後一錘定音：「沒錯，就是這樣沒錯了，沒有誰比我更懂女生心思。」

沈厲堯沉默片刻。

「和我無關。」

他收回視線，神色沒什麼波動：「趕緊吃，吃完回去特訓。」

「堯神，你不做點什麼行動嗎，那萬一以後她真的不追著我們跑了怎麼辦？」

葉柏有點可惜。

趙明溪來找沈厲堯時總會送各種好吃的，甜品、便當什麼的，都是她自己做的，非常好吃。就算他們吃不到，聞聞香味也是好的。

沈厲堯沒有反應。

葉柏抬頭，見沈厲堯臉色不那麼好看。

葉柏剛要說話，沈厲堯就拿著餐盤，長腿從餐桌邊邁開。

「那不是正好嗎，她的心思早該放在讀書上。」

但不知道是不是葉柏的錯覺，他覺得今天的沈厲堯眉心透著一股躁意。

而這邊，明溪正從後門走進國際班教室。還是午休時間，空調吹著涼風，整個教室沒有一個人睡覺，都齊刷刷看著她。

這個班只分兩種人，傅陽曦的哥們兒，和傅陽曦的小弟。

站在講臺上的同學迅速走下來，趴在椅子上的同學迅速直起脊背。

而傅陽曦——校霸本人，頂著睡眼惺忪的炸紅毛，脖子掛著銀色降噪耳機，胸前骷髏鏈子囂張又中二，眼睛掃過來，他坐在桌子上，單腳踩在椅子上，翹著腿，眼神涼颼颼地盯著她走進來。

全班四十幾雙眼睛。明溪壓力好大。

她見自己書本還堆在傅陽曦旁邊的那張桌子上，還沒有人把她的書扔進臭水溝，稍稍鬆了口氣。

她頂住壓力走過去。

一走過去，明溪就忍不住吸了口氣。

對不起，乾燥松香味的氣運太好聞了，她控制不住自己，吸一口氣運，她的風池穴頓時都清明了。

？？？

傅陽曦三分囂張，三分涼薄，四分冷酷的眼神差點破功。

小弟們說這女的見他第一面就衝過來聞他身上的味道，他還不信——這他媽走到他面前就深深呼吸一口，不是在吸他是在幹嘛？！

傅陽曦還沒來得及重新冷酷起來，耳根就憤怒地紅了：「妳他媽到底想幹什麼？看在妳替我跑了三十圈的分上，上午妳隨隨便便坐在我旁邊的事情我可以不和妳計較，但不代表我可以容忍妳繼續坐小爺我旁邊！」

「但是教室裡也沒有別的地方可以坐。」明溪好聲好氣地跟他商量：「只有你旁邊有個空位，我不坐這裡，我就只能搬著桌子去最後面，一個人坐一排了。」

明溪戴著口罩，烏黑中長髮別在耳後，聲音有些齉。

傅陽曦目光從她纖長的睫毛上挪開，下意識就往教室裡看了一圈，　干小弟立刻坐得筆直。除了他旁邊的位子，教室裡果然不好再塞個人過來。

等等——

「為什麼我要解決妳的問題？」傅陽曦猛然醒悟過來，暴躁道：「關我屁事。」

柯成文忍不住嘴賤，對明溪調侃道：「轉班生，妳沒必要非得坐我們曦哥旁邊啊，唉，都已經追來同一個班了，來日方長。」

說著就有兩個小弟過來要把明溪的桌子搬走。

坐在別處根本接近不了傅陽曦身上的氣運。國際班上倒是還有幾個身上有著淡淡的光芒，但是那太薄弱了，幾乎等於零。而她又聽說榜單第二的姜修秋感冒了沒來。

她總不可能退而求其次去接近隔壁班的沈厲堯。何況沈厲堯上輩子是被她這個反派女配喜歡的，和反派也沾了點關係，氣運回報率也不如傅陽曦。

總之就是一句話，傅陽曦就是夏天行走的冰鎮西瓜！

「不行，我就坐這裡！」明溪趕緊急匆匆地把一隻手按在桌子上。

見那兩個男生還要搬，她乾脆一下子半個身子趴在了桌子上把桌子抱住。

眾人對她的主動瞠目結舌。

明溪一趴下來，寬鬆的校服就落在她背上，勾勒出嬌弱的身形。

傅陽曦覺得自己聞到了撲過來的淺淺清香。

他頓時耳朵一紅，從桌子上跳下來，臉上氣急敗壞，在心裡也暗暗罵了聲靠。

他被一個比他矮一個頭的女孩子死纏爛打了！

見傅陽曦還虎視眈眈地瞪著她，明溪趕緊直起身子，把自己手裡拎著的甜品遞過去。

「那這樣吧，我們打個商量，我用這兩塊甜品換取能坐在這裡的資格，ＯＫ嗎？」

「接下來你如果還想吃我還可以做。」

「用塑膠袋裝的，什麼東西？」傅陽曦嫌棄地拿過來掃了一眼，結果香甜鬆軟的蛋糕氣息立刻鑽入他鼻尖。

光是聞就知道很好吃。

而且居然還知道他喜歡吃甜的，簡直比以前任何撒網撈魚的追求者都用心。

傅陽曦身後毛茸茸的金尾巴得意地搖了起來。

旁邊的柯成文勾著脖子，都忍不住嚥了下口水。

「一下午。」傅陽曦推開柯成文的腦袋，抱著甜品，翹起光潔的下巴，一副居高臨下、「我看妳一眼是瞧得起妳」的討打樣子。

「這個我收下，允許妳在旁邊上一下午的課。但識相的自己主動去和班導師換座位，明天我不想在旁邊看到妳。」

明溪心裡簡直想一腳踹上他的英俊紅毛：「兩塊甜品換一下午，你怎麼不去敲詐？」

傅陽曦笑了一下，懶洋洋地喝了口水：「那妳想呢？」

系統提醒道：『妳單方面傳訊息給他，不管他回不回，在文裡就會被劃分為『結交此時髦值人物』，都能蹭點氣運。』

明溪立刻道：「兩塊甜品交換一下午，再加上你通訊軟體的好友。」

國際班全班頓時倒吸一口氣。

猛士！

曦哥十七年以來真正遭遇過的猛士！

當著這麼多人的面就直接索要聯絡方式！這女生也太猛了！

傅陽曦差點把水嗆出來，他耳根上的紅色完全無法抑制地擴散到了臉上：「別想騷擾我，我警告妳！」

明溪反正也死豬不怕開水燙了，討價還價道：「那要不然，就先給一半的通訊軟體QR code，另一半以後再用別的什麼交換吧。」

傅陽曦：「……」

「還不行？」明溪皺眉，「那四分之一？不是吧，你一百八十幾堂堂傅氏太子爺怎麼這麼小氣？」

傅陽曦：「……」

傅陽曦莫名其妙就被明溪繞進去了，讓她加到了好友。

果然是笨蛋美人。明溪加到了好友，心滿意足。

傅陽曦臉色有點臭，從褲子口袋裡摸出一張卡，丟在明溪面前：「還有，這是妳跑了三十圈的報酬。」

三十圈的確很累，既然沒能讓人替下她，傅陽曦也不能讓她白跑。

明溪毫不猶豫地立刻把錢收下了，不收白不收，收了這筆傅陽曦給的錢，還能多點氣運不是？

不過錢她自然沒打算用，即便用，也得用在旁邊這位身上。

明溪瞥了眼，傅陽曦人高腿長，趴在桌子上睡好像怪難受的，自己大可以用這筆錢買點東西送給他。

這樣一來二去，不又是一點「和時髦人物互贈禮物」的氣運收穫嗎？

明溪收完錢，掃完 QR code，收拾桌子就坐下來打算午睡，她順便看了眼盆栽。果然收穫滿滿，之前殘缺的那棵已經長齊了，現在是整整四棵小嫩芽。

明溪頓時露出期盼激動的笑容。

落在旁人眼裡，則是她因討價還價之後終於能順理成章地和傅陽曦坐在一起了，而幸福地彎起了眼眸。

真是癡漢吶。教室裡的人紛紛感嘆。

傅陽曦懶洋洋地單手支著下巴，得意洋洋地挑眉。能有什麼辦法，誰讓他脾氣好、性格優秀、長得帥還有錢。

口袋裡的手機響了一聲，傅陽曦戴上銀色耳機看了眼。

是姜修秋傳來的訊息：『轉班生到底長什麼樣？柯成文說她一直戴口罩，好像臉受傷。』

傅陽曦不在乎地回：『能長什麼樣？能用口罩遮起來，肯定長得平平無奇唄。但小爺我是在乎長相的人嗎？』

『你說要掏筆錢把她打發了。錢給她了嗎？』

『給了。』傅陽曦單手回覆：『卡裡有十萬。』

傅陽曦忍不住炫耀，又傳過去一則：『她這麼喜歡我，臉上的開心完全掩飾不住，嘖，我感覺應該不是衝著小爺我的錢來的 :D。』

打完這行字，傅陽曦掃了眼明溪，明溪脫了校服外套，烏黑的中長髮下，是白皙纖細的天鵝一樣的脖頸，她穿著一件薄薄的針織衫，不是什麼起眼的牌子。

傅陽曦心裡其實並不確定，但還是在好友面前繼續炫耀：『轉班生穿著樸素，絕對不是個拜金的人。』

姜修秋的訊息很快回過來：『是不是，還得秋後見分曉。從小到大，我就沒見過因為你本人追你的。』

萬箭穿心。

傅陽曦臉色立刻黑了：『滾吧，你就是嫉妒。』

這一下午相安無事。

傅陽曦上課時幾乎都在睡覺，明溪可以放肆大膽地吸他。

他跟全身沒有骨頭似的，臉色有一種病態的白，右眼眼尾的淚痣被壓出一個淺淺的紅印。他睡醒了就朦朦朧朧地爬起來從維生素瓶子裡倒幾片出來，然後接著趴在桌上。紅色刺蝟一樣的短髮在睡覺時乖順不少。

明溪有點好奇他吃的都是什麼維生素，怎麼補那麼多身體也看起來不太好的樣子。但是想到有錢人的營養品要花好多錢吧，問了她八成也不知道。

再說傅陽曦似乎很怕吵，降噪耳機從沒摘下來過。明溪更不敢問。

而全班的小弟早就習慣了，經過這一區域都放輕了手腳。

等傅陽曦打了個呵欠睡醒，家裡的加長轎車來接，都已經放學了。

傅陽曦下意識往旁邊的座位看了眼。見座位空蕩蕩，轉班生不知道什麼時候招呼都不打一聲就走了，他皺了皺眉。

還能不能好好追人了？

這時，傅陽曦的手機忽然震動一下。

他十分隨意地掏出一看。

「……」

『您尾號為XXXX的金融卡剛才支出一萬二。』

『您尾號為XXXX的金融卡剛才支出……』

排山倒海一樣，一瞬間彈出來的是一大堆刷卡訊息。

下午他還信誓旦旦不拜金、不圖他錢的轉班生，就這麼一轉眼的時間，已經花了五萬六。

「……」傅陽曦臉色瞬間臭了，有一種被背叛的感覺。

還說不是衝著他的錢，分明就是衝著他的錢！

第二章　好黏人

「明溪還不打算回來？」趙母皺著眉問趙家的司機。

趙母對待明溪的感情很複雜，她雖然理智上知道這個孩子就是自己的親女兒，但畢竟先前十五年完全沒見過，實在太陌生了。有一些身體擁抱之類的接觸都會很尷尬。

再加上，她也得在意趙媛的感受——媛媛從小身體就不好、從來不爭不搶，如果發現身邊的人都去關心剛回家的明溪，她會不會有種被拋棄的難過感？

於是這兩年來趙母一直和明溪保持著不親不近的距離。

但不管怎麼樣，明溪是她親生的，即便再叛逆，她也不可能真的不聞不問。

司機鎖上車庫的門，搖了搖頭，道：「今天去接人的時候就只接到了趙媛小姐和宇寧少爺，沒有在校門口見到明溪小姐。」

「她還真是翅膀硬了，都兩天沒回來了。」趙母神色慍怒。

司機問：「明天放學的時候要不要我去學校找找看，把她接回來？」

「算了，不用。」趙母心頭也有幾分惱火：「不就是說了她兩句嗎，動不動就離家出走，誰縱容的臭毛病？她不回來算了，別主動去接！再說了，她衣服鞋子很多都沒帶走，我看就沒存著在學校久住的想法！」

畢竟是人家的家事，司機也不好說什麼。

趙母轉身進屋。今天趙媛班上有文藝活動沒回來，趙宇寧飯也不吃，也不知道生哪門子的氣，回到家就去房間打遊戲了。

趙母一個人吃著味道一般的晚飯，發現沒了明溪拿手的糖醋排骨；飯後坐在沙發上看電視，也沒了明溪幫她按捏肩膀，她心中一陣煩躁，才感覺家裡略冷清。

她自己是不可能拉下臉去問明溪在學校狀況如何的，於是忍不住上樓敲趙宇寧的門。

「你今天在學校見到你姐了嗎？有沒有問一下她打算什麼時候鬧夠了回家。」

「沒看見，我在高一，沒事幹嘛去她們高三那邊。」趙宇寧想起中午在學生餐廳被明溪無視的事，臉色還很臭：「媽，妳別來問我了，還不是妳自己把人罵得離家出走的？」

趙母被噎住，沒轍，只好離開。

等門外的聲音離開後，趙宇寧關掉遊戲，打開通訊軟體。

他想不通，趙明溪這次至於這麼生氣嗎——不幫他帶便當不說，還在學校把他當陌生人，理也不理。這是什麼意思？還真的離家出走，要徹底和他們劃清界線？

這次的事情算什麼大事啊？不就趙媛過敏，家裡人責罵了她幾句嗎？以前燙傷那次，她都沒有說什麼啊。

而且，他中午都打算低頭道歉了，是她先無視他的。

那他現在傳訊息給她，豈不是很沒面子？一而再再而三低頭？

可是，萬一接下來她都不回家、以後都沒便當了怎麼辦？

今天晚飯趙宇寧都食不下嚥，簡直太不習慣了。

趙宇寧想著今天回家時，對面趙明溪空蕩蕩的房間。他皺了下眉，抓了抓頭髮，輸入又刪除好幾遍之後，終於眼一閉心一横，傳了一則訊息出去。

『趙明溪，妳中午什麼意思？』

他坐在床上盤起腿，強忍住又是自己先低頭的不快，打算看看趙明溪是怎麼回的。

結果，猝不及防地，就看到了一個紅色的驚嘆號。

「……」

『你還不是他（她）的朋友，請先發送朋友驗證請求，對方驗證通過後，才能聊天。』

「……」

趙宇寧整個人都愣住了，下意識就打了一通電話給趙明溪。

但電話裡很快傳來忙音：『您所撥打的電話暫時無法接通。』

通訊軟體和電話都被封鎖了？？？

趙宇寧差點從床上摔下來，他驚愕得張開嘴巴，呆呆地站在那。

趙宇寧足足有好幾秒無法思考。

自從趙明溪來到趙家之後，這還是第一次發生這種情況。

以前她也不是沒有離家出走、或者口口聲聲說要去住校過，但是那時基本上都沒成功，出去住兩天，就眼圈紅紅的主動回來了——其實趙宇寧知道，先前收養過明溪的那位奶奶在北方小鎮去世之後，明溪就沒地方可以去了。

但這次，她卻半點要回來的跡象都沒有，甚至還把他封鎖了。

趙宇寧很快想到了一個問題，她是只把他封鎖了，還是把他們全家都封鎖了？

不知為什麼，趙宇寧想到明溪離家時漠然的神情，心中升騰起一種他自己也說不上來的、總之很不好的預感。

正當他在房間裡走來走去，想著這件事要不要和大哥趙湛懷說一下時，樓下傳來了大哥回來的聲音。

好像還有別人來，趙母正在接待客人。

沒過多久房門就被敲響了：「小少爺，厲堯少爺來了，說有點事，夫人讓您下去呢。」

沈厲堯這人就是別人家的孩子，從小到大競賽金牌無數，還有數類新型機器人發明和圍棋大賽的獎項。

趙宇寧覺得他性情冷漠傲慢，很不喜歡他。但耐不住趙父和趙母一直對他很熱情，之前還試圖給他和趙媛拉紅線，不過明溪回來之後，這娃娃親就順理成章地變成了明溪和沈厲堯的。

可他很少主動來他們趙家，每次來了，也冷清得跟誰欠了他八百萬似的，今天到底有什麼破事？

自己如果不下去，晚上少不了被媽媽嘮叨一頓。

趙宇寧皺了皺眉，只有先把被趙明溪封鎖的事情放在一邊，先下樓。

賀漾和趙家住在同個別墅區。於是晚上趙家發生了點什麼，居然很快就傳到了明溪的耳朵裡。

賀漾傳來訊息：『聽說沈厲堯晚上去你們家了。』

明溪愣了愣，和趙宇寧是同個想法，沈厲堯主動去趙家——太陽從西邊出來了？

賀漾的訊息又彈出來：『有人看見他放學後去常青班找了鄂小夏。妳說他會不會是從鄂小夏嘴裡套了話，然後去妳家，向妳父母證實了妳和趙媛過敏的事情無關？妳可以洗刷冤屈了！』

『不知道。』明溪回道：『而且我現在也不是很在意趙家人對我的看法了。』

上輩子是陷於與家人鬥氣中，為了自證清白喪失了理智。

但這輩子頭腦清醒，只要確定了過敏的事和鄂小夏有關，其實明溪也有很多種辦法能向趙家人證明這一點。去醫院調取監視器畫面也好、誆騙鄂小夏說出口錄音也好。

但問題在於，明溪已經不在乎他們對她的看法了，所以不想浪費時間在這件事上面。

趙家人的關心和信任對她而言，就像是蛋糕。她上輩子執迷不悟地想要，但這輩子已經過期了，並不想要。

不過沈厲堯去趙家幹什麼，總不能真像賀漾猜測的那樣，是去幫她忙的吧？

明溪正洗著頭，有通電話打進來她沒接到，過了一下她擦乾頭髮，發現有一通來自大哥趙湛懷的未接來電和一則訊息。

她和趙湛懷聯絡得不多，所以她忘了加入黑名單。

『厲堯剛剛來我們家了，之前媛媛那件事好像是她身邊那個朋友不小心。是大家錯怪妳了，大哥跟妳道歉。』

『不過明溪妳受了點委屈就離家出走的習慣也不好，回來再說，媽這兩天挺心煩意亂的，妳什麼時候回家？大哥去接妳。』

明溪看到這遲來的道歉，無動於衷。她只有點意外。

賀漾還真的猜中了。

不過隨即明溪覺得倒也正常。

沈厲堯雖然不喜歡她、對她冷冷淡淡，但是畢竟認識兩年，他們也算是朋友。再加上沈厲堯這人又不是只對她冷，是對所有人都冷，驕傲的人眼裡一向揉不進沙子。

說不定就是知道她住校之後，隨手一幫。

雖然沈厲堯這是多此一舉，但明溪還是感謝。也不枉費上輩子自己少女懵懂時對他暗戀一場。

明溪在床邊坐下，手指輕輕一滑，將趙湛懷的訊息直接刪除。然後這一次，她把趙家所有人的電話號碼、通訊軟體好友，全找出來刪掉了。

世界清淨了。

她才不會回家，回家去重蹈上輩子絕症的覆轍嗎？趙媛是氣運之女這件事根本改變不了，自己還不抓緊時間反敗為勝，那就又是活不過二十三歲的下場。

趙湛懷這邊一直沒見明溪打過來，也沒收到她回覆的訊息，對臉上出現了點愧疚的趙母道：「都晚上十點多了，她可能睡了。」

趙家人神色都有些難堪。

趙宇寧更是，上週末送趙媛去醫院後，他們不問青紅皂白地直接罵明溪一頓，明溪肯定很委屈，怪不得這次離家出走這麼長時間也不回來。

「家裡也沒人怪她啊，只不過說了兩句！再說了，即便媛媛過敏和她沒關係，那她怎麼不能擔心一下還在病房裡的媛媛，就顧著和我們鬧？」

趙母臉上雖然愧疚，但嘴上仍得理不饒人：「現在脾氣還這麼大，說兩句就用住校來威脅。」

趙宇寧有點來氣：「媽，妳能不能少說兩句？」

趙湛懷則扶她坐下，道：「明溪就是小孩賭氣，哄一哄就好了，週末我去接她回來。但是等她回來後，您還是和她道個歉。您就是嘴硬心軟。」

趙母皺眉道：「行吧，這孩子真是讓一家人大動干戈，週末等她回來再說。」

趙宇寧在旁邊動了動嘴唇，沒能說出口，趙明溪已經將他封鎖了。還能接她回來嗎——會不會她明天根本不會回來？

他看了看趙母愧疚和怨怒交加的神色，心底出現了一個念頭。

為什麼這件事明明不是明溪的錯，明溪有理說不清，但是全家人卻仍在第一時間怪在她頭上？

而且在沈厲堯解釋清楚之後，趙母也還是埋怨明溪不懂事？

如果這種極度偏心向另一個人的情況落在他身上，他能怎麼辦？

偏心。

十六歲的趙宇寧第一次驚覺這個字眼。

趙湛懷突如其來的這則訊息根本沒有破壞明溪的好心情，她寫完作業，看著自己一整天的成果——四棵整整齊齊的小嫩芽，只覺得鬥志滿滿。

今天下午她坐在傅陽曦身邊整整三節課，按理說應該吸收了不少氣運，但是第五棵小嫩芽卻只是將土撥動了動，半點沒有冒芽的跡象。

不知道怎麼回事，之後靠呼吸吸收來的氣運，好像沒有第一次見到傅陽曦深深吸的那一口氣還強。

系統跟她解釋：『邊際遞減效應。妳第一次出現在傅陽曦身邊，在原文裡就意味著『反派女配見到傅陽曦，並坐在了傅陽曦身邊』，對那篇文的讀者而言是一種刺激，能讓妳增加一些氣運。但是妳接下來持續地坐在他身邊呼吸，原文總不可能一直重複描述這件事，讀者會罵作者寫得很冗長無聊，所以妳所能吸收到的氣運也就微弱了。』

明溪有點沮喪，問：「別的事情也是嗎，也全都遵循邊際遞減效應？」

『對，基本上都是。』系統道：『在一天之內，同一件事的效果都是一次比一次微弱。』

「要想活命好難哦，還得不停創新。」

說著話明溪忽然想起來自己要到了傅陽曦的通訊軟體好友，放學後去買東西了，還沒來得及傳訊息給他。

她打起精神，吹乾頭髮爬上床，把手機充電。

而這邊，傅陽曦頂著洗完後溼漉漉的紅髮，趴在傅氏公館天鵝絨的大床上，冷冷地盯著手機螢幕已經整整兩個小時了。

他還真是低估轉班生了，轉班生居然把十萬塊一次性地全花完了。他倒是不在意這個錢，但是轉班生未免也太承受不住試驗了吧！

傅陽曦心裡冒火，忍不住抬頭看了眼掛鐘，揉了揉乾澀的眼睛，又繼續低頭盯著手機。

已經十一點半了，轉班生怎麼回事，要了他通訊軟體的好友又不傳訊息給他？

人家金主買了人花完自己的錢還能收穫一聲「謝謝」呢，他怎麼什麼也沒有？

就算是衝著錢來的，但能不能有點追人的誠意？

忽然，手機震動一下，通訊軟體的聊天頁面彈出來一則訊息，傅陽曦頓時彈起來，手機一下子掉下床。

他迅速翻身去撈。

外面傳來傭人的聲音：「少爺，沒事吧？」

「沒事沒事，別進來。」

這邊，明溪靠在床頭，想了想，傳過去一則：『傅少，你把我隱藏就行。』

這則傳過去，對面並沒回，明溪也沒指望他回，迅速看了眼盆栽。果不其然，第一次都是威力最大的，直接就長出了半棵嫩芽。

明溪頓時激動起來，也坐直了身子。

對面沒動靜，明溪也不介意，又接著傳過去一則：『晚安。』

這次第五棵又長了四分之一。

「對了。」明溪問系統：「字數長短會有影響嗎？」

系統道：『這個不知道，妳試一下。』

於是明溪用手胡亂在手機鍵盤上敲打，傳過去一則：『按實際大所發生的卡死機的卡是看得見愛神的箭阿薩德靜安寺件大件大事家打擊愛神的箭就打開打卡SDKask大三考的薩克的卡看得開卡薩丁卡斯柯的卡SD卡斯柯達的卡SD卡刻刀可卡薩丁卡卡薩克斯看大看到卡薩丁雙卡雙待卡卡速度快卡但是看到。』

這次第五棵只長了八分之一。

看來傳的訊息的字數長短以及內容，都不能影響嫩苗生長幅度。

唯一能影響的就只是「第幾次傳」。

傳陽曦赤著腳拿著衣架，費了好大力氣把手機從床底下撈出來，一打開螢幕看見的就是這個滿螢幕不知道是什麼意思的訊息。

他：「……」

什麼東西，他怎麼感覺轉班生在拿他當機器人帳號測試？

明溪測試完全部的變數以後，又傳了一個「。」過去。

而這一次小嫩苗再沒有任何變化。

透過這四次測試，明溪基本上可以確定，每天只有前三則訊息能影響幼苗生長。從第四次開始邊際效果就遞減到零了。

這樣的話，看來她每天傳三則訊息給傳陽曦就可以了。

又收穫了大半棵嫩芽，明溪喜滋滋將手機關機，躺下睡覺了。

而這邊的傅陽曦強忍住傳幾個問號過去的衝動。

要高冷。

高冷的校霸不會回前五則訊息。

要等到轉班生苦苦哀求第六則，他才能回。

可這一晚，傅陽曦熬了一宿，也沒等到下一則訊息傳過來。

他：「……」

傅陽曦頂著兩個黑眼圈，看著滿螢幕的亂碼，對世界產生了質疑，這難不成又是轉班生故意吸引他的新手段？

拜金女，衝著他的錢。

明天就封鎖。

第二天早上起來的明溪還不知道自己在這位傅氏太子爺心中的形象一落千丈，簡直和詐騙犯沒什麼區別。

她洗漱完，一邊梳著頭髮，一邊隨手摸出手機，傳一個句號給傅陽曦：『。』

太子爺一如既往地沒回。

看來應該是真的把自己隱藏了。

這簡直正如明溪的意。她放下心，以後隨便傳什麼都無所謂了。

於是明溪又簡單粗暴省事地連傳了兩個句號過去。

這樣一來，今天的三則訊息算是達成任務了。

明溪看了眼自己的盆栽，這三則訊息收穫的氣運果然沒有昨天那麼多，第五棵嫩芽只增長了一點點。不過蚊子腿再瘦也是肉，明溪已經很滿足了。

她又對著鏡子看了眼自己的左臉，疤痕已經只剩下非常淺的一小塊。

傅陽曦一整夜沒有睡好，清晨相當低氣壓，坐在落地窗前喝咖啡時，傭人都不敢招惹他。他手機忽然震動幾下，他帶著怒火一打開，就看見轉班生傳來的訊息。

『。』

『。』

『。』

三個句號。

傅陽曦深刻懷疑自己是不是用 0.2G 上網，否則為什麼完全搞不清轉班生到底在傳什麼，跟摩斯密碼似的。

他竭力想讓自己不去理會，但還是忍不住打開網路，開始搜索「三個句號代表什麼？」

很快他看到其中一個回答：『其實，在浪漫的愛情小說裡，有一個祕密，三個句號代表我想你，我愛你，不需要回應，這是屬於我的祕密，這是你永遠都不會知道的祕密。』

？？？

轉班生是這意思？

傅陽曦很懷疑。

還真是花樣百出。

不過不管她是什麼意思，他都不打算陪她玩了。拜拜。

於是明溪拖著自己昨天買的東西，一進國際班的教室，就發現自己的桌子連同桌子上的課本，全被搬到了最後一排。

「……」

全班加上她這個轉過來的，本來剛好一共四十二個人，六排七列。

結果現在她的桌子突兀地在最後一排靠飲水機的位置，硬生生變成了第七排。整個班級的座位分布都被拉得奇醜無比。

明溪萬萬沒想到傅陽曦居然這麼小氣！她昨天以為傅陽曦所說的甜品換一下午是說說而已，總不至於第二天把自己強硬趕走——結果沒想到他還真的這麼小氣！

明溪愣在原地，整個人都不好了。

柯成文打著呵欠走過來：「曦哥一向遲到早退，這時還沒來。他猜測妳今天不會主動去找班導師換座位，所以先讓我們把妳座位搬走了。還有，今天是妳值日……」

話還沒說完，柯成文看見明溪手上拎著和昨天一樣的透明袋子，裡面裝著和昨天截然不同的葡萄甜品，立刻眼睛一亮。

「反正妳是追不上曦哥的，不然妳把這個給我吃，我幫妳承包一學期的值日！」

明溪已經吃過早餐了，本來就打算帶過來給傅陽曦的，但是自己座位都快被搬到垃圾桶裡了，她忽然不想給了。

「那給你吧，擦黑板交給你了。」

柯成文雙手接過甜品，對明溪的好感度瞬間上升，立刻熟絡起來。

「轉班生！妳明天再帶一份給我，我把曦哥家地址給妳！」

明溪問系統：「知道傅陽曦家地址，嫩芽會生長嗎？」

系統：『不會，除非能去他家玩。』

想想就知道自己進不了傅家的門，明溪就懶得知道傅陽曦家的地址了，擺了擺手去最後一排坐下，道：「不必了。」

柯成文愣了，怎麼回事？這樣就心灰意冷不追了？

明溪翻開書，一邊默記今天的內容，一邊思考自己還要不要死乞白賴地搬回去。

很明顯每天只有第一口深呼吸才能讓嫩芽增長，接下來繼續吸傅陽曦都沒什麼用——也就是說其實沒有必要非得坐傅陽曦隔壁桌？只要每天想辦法繞到他附近吸口氣就行了。

之後再出現頭暈的狀況，反正是在同個班裡，只要及時跑到傅陽曦身邊就行了。

……而且坐傅陽曦隔壁桌，麻煩事好像確實有點多，這位殺馬特性格有點炸，日後還不知道會不會被他找麻煩。

……有百分之二回報率的姜修秋似乎還是因為感冒沒來，想辦法坐他隔壁桌不知道會不會容易點。

正在明溪思考著這些時，傅陽曦臭著一張俊臉，脖子上掛著耳機，雙手插口袋從班級後門處進來了。

他沒睡好，整個人都蔫蔫的，紅色的短髮因為沒來得及吹，不似平時那麼刺蝟，反而十分服帖，襯得他膚色白皙，五官精緻。

他往日進教室的第一件事就是趴到座位上開始補覺，結果不知為什麼，今天他第一件事就是視線下意識地落在他座位旁邊——

空的。

傅陽曦想起來自己已經讓人把轉班生的座位搬走了。

他視線立刻佯裝漫不經心地落到了最後一排角落裡的位子。

這次轉班生不吵也不鬧，直接坐在最後一排了。她正安靜地看書，頭也不抬，校服背影纖細泛著清晨的光暈。

傅陽曦視線很少落在女孩子身上，以前他眼裡男生女生都是無性別生物。這還是第一次，他發現女生的身影原來真的比男生要削瘦很多。

是不是因為太窮了沒怎麼吃東西？

那麼似乎，因為需要錢而接近他，也沒那麼不值得原諒。

算了，不關他的事。

傅陽曦收回視線，臉色烏雲密布地回到自己座位上。

他走過去時，發現柯成文低著頭，躲在課桌下面吃什麼。

「早餐沒吃完？」傅陽曦走過去，柯成文整個人一抖，頭更加低了下去。傅陽曦莫名有種不好的預感，揪著他後脖頸，就把他宛如蝦米一般揪起了頭。

然後傅陽曦就看到了柯成文囫圇塞進嘴裡的甜品，以及手上沒來得及扔的和昨天轉班生給他的一模一樣的透明袋子。

他：「……」

傅陽曦臉色頓時就黑了。他有種被背叛的感覺，拜金女不是說好追他的嗎？！即便是衝著錢來，也不該中途轉移目標啊！怎麼這麼、這麼、這麼隨便啊？！早上還在傳什麼祕密不祕密的給他，一到教室來就送甜品給別人？！

她好浪蕩！

「你給她錢了？」

柯成文看著曦哥兩個熊貓眼，趕緊護住自己的腦袋，呈龜縮狀：「沒有。」

「你和她說話了？」

柯成文老實回答：「說了。」

「說什麼了？」

柯成文道：「我問她要不要你家地址，她說不要。」

「……」

傅陽曦快氣死了，他覺得自己頭頂好綠。他轉身就踹開椅子重重坐下，滿頭無名怒火無處發洩。鎮定了一下，他扯了扯領口，戴上降噪耳機，從桌子裡掏出幾個瓶瓶罐罐。

正在這時，他右腳好像踹到了什麼東西。

傅陽曦惱火地低頭一看，一個箱子。

什麼東西？傅陽曦黑著臉將箱子一腳從桌子底下踹到牆邊，然後問柯成文：「你的東西？」

「不是啊。」柯成文連忙道：「我看轉班生一大清早扛過來的。」

見傅陽曦臉色難看，柯成文趕緊將功補過，湊過去撅著屁股把箱子打開：「曦哥，說不定是送給你的禮物呢？」

「小爺不屑，土包子能送什麼，一箱子土豆？」傅陽曦冷冷地說，眼神還是瞟了過去。

然後他就愣了一下。

好多東西。

一個折疊的人體工學椅，趴在桌子上睡久了也不腰痠背疼。還有一個皮卡丘抱枕，中間塌下去一小塊，是特地設計給趴在桌子上睡覺的人。然後還有薰衣草香薰什麼的。角落裡還看到塞了幾瓶眼藥水。

怪不得，這人體工學椅就得好幾萬塊了。

全是她買給他的！

傅陽曦整個人的臉色由陰轉晴。

柯成文和幾個湊過來的小弟嘖嘖稱奇：「女生果然細心，曦哥你在教室睡了三年，也沒想過買這些。」

「都是什麼娘娘腔的東西。」

傅陽曦竭力忍住逐漸上揚的嘴角，但耳根還是漸漸因為羞赧而紅了起來。

柯成文把人體工學椅從盒子裡拆開，取代傅陽曦之前的硬椅子，一屁股就要坐下去：「曦哥，我幫你試試。」

傅陽曦揪住他後衣領一下子把他揪起來：「剁了你屁股！」

柯成文屁股一涼，趕緊躲開。

傅陽曦坐上去，雖然並沒感覺和硬椅子有什麼區別，但他覺得既然是轉班生挑選的，應該不錯。然後他又把看起來很娘的皮卡丘抱枕和其他東西一一拿出來。

拿出來的過程當中，傅陽曦努力維持著嚴峻的領導者視察一樣的表情，但心裡軟軟的，像是吃了溏心蛋。

其實以前都沒有人對他這麼用心過。

傅陽曦已經徹底原諒轉班生今天送甜品給柯成文的浪蕩行為了。

而且他現在覺得，讓她坐他隔壁桌也沒什麼不行。

這樣想著，傅陽曦就瞥了明溪一眼。

不過明溪沒有在看他，明溪確定他拆開禮物之後，就去關注自己的盆栽了，果然如她所料，第一次送禮物給傅陽曦，嫩苗也長得飛快，短短幾秒鐘內，總共已經變成了七棵。

明溪高興地問系統：「這盆栽一共能長多少嫩苗？」

『九百九十九棵。』系統道，見明溪一瞬間快要崩潰的神色，系統又趕緊道：『不過基本上種到五百棵的時候，妳的反派命運就會消弭。再繼續種的話，妳的氣運還會反超趙媛。』

明溪才稍微重拾了點鬥志。

傅陽曦就等著轉班生看他一眼，或者又死纏爛打地要求坐回來，他好順勢而下。

結果上完一整節課她都沒有再看他。

傅陽曦：「……」

傅陽曦想像了一整節課，轉班生早上興高采烈地來送禮物給自己，結果看見自己把她桌椅連同課本全搬到角落裡，如同被潑了一盆冷水的心路歷程。

完了。傅陽曦心想。

他是不是有點傷人。

而這一天，國際班全班，驚愕地目睹傅氏太子爺三年來、第一次、第一節課沒趴在桌子上睡覺，而是看了人家女生一整節課。

A中第一大奇蹟，發生了。

那群男生把明溪的桌子搬過來時，毛手毛腳的，桌子上的書本都亂了。

中午午休時明溪收拾了下，她忽然從一堆書本裡看到了兩個深藍色乾淨簡潔、近乎禁欲的筆記本，和自己花花綠綠的筆記本完全是兩個風格。

翻開來，裡面字跡俊逸，解題步驟簡單到比答案還明瞭。

不是她的字跡。

愣了一下，明溪才反應過來這是沈厲堯的。

之前她喜歡他，每週二都厚臉皮地打著借筆記、歸還筆記的藉口去沈厲堯班上找他。這應該是上週二自己找他借的筆記，現在還在自己這裡。

這輩子明溪不想再和沈厲堯有所接觸，就不想自己去還。

她傳了則訊息給賀漾，讓賀漾幫自己一個忙。

然後明溪俯下身，娟秀的字跡寫了張紙條：鄧小夏的事情，謝謝。

她準備夾在筆記本裡。

但是手指一頓，想了想，好像又多此一舉。

沈厲堯或許只是隨手，可她這麼鄭重其事，等下又讓他誤會她死皮賴臉了。

而且以前她送給沈厲堯還有他身邊的朋友那麼多好吃的，這次他幫她一次，誰也不欠誰了。

這樣想著，明溪將紙條揉成一團，扔進垃圾桶裡。

傅陽曦瞪著明溪看了一上午，也沒等到她主動說要搬回來坐，不禁有些氣惱，還有些委屈。中午午休時見到角落裡那個位子沒有人，傅陽曦將耳機摘下來，揪了個小弟過來：「轉班生人呢？」

小弟道：「好像去找她那個普通班的朋友了。」

傅陽曦頓了頓，讓人把在操場上打籃球的柯成文叫回來。

他靠著牆，翻著書，紅髮又炸了起來，假裝漫不經心地轉著筆，對柯成文懶洋洋地道：「你有沒有辦法知道轉班生轉過來之前，都有什麼朋友，有什麼喜好——總之就是事無鉅細，能不能打聽到？」

柯成文抱著籃球大汗淋漓，非常地震驚。

這還是他認識曦哥整整三年，第一次見曦哥打聽誰。而且打聽的還是個女的。

「曦哥，你不會——」柯成文忍不住湊過去小聲問：「真的對她有興趣了吧？」

「滾開。」傅陽曦極度嫌棄他身上的汗味，揪著他領子把他挪開，眉梢挑起：「有興趣個屁。國際班以前一直是四十一口人，現在冷不丁突然多了一口人，我肯定要知道什麼來歷。誰知道會不會是那邊派來盯著我的眼線，一個不小心揪住我的把柄，分割我財產。」

柯成文想了下，道：「那我去打聽一下。」

說完柯成文偷偷看了傅陽曦一眼，不知道有個消息該不該說。

方才他和金牌班那群人打籃球，聽說之前追沈厲堯追得驚天動地的好像就是現在來他們班的轉班生——當然，未經核實，柯成文也不能確定。

但是如果真的是這樣的話，那現在轉班生是真的追曦哥，還是只不過追著玩玩實際上是為了讓隔壁班的沈厲堯吃醋，還要打個問號。

作為傅氏太子爺，傅陽曦的身分秒殺眾人，他整天在學校裡懶洋洋地睡覺，從來不關心這種八卦，連兩年內八次競賽八次斬獲金牌的「堯神」的外號聽了都像是在耳邊撓癢癢，根本不記得，自然沒聽說過轉班生之前和沈厲堯的那些事。

傅陽曦點了點頭，又低下頭去看書，裝作漫不經心若無其事：「那就這樣，退了吧，你隨便打聽一下，別讓轉班生和其他人發現。」

柯成文忍不住提醒：「曦哥，書拿反了。」

傅陽曦把書一揚：「滾。」

中午放學後沈厲堯一直留在自己座位上，眉眼嚴冷，繼續搗騰他的電路板。沈厲堯在學校有自己的操作室，但是有些小零件來不及處理，他就經常在教室弄好了。

他有點潔癖，桌上的零件有條不紊，可因為很零碎，靠近的人都怕把他的零件弄掉，因此他這個座位平時也沒什麼人靠近。

葉柏打完籃球回來，隔了一個走道喊他去吃飯。

「你先去吧。」說完沈厲堯下意識看了眼手錶。

已經十二點半了。

他眉頭不易察覺地皺了皺。

「堯神，要不要我幫你帶回來？」葉柏問。

「不必，你自己去。」

「哦。」葉柏撓了撓頭，抱著籃球往教室外走，他今天和國際班的幾個人打籃球，忍不住八卦地交換了一下趙明溪最近在國際班的狀況。

本以為趙明溪去國際班那群全是有錢殺馬特、不學無術的班上，多少會受到一些排斥。

但沒想到趙明溪棋高一著，一過去就替他們班老大跑圈、又送禮物給他們班老大。結果導致國際班都對趙明溪非常友好。

他今天聽來的消息，也不知道該不該跟沈厲堯說。

抱著籃球走到教室外，就見到賀漾拿著筆記本走過來。

因為趙明溪的緣故，都認識，葉柏也就嬉皮笑臉地打了個招呼。可賀漾一向不大喜歡沈厲堯，瞪了他一眼就別開臉。

賀漾進去把兩個筆記本給了沈厲堯，轉身就走。

沈厲堯手中的動作停下，臉上的表情微微一變：「怎麼是妳送來？」

賀漾頭也不回道：「明溪看完你的筆記，就借給我了，我順便送過來了，怎麼了？」

沈厲堯眉心一下子蹙了起來。

賀漾回頭，有些奇怪地看了沈厲堯一眼。

以前讓沈厲堯幫明溪補習，沈厲堯還冷著一張臉不願意，跟誰挖了他家祖墳似的。賀漾就是不喜歡他總是高高在上、宛如在神壇上驕傲的不可褻瀆的樣子。當時明溪還是想了些辦法，讓趙湛懷從中說項，才讓沈厲堯接受，每週二把筆記本借給明溪一次。

現在見不到死纏爛打的明溪，沈厲堯不是應該高興還來不及嗎，怎麼又一副誰欠了他的冰塊臉？

不過賀漾沒多想，完成任務就走了，

而葉柏站在走廊上，心中驚愕萬分。

以前趙明溪簡直把沈厲堯的東西當價值連城的寶貝，別說借給別人了，就連別人碰一下都不許！

而且，退一萬步講，即便賀漾是她好朋友，她借給賀漾了。她也絕對不會錯過每週二來金牌班找沈厲堯的這個名正言順的機會！

現在是怎麼了？

女孩子吃醋起來有這麼嚇人？

而且鄂小夏的事情，昨晚沈厲堯不是已經去過趙家，相當於幫了趙明溪嗎？

葉柏看了眼牆上的掛鐘，又看了眼沈厲堯難看的臉色，冷不丁冒出一個念頭：今天堯神該不會是特意等著趙明溪，所以才沒去學生餐廳吧？

他覺得這個念頭簡直驚悚，迅速從腦子裡扔開了。

葉柏放下籃球，又走回去：「筆記本送回來了？」

沈厲堯沒理他，隨手將筆記本塞進桌子抽屜裡，臉色肉眼可見地冷硬。

葉柏忍不住提起剛才在籃球場上聽到的事情。

「聽說趙明溪今天幫國際班的傅陽曦買了好多東西，人體工學椅，皮卡丘抱枕什麼的，無微不至——堯神，她是不是故意的啊？明知道國際班的消息不出一天就會傳到你耳朵裡。」

「是想激你主動去找她嗎？」

沈厲堯冷冷道：「我幹嘛要主動去找她？我又不喜歡她。」

「對啊。她不來煩你我都求神拜佛了！」葉柏道：「雖然她做的甜點和便當很好吃，但是太他媽耽誤你前途了，我還是不希望她來！」

不知道是不是他的錯覺，他這話說完，沈厲堯臉色又黑了一點。

沈厲堯一言不發地將桌上的東西收拾起來，轉身離開了教室。

明溪中午出了一趟校門。國際班上課的內容都和普通班不一樣，雙語教學的課程非常多，她得去買點講義。

付完錢，她一轉身，忽然見到趙宇寧正和幾個戴著耳環、看起來就不是什麼好學生的外校生勾肩搭背，走進街對面的網咖。

這個時間還往網咖走，又是蹺課？

趙宇寧那邊一夥人一轉身，也看見了明溪。

「那戴口罩的不是你姐嗎？」趙宇寧身邊的一個黃毛皺眉道：「不會又是來堵你的吧？他媽的，你家裡人怎麼都這麼多管閒事？」

之前趙明溪撞見過他們蹺課幾次，每次她都過來把趙宇寧揪回學校去。

黃毛他們幾個都快認識她了。

「你還是趕緊走，別連累我們被你姐瞪——」

黃毛話還沒說完，卻見街對面的趙明溪已經收回視線，腳步一轉，拎著裝講義的塑膠袋，直接從街對面走開了。

等等，直接走掉了？？

黃毛和趙宇寧身邊的幾個人都是一愣：「神奇！你姐姐今天轉性了？明明看見我們了，卻沒過來？！」

「走走走，趁著你姐姐今天心情好放過我們，我們趕緊進去玩一把。」

趙宇寧卻看著趙明溪的背影，整個人都僵在原地，腦袋嗡嗡響。

趙明溪見到他和這些混混玩在一起，居然就這樣漠不關心地走開了？！

居然？！

這比他被封鎖還讓他不敢置信！

她以前是怎麼教訓他的？近朱者赤近墨者黑，見到他和這群人玩在一起，就氣得立刻把他抓回學校。

但今天怎麼這樣？！

——即便正在和家裡鬧矛盾，也不至於對他完全像是陌生人一樣吧？！

趙宇寧以前都很討厭明溪管他，還嘲諷過她真把她當他姐姐了。

但是現在她真的對他置之不理，他卻莫名地煩躁，像是陡然快失去什麼一樣。

「你們先進去，我有事。」

「你能有什麼事？你他媽該不會要臨時放我們鴿子吧？」黃毛不樂意了。

趙宇寧眼見著明溪的身影快從視野當中消失，一把打掉黃毛摟著他脖子的手，也沒管黃毛黑了的臉色，急匆匆地追過去。

明溪走得很快。

趙宇寧追得氣喘吁吁，快到高三樓下才把她攔下來。

「趙明溪！」趙宇寧攔在她面前，扶著膝蓋狂喘粗氣：「姐，妳到底什麼時候才消氣？大哥說他傳過訊息給妳，連大哥這樣的人都跟妳道歉了，還不行嗎？我知道這次事情是家裡人冤枉妳了，但是妳一直住校也不行啊，節假日妳能去哪啊？」

明溪知道自己沒地方去。

但即便這樣，她也不會回去。

「你攔住我就是為了說這件事？我有地方去，謝謝，不用你們操心，我要上樓了。」

明溪轉身要走，趙宇寧有些氣急敗壞。

但又知道這次是他們冤枉了明溪，明溪還在置氣，這樣也正常。

於是他又努力控制住自己的脾氣，追到臺階下，聲音軟了下來：「姐，求妳了，別和我們生氣了。媽那人說話就那樣，夾槍帶棒的，但是她還是關心妳的——我也道歉，妳離開家的那天我說話太過分。」

「都是一家人，什麼事不能解決，沒必要為了這點小事一直冷戰下去。」

說著說著趙宇寧也委屈了，撒起了嬌：「妳就為了這點小事，連我都不理了，把我封鎖，剛剛看見我也跟沒看見一樣？」

明溪沉默地看著教學大樓牆邊的草，她不懂，到底什麼是小事，什麼才是大事。

為什麼趙家每個人都是這一句「為了這麼點小事」。

剛去趙家時，碰了一下趙媛的鋼琴，被二哥趙墨衝進來呵斥，鄉巴佬別碰她的東西。

這些事都是很小很小的事嗎？

但她不再想去探討到底誰對誰錯，誰偏袒誰公平。

明溪決定把話說清楚，她轉過身來，看著趙宇寧：「我沒有和你們冷戰。」

趙宇寧鬆了口氣：「那妳還不回家——」

「我就是以後都不打算回去了。」

趙宇寧愣住。

「兩年前我沒來之前，你們一家人挺好的，後來我來了很多餘，也很沒必要。」

趙宇寧完全沒反應過來，睜大眼睛：「妳什麼意思？」

「我的意思是，別再來找我，我希望劃清界線，回到兩年前的狀態。」

明溪垂著眼睛，在心裡計算了下，得出一個數字。

「這兩年你們家為我花了一些錢，算上學費，大概十三萬。」

「我現在的確沒有能力一次性還清，等高中畢業後我會慢慢還上。前十五年你們家也沒養過我，我做了兩年的飯，算是把生育之恩還掉了，其他的，我就不欠什麼了。」

她還得把時間花在改變自己的結局上，實在沒時間和趙家這些人糾纏。

「所以，麻煩你回去也和你家裡人說一下，請給我一些時間，不要天天來催債。」

趙宇寧縱然想破腦袋也沒想過明溪居然是這麼想的，他一瞬間都沒辦法分辨趙明溪說的是氣話還是認真的話。

他整個人都傻掉了。

半晌後，「什麼債不債的啊？！妳是我們家的人，好不容易找回來了，誰要妳還債？！」

趙宇寧氣得眼睛都紅了。

明溪無言地看著趙宇寧，沒辦法和他解釋上輩子的事情。

她也懶得和他吵。

「麻煩你把我的話帶到。」

反正話已經說清楚了，明溪轉身就上樓了。

趙宇寧滿腦子都覺得很荒謬，一方面拚命安慰自己趙明溪說的只是氣話，管她回不回，不回拉倒，等到時候她看見大家都不管她了，肯定得眼睛哭腫了回來。

但另一方面，他看著趙明溪顯得很冷淡的背影，想到剛剛在校外，她完全不再關心他，心裡又湧出恐慌——

萬一趙明溪說的是真的怎麼辦？

趙宇寧還真從來沒想過趙明溪會真的離開這個家，再也不回來。

太陽太毒，趙宇寧腦袋一片空白地站了一陣子。

意識到快要上課，才轉身往高一那邊走。

方才他和明溪站在教學大樓下，去操場上體育課的趙媛就看見了。

還以為他在吼趙明溪。

結果朝著趙宇寧走過來，才發現不是吵架，趙宇寧居然一副心煩意亂的模樣，眼睛還發紅。看起來像是他被趙明溪甩了一樣。

「怎麼了，你去找明溪了？你們說什麼了？」趙媛隨意叫來一個男生，把抱著的一點器材交給男生帶去。

趙宇寧看了眼趙媛。

「趙明溪她說——」

趙宇寧話說到一半，卻沒繼續說。他難不成真的要轉述趙明溪的那些氣話？

萬一媽聽了氣到了，豈不是更加激化家庭矛盾？而且說不定到時候趙明溪會回心轉意呢？

「算了，沒什麼。」

趙媛微微皺了皺眉。她不明白，她昨晚只不過是去聚會了，回來之後，家裡所有人都一副欠了趙明溪的模樣。問清楚了之後，才知道原來導致她過敏的是鄂小夏，和趙明溪無關。趙明溪好像成功地透過這件事讓所有人對她產生憐憫和愧疚了。

「你們說了什麼都不能和姐姐說嗎？」趙媛半開玩笑道：「現在你們都對我有祕密了？」

她今天和鄂小夏之間關係僵硬，趙宇寧居然也沒問一句。

她不喜歡這種所有人的視線都被搶走的感覺。

「說了沒什麼，妳別問了，好煩啊。」趙宇寧煩躁地抬腳往高一走。

他心中正煩，根本沒心思去回答趙媛的問題。

趙媛看向他的背影，不敢置信地愣在原地。

趙宇寧從小到大和她一起玩，宛如她的跟屁蟲，從來都是她說一，他不會說二。在學校裡也是，但凡聽見誰欺負她的風吹草動，趙宇寧立刻暴怒。

但現在趙宇寧居然因為趙明溪說她煩？

明溪揉揉自己額頭，覺得應該和趙宇寧說得很清楚了，按照趙家人如出一轍的高傲脾氣，短時間內應該不會再來找她了吧。

她拎著書袋子上樓，本打算快速回班上，還能趴在座位上再休息一下，結果就在樓梯口看見了孔佳澤和沈厲堯。

自己今天中午是犯太歲嗎？怎麼一直撞見不想見的人。

孔佳澤是隔壁公立中學名氣很大的校花兼學霸，會跳芭蕾，和沈厲堯一起參加過競賽。兩人正面對面站著，沈厲堯垂眸，從孔佳澤手中接過來幾張表格。

明溪立刻反應過來，應該是最近的百校聯賽。

這聯賽一年舉辦一次，每個學校只有二十個參賽名額，帶隊老師一般只會挑金牌班和常青班的人去參加，再不濟，也是拉幾個國際班英語特別好的去。

老實說明溪也挺想參加試試看，畢竟考進前百分之二十，A中還會發一點獎金。她現在正缺錢，和那麼多優秀的人在一起比試，試試也好啊。

不過她剛轉班，想想也是輪不到她的。

情敵見面，分外眼紅，孔佳澤一眼就看見了她，微微皺了皺眉。

不用猜，孔佳澤那眼神，肯定以為她是為沈厲堯轉班到這棟樓。

沈厲堯視線正要順著孔佳澤看過來。

孔佳澤忽然靠近了一步，笑著輕輕搭住沈厲堯的手臂：「堯神，你們班今年會派哪些人參加，能透露點消息嗎？」

沈厲堯立刻推開她，迅速退後一步，眉頭擰了起來。

他下意識就看向樓梯口的明溪。

可趙明溪一眼都沒多看，她低著頭，匆匆繞過去往國際班走。因為戴著口罩的緣故，沈厲堯甚至看不清她是什麼表情。

明溪快要走到國際班門口，鬆了口氣。

媽啊，真的好尷尬。

看來以後得從另外一邊的樓梯上樓才行。

結果還沒進門，就被幾步走過來的沈厲堯叫住了。

「趙明溪。」

沈厲堯的語氣一如既往地冷清。

他昨天剛幫了自己，明溪只好轉過身，露出一個尷尬而不失禮貌的笑容：「你們繼續。」

沈厲堯差點沒被噎住。他心中無端燒起了一把火。

明溪見他沒有話要說，以為他就是和自己打個招呼——但是太陽簡直從西邊出來了，沈厲堯居然會在路上遇到後主動和自己打招呼！

「那我先進去了。」她轉身又要進教室。

沈厲堯盯著她背影，再次冷不丁開口：「下次不要讓賀漾送筆記。」

明溪一頭霧水，問：「賀漾怎麼了？」

沈厲堯單手插口袋，一隻手拿著報名表，冷冰冰盯著她：「人家是妳朋友，又不是跑腿的！」

明溪也不知道沈厲堯為什麼兩輩子都這麼討厭自己，自己雖然一直在追他，但是其實也沒做什麼特別過分的事情吧。

她只好幽幽道：「知道了。」

頓了頓，明溪想了想，還是道：「不過我以後都不需要借你的筆記了。」

沈厲堯皺眉：「國際班進度和普通班不一樣，妳確定妳能跟得上？」

明溪道：「那我可以找國際班的朋友借，再說了，你們金牌班和國際班進度也不一樣。反正你可以放心了，以後每週二我不會去麻煩你了。」

她本來以為說完這話，沈厲堯會像甩脫一個包袱一樣輕鬆，但不知道為什麼，沈厲堯卻死死盯著她。

明溪：？

不知道為什麼，感覺周圍的空氣一下子僵硬了起來。

沈厲堯臉色冷得可怕，忽然嗤了一聲：「國際班的朋友？傅陽曦？」

沈厲堯簡直想挖開趙明溪的腦子看看她都在想什麼，為了讓他吃醋，她就這樣去招惹別人？她有沒有想過萬一招惹到了傅陽曦那種人之後甩不掉怎麼辦？

「不找他。」明溪莫名其妙地看著沈厲堯：「他成績又不好。」

就傅氏太子爺那成績，倒數，他高中三年寫過一個字的筆記嗎。

沈厲堯的臉色又莫名好了點。

他將手中的表遞了一份給明溪，語氣波瀾不驚道：「這是申請百校聯賽的表格，上面除了資訊填寫，還有一些題。妳可以寫一下，想辦法這週六給我。我會提交上去，妳想參加百校聯賽的話，這些題全對了，會有一定機率入選參加。」

填了這個申請也不一定能去，帶隊老師還要親自選人。明溪猜測自己肯定去不了，但是也沒拒絕這個機會。

她將表格接過來：「謝謝。」

她正轉身要走，沈厲堯頓了頓，冷淡地道：「這週末圖書館，我可以幫妳補習聯賽的範圍。」

這簡直是明溪今天聽到的最令人驚訝的事情，她簡直懷疑沈厲堯是不是吃錯藥了。以前她纏著和沈厲堯一起去圖書館，沈厲堯都恨不得用視線瞪死她。

但很快她反應過來，沈厲堯是不是知道她和家裡鬧翻了，搬出來住之後，對她產生了點同情，所以破天荒地打算幫她？

明溪很快道：「不用了。」

沈厲堯的幫助，她承受不起。

沈厲堯臉色頓時冰冷下來：「隨便妳，不來更好，我剛好也很忙。」

明溪看著沈厲堯轉身離開，看都沒再看自己和孔佳澤一眼，這才覺得沈厲堯正常了。

她吸了口氣，轉身進教室。

窗戶旁邊，柯成文看著傅陽曦一直冒出半個腦袋，盯著不遠處走廊上的趙明溪和隔壁班的沈厲堯看，忍不住急道：「曦哥，別盯了，人進來了。」

傅陽曦迅速坐下來，假裝若無其事地戴上降噪耳機，拿起一本書目不斜視地看。

看了兩秒鐘。趙明溪已經坐回了最後一排的座位，卻都沒朝這邊看一眼——她今天居然一整天都沒來接近他。

傅陽曦全身的毛都在炸開，想找麻煩但又強忍著，他忍不住把書本一扔：「和轉班生說話的那誰啊？以前認識的朋友？」

柯成文想起中午打聽來的那些事，嚥了下口水，不敢說話。

心裡戰戰兢兢地說，朋友？

傳過百轉千回、轟轟烈烈緋聞的朋友？

讓你知道你可能只是個被用來讓人吃醋的工具人，那還得了？

你可能明天就會帶炸藥來學校。

柯成文心虛地沒回答這個問題，直接轉移了話題：「曦哥，不然你直接讓人把她桌子搬回來好了。」

傅陽曦眉梢警告性地挑起：「？」

柯成文還沒意識到危險，繼續出謀劃策：「或者打個彎球，去逼班導師把你們安排一起坐，等她坐過來了，你再擺出一張被班導師強迫的臭臉，這樣不就順理成章把她弄回來了嗎？省得這麼扭著脖子盯著看，等下都得頸椎病了。」

聽到最後一句話，傅陽曦差點撿起書丟到柯成文腦袋上：「是她想泡我，又不是我想泡她！你哪隻眼睛看見我想讓她搬回來坐了？」

柯成文脖子一縮。

傅陽曦毛都炸了：「亂出什麼餿主意，我有說過想和她當隔壁桌嗎？你沒看見她一上午不來煩我，小爺我睡眠都變好了？！」

「是是是。」柯成文趕緊順著他的話道：「我就說嘛，曦哥你怎麼會稀罕她當你隔壁桌。」

傅陽曦臭屁地冷哼一聲。

柯成文繼續拍馬屁：「唉，要我說，都是轉班生太不識抬舉了，居然還想跟你玩欲擒故縱這一套。」

傅陽曦眉頭卻又皺了起來：「你怎麼說話呢？」

柯成文：「……？」

傅陽曦道：「我一大清早把她桌子扔走了，她傷心一下也情有可原，你別小人之心度別人小女孩的腹部，欲擒故縱這話說得多難聽。」

柯成文：「……」

Fine，都是他的錯。

男人，生存好難。

下午兩節課一眨眼就過了。

今天有晚自習，各科老師安排的作業都多了些，再加上明溪忙著在論壇上回覆一些求代考的訊息，於是一時片刻也沒有再想辦法靠近傅陽曦。

她看了眼自己今天一整天都沒有進展、停滯在七棵嫩苗的盆栽，心裡也有些擔憂：「傅陽曦很討厭我，不願意和我當隔壁桌，你還有什麼辦法，能一次性讓氣運多增加一些？」光是幫忙跑跑腿、送送甜品，每次都只生長兩三棵嫩芽，也太慢了，要到何年何月？

系統道：『妳看過小說吧？』

明溪：「看過很多。」

系統問：『妳看小說時，最讓妳感到身心愉悅的部分是什麼？』

明溪想了下，道：「那自然是男女主角發生身體接觸時。」

『就是這個。』系統道：『妳送禮物給傅陽曦、幫他跑圈，在原文讀者視角就是妳這個女配成了他的小弟，對妳會生出一點好感，但是卻不會太多——妳會對時髦人物的小弟之一有印象嗎？所以做這些，氣運一次性也不會增加太多。』

『但是——如果妳能不只是做時髦人物的小弟，而是和他們有更多的接觸，那麼氣運一次性增加的數量就會更多了。』

明溪秒懂：「和名單上的人有肢體接觸能增加更多氣運？」

系統：『對。』

明溪整個人都不好了，她光是想成為傅陽曦的隔壁桌，傅陽曦都擺出那麼一張臭臉，心不甘情不願，她要是還抱上去，恐怕這輩子她就不是二十三歲死於絕症，而是十七歲卒於傅陽曦的拳頭下了。

系統慫恿道：『妳就試一下唄，碰到一下他的肌膚，看看嫩芽會生長多少。光是不著痕跡地碰一下，他應該不會打妳。』

明溪開始絞盡腦汁地思考，怎麼才能宛如沒事發生一般碰到傅陽曦的身體。

繞了這麼一圈下來，看來還是得和傅陽曦成為隔壁桌。

成了隔壁桌後，她一不小心碰到傅陽曦的手肘，說聲對不起，才沒人會發現。

不知道是不是明溪活下去的欲望太強烈，老天都聽到了。

第二節課下課，班導師看到她一個人坐在最後一排，居然把她叫到了辦公室，問她是否適應。

明溪趕緊抓住機會搖頭：「不太適應，那裡離黑板太遠了。」

明溪話很少，一雙眼睛烏黑，髮絲柔軟乖巧。

班導師對她印象很好，問：「那妳想換哪？」

明溪猶豫了下，道：「好像就只剩下傅陽曦旁邊有位子了。」

提到這個霸王，班導師眉頭皺得可以夾死蒼蠅：「要和他當隔壁桌，我建議妳還是單獨一個人坐。」

明溪卻堅定地道：「就讓我坐那裡吧，傅陽曦英語很好，可以幫助我……其實他人也不錯。」

後面這句話明溪說得很違心。

反正不管班導師答不答應，試試總沒錯。

門外，帶著一群人偷聽的柯成文驚呆了，趕緊跑回國際班教室。

「曦哥，轉班生剛剛向班導師提出要當你隔壁桌了！」

一個小弟模仿明溪的語調，輕輕軟軟地對傅陽曦呵氣：「就讓我坐那裡吧，傅陽曦人也不錯。」

「滾滾滾。」傅陽曦這下徹底不睏了，他抓起一本書砸過去，砸在黑板上「啪」地一聲清脆的響。那男生趕緊一躲，整個班頓時充滿了快活的氣息。

傅陽曦煩躁地抓了下頭髮，臉上竭力裝作惱怒和憤怒，可耳根卻克制不住的紅。

轉班生什麼鬼，怎麼這麼黏人？一天都繃不住。上午沒見她有什麼動作，還以為她死心了，結果下午又偷偷找班導師。

她真的好黏人！

明溪從辦公室回來，大老遠就聽見班上在起鬨，但等她一進門，聲音立刻戛然而止。

班上四十多雙眼睛齊刷刷盯住了她。

發生了什麼？

班導師從後面冒出腦袋，對著傅陽曦道：「你讓幾個人幫趙明溪把座位搬回去，別欺負轉班生，讓人家一個人女孩子坐最後一排成何體統？！」

班上的小弟們都看向傅陽曦。

傅陽曦不說話他們不敢搬。

傅陽曦抱著手臂，翹著腿，不服氣地與班導師對視，臉色很臭。

心裡卻著急——

這群人怎麼回事，班導師的話都不聽了？

班導師氣得腦殼疼：「還不快去搬！」

依舊沒人動。

傅陽曦：「……」

傅陽曦皺著眉放下腿，煩躁地站起來，一臉心不甘情不願，嘟囔道：「給班導師一個面子，那就搬吧。」

兩個小弟立刻去搬了。

班導師見此，狠狠瞪了傅陽曦一眼，這才拿著教材轉身離開。

就這樣，片刻後，明溪抱著書跟在後面，坐回了傅陽曦身邊的位子。

因為上了課，班上莫名喧鬧的氣氛也不得不靜了下來。

明溪悄悄往旁邊看了眼傅陽曦，傅陽曦繼續抱著外套趴在桌子上睡覺，帶著降噪耳機，頭埋在手臂上，也看不清表情，但耳根很紅，都快趕上他囂張的紅髮了——明溪猜測應該是氣的。

他被逼和自己坐在一起，應該快氣死了。

她琢磨著可能因為這一件事，傅陽曦更加討厭自己了，這可能對以後自己接近他產生影響，於是寫了張紙條。

對不起，班導師安排的，我事先也不知道。

明溪用了個小小的心眼。

傅陽曦從手臂裡抬起一隻眼瞥過來，就看見那隻玉白纖長的手指按在紙條上，小心翼翼地輕輕推過來。隨即立刻逃似地縮了回去。

被她遞過來的紙條彷彿帶了灼熱的溫度。

傅陽曦鼻子裡哼了一聲，沒將漲紅的俊臉抬起。

只伸出兩根手指，裝作不耐煩，將紙條滑過來。

掃了紙條上的內容一眼，傅陽曦的嘴角就忍不住開始上翹。

明明是主動找班導師要求換位子，卻這麼說。

騙子。

他懂，少女暗戀總是詩嘛。

傅陽曦冷哼著抬起頭，用左手支著臉，順便擋住臉上的紅色，右手撿起桌上的筆，飛快在紙條上刷刷寫了兩筆。

然後揉成一團丟了回去。

因為沒看那邊，一不小心沒丟準，丟到了趙明溪桌子右上角。

講臺上的老師彷彿將要過來。

傅陽曦立刻伸手去拿。

趙明溪看了他一眼，覺得這是個好機會，自己也裝作撿紙條，可以和他的手指若無其事地碰在一起，不知道能長幾棵嫩苗。

機不可失失不再來，明溪立刻也伸出手。

兩人手指果然碰到了一起。

傅陽曦手指冰冰涼涼，立刻感覺到女孩子的指腹柔軟溫暖。

他觸電一樣，惱怒地縮回了手，低聲質問：「妳幹什麼？」

「抱歉。」明溪也小聲道歉一句。

隨後明溪把紙條展開，傅陽曦只在上面寫了冷冰冰的兩個字「隨便」。

明溪鬆了口氣，看來傅陽曦雖然不太樂意，但是也懶得為了這件小事和班導師再大鬧一頓了。這樣一來，事情總算有了進展，她可以安心坐在這個位子了。

隨即明溪抬眼，立刻發現她的盆栽蹭蹭蹭地一瞬間生長出五棵新的嫩芽。

加上原先的七棵，一瞬間變成了十二棵。

什麼情況？第一次碰手就能長這麼多？？？

明溪恨不得把名單榜前排的人物一個一個摸一下手。

傅陽曦繼續用書擋著臉，用餘光看見明溪眼尾彎彎得毫不掩飾。

他臉色頓時一紅，心臟怦怦怦跳起來。

——至於嗎，只是摸到了他的手，又不是泡到他了，有這麼開心嗎？

好黏人，以後該怎麼辦。

第三章 選校花

國際班上除了傅陽曦和姜修秋，還有幾個人在名單前排。

包括柯成文，父母都是高官，回報率也有百分之零點三。

明溪廣撒網重點撈魚，雖然專注於傅陽曦，但是能從這些人身上蹭點，就也積極地蹭點。

她這兩天藉著幫忙發作業的機會，隨手送點從賀漾家店裡帶來的手工小餅乾給這些人，和這些人有了不易察覺的接觸，嫩芽慢慢艱難地積攢，加起來總共也有了一棵。

明溪數著十三棵嫩芽，下課悄悄拿著小鏡子去走廊角落摘下口罩看了眼。

疤痕果然淺得幾乎看不見了。

而且不知道是不是她的錯覺，她感覺自從自己開始蹭氣運後，頭髮越來越有光澤，皮膚也越來越白嫩光滑了。

系統得意道：『這個是自然的，妳沒看見一般小說裡，正派人物外貌描寫一般都比較精細，而反派女配就只在剛出場時用『美豔』這一類詞彙草率形容一下嗎？正派氣運就相當於養分，妳只會越來越好看。』

系統忍不住誇了一句：『妳是我帶過的反派裡最好看的。等傷口恢復了，說是女明星恐怕都有人信。』

「真的嗎？」明溪很高興。

不過明溪要求很低，她倒不在意能否變得更好看。

只要臉上的疤痕能盡快消失，這輩子能順順利利活下去，她就已經歡欣鼓舞了。

按照現在這個進度來看，大概攢到二十棵小嫩芽時，她就可以放心地摘下口罩，再也不用戴了。

柯成文幫忙把飲水機換掉，走過來時，就發現傅陽曦散漫地撐著腦袋，視線落在窗外。

他順著傅陽曦的視線看了眼，咂嘴道：「轉班生也是慘，聽說本來就長得不怎麼樣，去年轉學過來之前還臉部受傷。最近校花評選，她妹妹趙媛又是票數最高的，她應該多少有點自卑吧——」

話說到一半，看了眼傅陽曦涼颼颼的臉色，柯成文趕緊補充：「但是轉班生勝在性格好啊！你看剛來班上兩天，又是送甜品又是送小餅乾給我們，大家都挺喜歡她的！」

「我們？」傅陽曦成功找到了重點。

今天早上趙明溪帶來巧克力餅乾擺在桌上，小聲問他吃不吃，他冷哼了一聲什麼烤得亂七八糟的餅乾，打算等趙明溪問他第二遍，再伸手過去拿時，趙明溪就直接把餅乾收回去了，差點把他氣成河豚。

但他以為那是趙明溪的早餐，自己吃了怕她不夠，於是也沒有去碰。

可誰知轉身她就分給班上其他人了？

傅陽曦冷冷瞧著柯成文，肉眼可見地不大高興：「誰？」

柯成文恨不得打自己一個巴掌，叫自己多嘴多舌，萬一以後都吃不到趙明溪做的小甜點了：「沒有誰，就、就發作業時的幾個組長，轉班生剛來，這樣也可以幫她盡快融入嘛。」

傅陽曦若有所思：「也是。」

小甜廚子很會為人處世嘛，剛好和他截長補短，以後家裡外交不用愁了。

出乎柯成文意料的是，傅陽曦居然沒有再問。

而是喜滋滋地支著腦袋，繼續去盯著窗外了。

柯成文這才鬆了口氣。

校花評選和百校聯賽都是最近熱門的話題。

明溪收起小鏡子進教室，就聽見有幾個女生在討論。

「妳們都投票了嗎？為什麼今年又是趙媛票數最高？金牌班的曾嬌嬌不好嗎？我就喜歡御姐酷帥的類型！」

「正常，A中男生比例占七成，男生不都喜歡趙媛那種小家碧玉清純可憐的長相嘛。」

「可曾嬌嬌智商碾壓啊！」

「這倒未必吧。」有個男生忍不住道：「趙媛所在的常青班也是成績頂尖的班級，去年她還參加了百校聯賽，入圍了。而金牌班不過專門攻克競賽，劍走偏鋒，論起整體成績，還不知道誰比誰好呢。」

有人附和：「何況趙媛確實氣質更好，家境也更好，上次來接她的那個年輕男人氣質好得不得了，你們都看見了嗎——好像是她大哥。」

這種話明溪聽過很多，畢竟女主光環無處不在。

不過好在，先前每次趙湛懷來時，都只接他的小公主一個人。明溪沒上過趙湛懷的車，因此學校裡沒什麼人知道她和趙媛是姐妹。

但大約這次她剛轉班，還主動接近傅陽曦，有人對她起了興趣，就打聽到了這件事。

見她坐下來開始填百校聯賽的申請表，一個男生遠遠地看了眼，驚訝道：「妳也要參加？」

趙明溪抬頭看了他一眼：「嗯。」

以她在普通班數次都中游偏下、只有唯一一次殺進前五的成績，想要參加這種全省性質的競賽，在別人眼裡看來，可能真的有點諷刺。

不過百校聯賽還有一段時間，明溪覺得只要在這之前努力增加自己的氣運，到時候考試說不定能不再受反派身分連累，能完全考出自己的真實成績。

——那麼說不定有可能可以入圍決賽。

那男生覺得她有點不自量力，但是顧忌著旁邊睡覺的傅陽曦，沒有明說，而是戲謔道：「對了，妳臉到底怎麼了呀，能不能摘下口罩給我們看看？妳妹妹長得好看成績也好，妳應該也差不到哪裡去吧？」

這話明顯帶點諷刺了，明知道明溪轉過來之前，是成績被這三個班甩掉一大截的普通班，而顏值也是，明知道明溪長得平平無奇。

另一個女生也道：「對呀，還不知道妳長什麼樣。」

女生眼神裡憐憫大過於好奇。

明溪看出了男生的不懷好意，不想理會，眼皮不掀，道：「能長什麼樣，還不是兩隻眼睛一張嘴。」

那兩人都被嗆住。

明溪倒是不太在意他們是怎麼想的。

反正臉上的傷痕已經幾乎徹底消失了，不用放大鏡貼過來看，根本看不見，不然現在摘一下口罩？

可還沒等她有所動作，眼前忽然飛過一個筆袋，「哐」地一聲，開玩笑的男生眼皮一跳，連忙躲開，筆袋重重砸在了他桌子上。

傅陽曦用一種「你當我死了」的冷臉看了他一眼：「煩不煩，一天到晚就你們有嘴叭叭叭，吵死了。」

那男生臉都白了，頓時不敢說話了，把筆袋撿起來放到柯成文的桌上，就趕緊縮到教室後面。

女生也受到驚嚇，趕緊埋下頭去寫題。

明溪欲要摘下口罩的手於是頓住了，她詫異地看了自己的隔壁桌一眼。

「看什麼看？」傅陽曦冷哼一聲，紅髮囂張，眉梢挑得很高，斜著眼睛看她，滿臉的不爽。

見明溪還繼續不說話地盯著他，傅陽曦不自在起來，降噪耳機一戴，嘟囔道：「別得意，我又不是幫妳，他們吵到我了。」

明溪忍不住笑了下：「謝謝。」

她對傅陽曦的印象終於從負一千提高了一點。她發現這位雖然嘴巴說話難聽，但是好像並不像她以為的那麼難相處。

傅陽曦惱怒道：「說了不是幫妳。」

明溪聳了聳肩膀，沒說話，低下頭繼續填寫申請表。

傅陽曦用餘光瞥她，見她安安靜靜，眼角白皙，卻不知道她到底在想什麼。剛才去走廊照鏡子，說明她還是很在意她的臉的，聽到剛剛那些話，她一定在強忍淚水——

當然，轉班生眼角沒有淚水，但傅陽曦莫名覺得她口罩下的嘴唇一定是倔強地死死咬著的。

傅陽曦抓了抓頭髮，心裡莫名有點煩躁。

過了一下，快要填完申請表的明溪冷不丁聽到傅陽曦問：「妳覺得我帥嗎？」

明溪：？

這白癡的自戀毛病又犯了？

不過老實說，這位太子爺確實長得無可挑剔，俊美的眉眼高挑的身高，還自帶校霸BGM的氣場，是好看到無論誰都想多看兩眼的程度。

當然，A中沒人敢盯著他看，因為才多看一眼他就要暴走了。

「帥。」明溪抬起頭看了眼他眼角細小的淚痣，配合又誠實地道。

傅陽曦哼了一聲，繼續瞥著她：「那就行了。」

明溪：？

傅陽曦解釋：「因為我帥，所以我交女——我交朋友、我認小弟，都不在意對方好不好看。反正再好看也好看不過我。」

傅陽曦洋洋得意：「所以妳大可放心，我不在意妳美醜。」

明溪：「……………」

真是謝謝您了。

瞬間就覺得被安慰到了呢。

因為校花評選的事情在班上嘰嘰喳喳了一天，所以晚上打算洗洗睡的明溪隨手點開論壇看了一眼。結果非常意外的是，發現自己也入圍了。

當然目前排名落在最後。

但令人震驚的是居然有了四十五票。

明溪：？？？

戴著口罩的照片也能參選？

投稿的人是瞎了還是在玩她？

果不其然論壇裡很多外校生都在震驚地問這誰啊，戴口罩的照片也能參選。

明溪猜測是鄂小夏之類哪個討厭她的人在惡搞，她沒有精力去理會這些，於是也懶得管。

而另一邊。

柯成文和一群小弟正熬著熊貓眼，被急性子傅陽曦催促手速再快一點，多換幾個帳號來投。

一群人怨聲載道，痛罵壓榨小弟。

本來以為有了「嫂子」是一件喜聞樂見的事，卻沒想到這麼痛苦不堪。

這件事情明溪沒有放在心上，她很忙，一邊準備百校聯賽，一邊繼續堅持每天放學後做好甜點第二天帶過來給傅陽曦，順便找各種機會和傅陽曦更近一步。

於是也不知道到了週五時，自己的票數居然有了三百五十幾票，已經殺進了首頁前二十名。

週五，沈厲堯打完籃球，回教室時聽到有人議論此事。他皺了皺眉，掏出手機看了眼，果然就見趙明溪已經飆升到第二十名了。

沈厲堯知道趙明溪長得很好看，兩年前剛見時，便讓人移不開眼。不過她成績糟糕，臉皮還厚，一開始的沈厲堯看了眼她的入學成績，只覺得與她說話是浪費時間，見到她就繞道而走。

但這兩年她很努力很努力，不知道費了多大心血，才一步步爬到普通班前五名的成績。

其實她也沒那麼差，她努力起來無人能敵。

沈厲堯漫不經心地垂著眼，隨手也往第二十名投了一票。

忽然聽到有人喊他名字，像是趙明溪的聲音。

他在樓梯間裡站住，勾了下唇，用冷冷清清的表情回過頭，結果卻見到是一個高二的學妹。

那女孩急匆匆跑過來送礦泉水。

沈厲堯表情立刻變了，變得很煩躁。

沒等那女孩跑過來，他便一言不發地上了樓。

這週除了週二讓賀漾將筆記本送過來之後，趙明溪幾乎沒出現在他的視野當中過。

週三金牌班的體育課，以前趙明溪一定會用生理期來當藉口向老師請假，偷偷溜到操場找他。以往的週四他去廣播室也是，趙明溪一定會在廣播室蹲守他。

還有週五的籃球賽，這兩年來趙明溪從不會錯過他的任何一場球賽——

而這是兩年來第一次，她從開場到結束，都沒有出現在人群中。

國際班和金牌班就在同一層樓，沈厲堯居然也沒遇到過趙明溪。

這幾天來，趙明溪也沒有從金牌班的窗戶經過——看來她這一週以來是特意繞了遠路，每次都從另外一個靠近辦公室的樓梯上下樓。

沈厲堯終於意識到，她是真的在有意避開他。

到底為什麼？

沈厲堯臉上沒什麼情緒，只冷冰冰地走進教室時，下意識看了眼國際班的方向，躁得不行。

趙母的生日和趙媛的很接近，往年趙家都是一起辦。

今年應該也不例外。

生日前一週，常青班就開始有人送趙媛禮物。

「我投了一票給妳，今年妳應該又是校花了，提前祝生日快樂。」

趙媛被一群人眾星拱月地圍著，禮貌地笑了笑：「謝謝呀。」

鄂小夏在一邊遠遠看著，也忐忑不安地把禮物遞了過來。趙媛看了她一眼，沒接。

兩人還在為過敏那事僵持。

有人投票給趙媛，手指往下滑，就看到了投票頁面倒數的趙明溪。

有人震驚道：「怎麼這還有個戴口罩入圍的？審核的版主呢？今年校花評選是選好玩的嗎？」

趙媛面色微變，也打開手機看了眼。

趙明溪還真的神奇地排在第二十名。

旁邊有人道：「是趙明溪？我沒見過，但聽說過，一直在追沈厲堯的一個女生，聽說長得很平平無奇。可能有人抱著獵奇心理才會投她吧。」

鄂小夏見趙媛轉過身後，一直皺眉滑著手機看，有點琢磨不透她的心理。

但還是湊過去，小聲巴結道：「媛媛，妳別擔心，那群人就是抱著獵奇心理，想知道趙明溪口罩下長什麼樣才投她的。她現在才五百多票，妳的三千多票勝過她太多，她衝不上來的。」

「何況，如果衝到了前排，到時候才丟臉呢。妳想，評選結束，全校不認識她的人還以為她長得很漂亮——結果口罩一摘，哇，失望透頂。」

鄂小夏還以為說完了這話能緩解一下和趙媛的關係，可誰知趙媛聽了她這話，仍一言不發，臉色也變得更加難看，似乎並沒有鬆一口氣的樣子。

鄂小夏還要再說話，趙媛的另一個好友蒲霜的手機就震動了一下。

「咦，是趙宇寧傳過來的。」蒲霜詫異道。

『蒲霜姐，妳們女孩子生氣了，一般收到什麼禮物會消氣？PS，別告訴媛姐。』

剛好趙媛在旁邊，她就給趙媛看了眼：「妳弟弟對妳未免也太好了吧，這是不是打算悄悄準備生日禮物給妳啊？還讓我別告訴妳！」

趙媛扯了扯嘴角，臉色緩和下來。

趙宇寧應該也是想為那天在操場上無意識吼她的事情道歉。

不過趙媛有些驚訝，趙宇寧一向直來直去，今天居然會拐彎抹角了。

蒲霜問：「快，妳生日想收到什麼，我怎麼回？」

趙媛想了想，道：「我也不缺什麼，妳讓他隨便送吧。」

蒲霜於是回覆：『隨便送，不過霜姐建議你買個等身泰迪熊玩偶。』

那邊沒再回訊息，鄂小夏、蒲霜和周圍一干女生都羨慕起來：「如果我也有這種弟弟就好了。」

趙媛笑了笑，心情好多了，站起來收拾書包道：「我大哥要來接我了，下週見。」

趙宇寧則正拉著兩個哥們兒在商場裡轉悠。

下午最後一節課他請了假，專門出來想買點禮物，送過去給趙明溪。

這一週不知道是趙明溪有意在避開，還是高一的教學大樓距離高三的太遠，他居然沒有再在學校裡見到過趙明溪。

當然，他也沒有回家對家裡人轉達趙明溪先前說要徹底劃清界線的那番氣話。

他想著，這週末大哥要來親自接趙明溪回去，趙明溪總不可能對大哥還賭氣不回家吧。

所以他要是說了，反而是把事情搞砸。

但即便他沒有轉達，家裡的氣氛也肉眼可見的糟糕。

趙明溪不回家，家裡瞬間冷清了很多，別說吃不到趙明溪做的好吃的菜了，就連想鬥嘴，都找不到人。

趙媛和趙明溪性格很不一樣。

趙媛落落大方，學鋼琴、學禮儀，挑不出錯，趙宇寧固然很喜歡、很寵趙媛這個姐姐，但是他覺得他也缺不了罵人很厲害的趙明溪——也只有趙明溪會在他熬夜打遊戲時，揪著他耳朵把他推上床。

即便趙宇寧非常不想承認，但他也不得不說，這一週以來，他心裡的確空落落的。

他心裡雖然有點埋怨趙明溪怎麼就為了這點小事和家裡鬧得天翻地覆，關鍵是連他也不理了，但在趙明溪那天在教學大樓下說完那番話後，他也反省了下自己和家裡其他人，覺得也的確是他們委屈了趙明溪。

於是他想著，先買個禮物，等今天大哥把明溪勸回家之後，他就悄悄溜進明溪的房間把禮物送給她。

但是等真的要送禮物時，趙宇寧卻發現自己對趙明溪的喜好一無所知。

他才發現，兩年了，他好像就只在去年趙明溪生日時，隨手送過她一盤自己玩過的遊戲卡。

趙宇寧心裡莫名難受起來，還有一種來不及了的恐慌，但是他竭力把這點異樣的感覺壓下去。

不會的，家人哪裡有什麼過不去的矛盾。

在商場轉悠了一個多小時後，趙宇寧還是按照蒲霜的建議，買了個巨大的、約莫一百七十公分高的等身泰迪熊給趙明溪。

買完後，他心中鬆了口氣，覺得差不多了，趙明溪收到時應該會很驚喜。

因為太大，無法直接帶回去，他讓銷售員快遞回去。

填寫地址時他想了想，填寫了家裡，趙明溪收。

反正大哥出馬，今天一定能把趙明溪帶回家。

趙宇寧剛從商場回到學校，就接到了趙湛懷的電話，他匆匆拎著書包跑到校門口：「大哥。」

趙湛懷拿著車鑰匙從車裡下來，將白襯衣的袖口挽起，擰著眉徑直往學校裡走：「明溪的班級在哪？你帶個路。」

「大哥，你總算來了。」趙宇寧心情有點激動，大哥親自來接，趙明溪總不至於像那天奚落自己一樣，把大哥奚落得啞口無言吧。

他忙跟在趙湛懷身後：「那邊，和趙媛是同棟樓，但是不在同個樓層。」

趙湛懷上了五樓，朝著國際班的方向走去。

他對明溪轉班前、轉班後的班級位置都不清楚，他只知道趙媛在哪個班。

先前每次這樣放假的週末，趙湛懷都會開車來學校，親自來接趙媛回家。

他對趙媛的感情此時倒是尚未變質，但自從兩年前，趙媛從親妹妹變成沒有血緣關係的外姓人之後，趙湛懷便對她多了一層朦朧的憐惜心理。

他怕她在這個家裡會不自在，也怕她會被性格明顯更加強勢的明溪欺負，於是比起前十五年，趙湛懷對趙媛更加呵護。

親自來接趙媛，也算是他和趙媛之間的一個小小的、約定俗成的習慣，讓趙媛能夠感受到他的偏愛，用行為告訴她，她在這個家依然很重要。

至於趙宇寧和趙明溪，這兩年來一般都是由趙家的司機接送。

趙湛懷也沒覺得有什麼不妥，反正宇寧也會和明溪一起，兩人年紀相仿，說不定能幫助明溪更快地融入家庭。

但是這一週，可能是出於對上次那件事的愧疚，趙湛懷的注意力落在明溪身上顯然更多了一點。

明溪居然整整一週半都沒回來。

明溪不僅沒回他的道歉訊息，事後他和家裡其他人再打電話過去，竟然也都被封鎖了。就連一直在趙家做飯的阿姨的電話號碼都被明溪拉入了黑名單。

明溪完全是一副要徹底和他們劃清界線的架勢。

趙母在家裡氣得頭疼，叫嚷著既然趙明溪不回來，以後就永遠也別想回來。但是趙母只是刀子嘴豆腐心，總不可能真的不讓明溪回來。

趙湛懷便只好親自跑一趟。

作為兄長，他打算這週末先接明溪去外面吃頓火鍋，安撫一下她的情緒。然後再找個合適的機會把她帶回家。

國際班放學很早，人已經走得差不多了。

趙湛懷和趙宇寧長相都相當俊朗，走過去的路上，不停有女孩子打量他們。

有個人主動過來問：「你們找誰？」

趙湛懷道：「我是國際班趙明溪的家長，請問她在嗎？」

「她去辦公室遞交百校聯賽的申請表了。」

趙湛懷和趙宇寧對視一眼，都有些驚奇，百校聯賽他們是知道的，以明溪的成績，也想去申請嗎？先不說申請條件那麼嚴苛，每個學校名額有限，申不申請得上——即便申請上了，也只能是第一批被淘汰掉的、進不了決賽的吧。

趙湛懷對趙宇寧道：「不過有這個上進的念頭就很好了，明溪從小鎮過來讀書，也不容易。」

趙宇寧點了點頭。

兩人於是朝辦公室那邊走。

明溪正好交完申請表出來，一抬頭就對上了來接她回去的趙湛懷與趙宇寧。

「明溪。」趙湛懷走過來，視線落在明溪身上，一週半不見，簡直出乎他的意料，明溪似乎並沒有處於和家人鬥氣的情緒當中——她眼圈沒紅，也沒消瘦，頭髮甚至看起來更加有光澤、眼神也更加清明許多。

趙湛懷有些詫異，張了張嘴，還要說什麼。

結果還沒等他開口，明溪眉頭就皺了起來。

「你們怎麼又來了。」

明溪一句不冷不熱的話讓趙湛懷噎住。

趙湛懷還以為明溪見到自己，會有種「怎麼才來」的委屈，但萬萬沒想到會是這種嫌棄的神色。

他穩住自己心態，決定不和小孩計較，繼續道：「妳還回教室嗎？不回的話，我們邊走邊說，我帶妳去吃火鍋。」

明溪道：「那是趙媛喜歡吃的，我並不喜歡吃火鍋。」

「那就吃別的。」趙湛懷耐著性子討好：「還有，下週媽和媛媛生日，在那之前妳肯定得回家吧。別耍小性子了，明溪。」

明溪看了趙宇寧一眼：「看來你沒轉達我的話。」

趙湛懷也看向身後的趙宇寧：「什麼話？」

趙宇寧臉色頓時有點難看，他以為大哥來了，明溪的態度會鬆動，但怎麼還是這樣？還是對他們這麼冷硬？

明溪突然將身後的書包摘下來，從裡面掏出一張薄薄的相片。

趙湛懷記得，是兩年前明溪剛來趙家時，家裡給她的一張全家福。她沖洗了兩張，一張框起來放在床頭邊，一張隨身放在書包裡。

放在床頭的那張，他今早去看過，沒被帶走。

而這張——

「照片要好好保存，妳拿出來幹什麼？」趙湛懷盯著趙明溪，這才意識到明溪有點反常。

明溪走過去把照片遞給趙湛懷。

趙湛懷蹙著眉不接。

於是明溪只好揉成一團，丟進了旁邊的垃圾桶。

她做這件事時，宛如丟垃圾，眼皮都沒抬一下。

趙湛懷與趙宇寧都愣住，驚愕地看著趙明溪。

明溪又摸索了下書包，看了眼，認真確認了一番後，才道：「除了這張照片，我身上應該沒有其他你們家的東西了。我帶出來的書包、衣服，全都是兩年前我來時帶來的。」

趙湛懷擰眉：「妳什麼意思？」

「意思就是我身上沒有趙家的東西，麻煩別來找我。其他的話我已經告訴趙宇寧了。」

趙湛懷再溫和，也要生氣了，他看了眼都是果皮的垃圾桶，聲音壓得很低：「妳就這樣把全家人的照片揉成一團直接扔進垃圾桶？！在妳眼裡我們一家人算什麼？」

明溪用奇怪的眼神看著他：「不就是一張複印的照片而已嗎，至於嗎？」

「……」

趙湛懷猛然覺得這話似曾相識，他突然想起明溪剛來趙家不久，身上帶著幾張她以前生活的小鎮和她奶奶的複印照片。

明溪只肯拿出一張讓他們看，他們看完之後，最後也不知道落到了趙媛還是趙宇寧手裡，忘了還給明溪，後來就不見了。

當時明溪第一次哭著和他們吵架。

他們也是這句話：「不就是一張複印的照片而已嗎，妳還有很多張，至於嗎？」

趙湛懷臉色發青，心裡卻被刺到說不出話。

他看向趙明溪，而明溪已經轉身下樓了。

此時此刻趙湛懷和趙宇寧才發現，為什麼剛剛在走廊上見到明溪的第一眼，就覺得不太對勁。

明溪換了書包。

她帶出來的是她自己的、以前她奶奶買給她的書包。

明溪還換了髮飾。

她紮起的馬尾上，換成了一條普通的黑色髮圈。

趙母心情好，帶她逛街時買的，她全沒帶出趙家。

而她書包上，趙湛懷送給她的、以前被她如獲至寶的小熊吊飾，已經沒了。

趙宇寧徹底慌了：「怎、怎麼辦？」

大哥來居然都沒有用，明溪姐把照片都扔了。

「明溪讓你轉達的是什麼？」趙湛懷問。

趙宇寧看著趙湛懷鐵青的臉色，也不敢不說，只好原原本本地重複了一遍。重複完，他心頭更加發慌：「大哥，她說要徹底斷絕關係，你說她是在賭氣還是……我怎麼感覺她這次是認真的？」

「你怎麼不早點告訴我？！」

趙宇寧不敢說話。

趙湛懷心煩意亂，他看了眼趙宇寧，道：「算了，你先坐司機的車回家，我跟上去找明溪好好談談。」

趙宇寧六神無主，只道：「好。」

傅陽曦拎著書包從後門走出來，一扭頭，看見趙明溪正從兩個男的面前離開。那氣氛看起來很糟糕。

「杵在那裡的那兩個傻子是誰？」他下意識走過去。

柯成文一把把他拽回教室門框後，低聲道：「別人家的家事，曦哥你摻和什麼。」

傅陽曦很快反應過來，這兩人一個應該就是趙明溪的大哥，一個是她在本校讀高一的弟弟了。

據柯成文打聽到的來看，趙明溪和家裡關係不怎麼好。

上週還不知道為什麼鬧翻了，申請了住校。

傅陽曦也不知道她家裡是什麼情況，但是想到前不久被他砸筆袋的那人說的話，敏銳地推測出小口罩她家裡人該不會也是偏心吧？

不然為什麼去常青班一打聽，都知道趙媛有個經常接她回家的高富帥哥哥，但是打聽起趙明溪，卻沒聽見有誰專門接她？

傅陽曦心頭蹭蹭冒出三把火：「她家裡人都沒長眼睛嗎？都覺得那什麼校花比小口罩好看、成績更好，所以偏心？」

柯成文心說，也許還有別的原因，但是趙家的家事，他也不清楚。

傅陽曦怒道：「小口罩超過那什麼校花一百倍了吧？」

柯成文拍馬屁式贊同：「我也覺得。」

傅陽曦掂下書包掂量了一下，覺得重量不大合適，又把書包背回去，走到教室後面撿起一顆籃球。

柯成文瞬間攔住他：「這好歹是轉班生家裡人，砸壞了腦袋不合適吧。」

「也是，我砸是不太合適，以後還怎麼相處。」傅陽曦嘟囔道。

柯成文剛鬆了一口氣。

傅陽曦就把籃球往他懷裡一推：「你砸比較合適。」

柯成文：「……」

趙湛懷和趙宇寧正走到四樓樓梯間。

忽然一顆籃球很大力地從上飛下，不偏不倚地砸在趙宇寧腦袋上。

「砰」地一聲，趙宇寧腦袋都差點被彈飛出去。

他腦袋起了個大包，眼冒金星，憤怒至極地扭過頭：「誰？」

過了一下，一個黑色短髮的高個少年從國際班被推出來，大搖大擺地撞了下趙湛懷的肩膀。

過去撿起籃球，三步併作兩步快速下樓了。

趙宇寧覺得莫名其妙，衝著柯成文的背影吼：「你們高三的有沒有素養啊？」

趙湛懷皺眉，扣著他的肩膀：「算了，那同學應該也不是故意的，別惹事。」

趙宇寧只覺得事事不順，心情更加鬱悶。

兩人下樓，趙宇寧先去校門口，坐司機的車子回家。

趙湛懷問了一個路過的同學，大步流星地朝著A中宿舍大樓追過去。

到了宿舍樓下，被值班的阿姨攔住：「男性家長不能上去，除非讓學生下來接。」

趙湛懷下意識掏出手機，但想起來自己已經被趙明溪封鎖了。

他無奈道：「她沒帶手機。」

「什麼年代了還不能用手機聯絡？」阿姨的眼神變得有些懷疑。

趙湛懷的臉色瞬間有些難看，只有道：「我找我小妹，名字叫趙明溪，高三國際班。」

阿姨皺了皺眉。但見他長相俊朗，白襯衫儒雅，還是耐著性子解釋道：「除了有姓名和班級還不能放你上去，否則不是誰都可以隨便報個名字直接上去嗎？你送你家小孩來住校時，應該有登記和簽名吧，你記得你簽在哪一頁嗎？記得的話，我核對一下你就能上去。」

趙湛懷：「……她住校時，是自己拉著行李過來的，沒有人送。」

「趕緊走！」阿姨眼神頓時變得犀利：「穿得人模狗樣，長得豐神俊朗的，居然想混進女生宿舍？住這裡的都還是嬌滴滴的女高中生，哪家不是千叮嚀萬囑咐地送過來的？你家就讓她一個人過來，誰信啊？」

見他還不走，阿姨掃把都拿起來了。

趙湛懷額頭青筋直跳。

同時心裡卻也不太是滋味：「別人家的小孩……都是有人送過來的嗎？」

「對啊，住校的很少，一般都是一個人住一間。宿舍又沒有電梯，男孩子倒還好，女孩子一個人拎行李走六樓腿都軟了，還要一個人收拾打掃一間宿舍，一晚上都打掃不完！」阿姨道：「你家真奇葩，居然讓小孩一個人來！」

趙湛懷喉嚨一哽。

他居然從沒想過這個問題。

明溪置氣離家出走，他們就讓她那樣走了，但是如果換成趙媛呢，只怕他們當時就會立刻出去找。如果是趙媛非要住校，他也一定會送過來。

但為什麼換成明溪他就——

他沒想過明溪那天是怎樣一個人收拾了一整晚，將水槽邊邊角角擦乾淨，才疲憊得一個人在宿舍睡著的。

正如他也沒想過以前的一些小事，比如說一家人出去吃飯，大家都下意識點趙媛愛吃的菜時，明溪是怎麼想的。

他一直都覺得這些都只是小事，但此時，明溪第一次進家門時眼底的憧憬和期待，和方才在教學大樓不帶感情地扔掉照片，這兩幕重疊在他眼前，他才陡然驚醒。

這些令人失望的小事，在這兩年內，到底是重複了多少遍，幾百遍？幾千遍？以至於讓兩年前高高興興來到家裡的明溪，變得對他們一家人如此失望？

「你還不走？」

趙湛懷看了眼阿姨，心情亂糟糟，道：「您可以把電話借給我用一下嗎，我打個電話給家裡小孩。」

阿姨狐疑地看了他一眼，還是把電話遞過去了。

趙湛懷打開手機，對著趙明溪的手機號碼撥了過去。

然而三分鐘後，電話仍沒接通。

趙明溪斷得徹底果決，她換號碼了。

阿姨道：「別演了。」

「……」

趙湛懷放下電話，心情複雜。

趙湛懷在趙明溪的宿舍底下一耽誤，就錯過了去接趙媛的時間。趙媛打電話，也沒打通，不知道大哥在忙什麼。她在校門口等了很久，班上圍著她想見她英俊大哥的女生也都散了。

趙媛心裡不大高興，但是沒表現出來，打了電話給家裡的司機，讓司機來接。

趙媛回到家時，正見趙宇寧上樓，她想著趙宇寧買了禮物給她，於是主動緩和兩人這幾日有些僵硬的關係：「宇寧，你什麼時候回來的？」

趙宇寧從樓梯上心事重重地轉過頭，他根本沒聽見趙媛問什麼，「哦」了一聲就回房間了。

趙明溪沒回來，晚飯根本沒胃口。

趙媛：「……」

趙媛蹙眉，她十分不喜歡這種被忽視的感覺。

她換好鞋進來，保姆從院子裡走進來，艱難地扛著一個等人高的快遞，道：「小姐，商場送過來的，您買的嗎？」

趙媛回頭看了眼，視線落到快遞上，臉上瞬間雨過天晴。

她趿拉著拖鞋走過去，笑道：「應該是宇寧送給我的生日禮物。」

「提前這麼早就送禮物啊？」保姆震驚道，將快遞放在地上，怕是什麼易碎品，小心翼翼的。

趙媛笑了笑，剛才趙宇寧表現出蔫蔫的、不理會她的狀態，應該是想給她一個驚喜：「幫我拆開吧。」

「好哩。」保姆去拿剪刀，快遞很快就被拆開。

趙媛見到露出來的毛絨絨的一角，忍不住伸手去摸了摸，很軟，她很喜歡。

但保姆還沒拆完，就愣了愣，出聲道：「小姐，收貨人好像不是妳。」

趙媛皺了下眉，將快遞單扯過來看了眼。

當目光落在「趙明溪」三個字上，她整個人一僵。

趙宇寧也在二樓聽見了樓下的動靜，他踩著拖鞋急匆匆地下來。見商場包好的禮物已經被保姆拆了，他脾氣一下子上來了：「誰讓妳亂拆我的東西？」

保姆訕訕地站到旁邊。

趙媛這才意識到自己鬧了個大烏龍。她站起身，臉色很難看，不知道是該尷尬還是該生氣。

她定了定神，問：「是明溪的東西，怎麼寄到家裡來了？不是應該寄到學校嗎？」

趙宇寧一向粗神經，也沒留意趙媛臉上的神情，道：「明溪姐不是還在生氣嗎，我買給她的。」

趙媛還沒反應過來，趙宇寧就急匆匆地拖著禮物盒上樓了。

「……」

趙媛和保姆心中都只覺不可思議，趙宇寧買禮物給明溪？

保姆欲言又止，她看了趙媛一眼，也不敢說是趙媛讓她拆的，只好背了這個鍋，擦了擦手，低著頭快步走進了廚房。

門外響起煞車聲。

趙媛定了定神，朝別墅門外看去，見趙湛懷從車上下來。

趙媛一屁股坐到沙發上，並沒去門外迎接。

她眼圈已經微微紅了。

趙湛懷從門外進來，在玄關處換鞋，見趙媛背對著他，抱著抱枕在沙發上一言不發地坐著。

要是往日，他肯定能敏銳地察覺到趙媛生氣了，或是受委屈了，他會上前去關切地詢問一番。

但是一方面今天趙湛懷也心煩意亂，不知道明溪這事怎麼解決。

另一方面他在回來的路上止不住地去想更多細節——都是一些小事，比如說媛媛和明溪同時摔了一跤，他以前總是會先去扶趙媛一把。

他對趙媛的呵護所有人都看在眼裡，他自己也不以為意。

……但是這對於明溪而言，會不會是讓明溪對趙家徹底失望的最後一根稻草。

如果沒發現自己的偏袒還好，一旦發現了，就覺得有些彆扭。

已經決定和家裡斷絕關係的明溪彷彿就坐在沙發另一邊看著他似的。

而且，趙湛懷猜測媛媛也沒發生什麼大事，可能就是自己忘了去接她，她有點生氣了。

但是此時狀態已經很差的趙湛懷沒有精力去哄。

他猶豫了下，解開領帶，直接抬腳上樓了。

坐在沙發上的趙媛等了半天，等到身後響起腳步聲。

她眼圈更加紅了一點。

然而卻沒想到，那腳步聲一轉，就直接上樓了。

她震驚地轉過頭，卻只看見趙湛懷上樓的半個背影。

趙媛頓時站起來，無法理解眼前這一幕。

明溪沒回來，家裡飯桌上的話題卻都不由自主地圍繞著她。

趙母看了眼空了一週半的明溪的椅子，把碗筷「啪」地一放，朝趙湛懷皺眉道：「你今天沒去她學校嗎？」

趙宇寧不敢搭話，眼珠子小心翼翼地瞟了大哥兩眼。

趙湛懷感到一陣頭疼，他顯然不可能現在跟趙母道出明溪要和他們決裂的事情，家裡只怕會立刻天翻地覆。

他頓了頓，若無其事地夾菜，道：「去了。」

「那人呢，還沒哄回來？」

趙湛懷：「明溪說她最近要準備百校聯賽，每天從家裡往返學校時間不太夠，就先繼續住校，等您生日宴那天再回來。」

「她也要參加？」趙母詫異。

趙媛心中也驚奇，不知道趙明溪最近怎麼了，不僅不追著沈厲堯跑了，還將重心放到了讀書上。校花評選她參加，競賽她也參加。

前者趙媛不敢和趙明溪比，但是後者，比起成績，趙媛卻有十足的把握。

她聲音底氣都足了不少，以過來人的口吻道：「百校聯賽入圍決賽可以拿到獎金，決賽後前十名升學考還可以加分，明溪想試試也正常。但名額很少，光是被選中去參加就不容易……以明溪的成績，可能有點難。」

「去年我入圍了決賽，明溪連參加都沒參加成，大概心裡不開心。您看要不要幫明溪送點禮給高教授？」

趙湛懷皺眉道：「你們那個高教授我知道，送禮沒用。重在參與。」

趙母沒話說，但還是忍不住念叨：「什麼競賽，都是藉口，看來還是在賭氣，這孩子真是。那她手機什麼毛病，為什麼全家打電話給她都打不通？」

趙宇寧頭快埋進碗裡了。

趙湛懷頓了下，道：「她手機進水壞掉了。」

「那你就給錢讓她再買一個啊！」

「買了買了。」趙湛懷扶額道：「不過這陣子她準備考試，也在閉關，還是讓她先專心念書吧。生日宴那天她一定回來。」

趙母這才消停了，她忽然提起來：「對了，姓董的那家暴發戶聽說近期要回國，你注意著點，別讓他們背後搞什麼小動作。」

「怎麼這時候回國？」趙湛懷皺起眉：「明溪知道嗎？」

趙母道：「應該不知道，他們還沒出發呢，這消息是我逛街時從太太圈聽到的。」

姓董的這家人是以前明溪在小鎮時的鄰居，原本也窮，但就在趙家找到明溪之前，那家人那年突然發達，變成了暴發戶。那家還有個與明溪年齡相仿的男孩，和明溪是朋友。

當時他們一家尋找明溪，所遇上的最大阻礙，可以說就是這家人了。

不知道這家人是怎麼想的，可能不想明溪走，居然還幹出了偷偷帶著明溪搬家的事情。

而且兩家見第一面，這家人就對趙家一家有很大的敵意，趙媛被他們家的董深推了一下身體趔趄，當時差點打官司。

但是好在這家人後來去了國外。

提起這家人趙母就滿眼的嫌棄：「現在倒是發達了，有幾個臭錢，但是文化底子不深，幸好沒讓明溪留在他們身邊。」

眼見飯桌上的氣氛很糟糕，趙媛夾了一筷子菜放進趙母碗裡，笑道：「媽，別擔心，還有我呢，不然晚飯後我幫妳捶捶背吧。」

「那哪能一樣？」趙母按揉著太陽穴，隨口說道。

雖然更加偏愛趙媛，看趙媛哪哪都乖巧，但是血脈關係畢竟是刻在骨子裡的基因。這也是為什麼他們找了幾年也要把趙明溪找回來的原因。

趙媛臉色一僵。

她下意識看向飯桌上另外兩人。但是今天的趙湛懷與趙宇寧卻都十分反常，只顧著低頭心事重重，竟然沒有半點要安慰她的意思。

趙媛心中沉沉，只覺得有一些很不好的預感。

第四章 她圖我

住校的人不多。週末時為了防止引發火災，教學大樓一般都會關閉，只留下圖書館四樓的一間教室供留校的學生自習。

傅陽曦整整三年都不知道學校圖書館長什麼樣，但今天放學後，心思卻一直忍不住往圖書館那邊飄。

柯成文也朝圖書館那邊看了眼，卻剛好看到一個熟悉的人影拎著書包朝那邊走過去。

沈厲堯？

他不住校，放學後去圖書館幹什麼，不會找轉班生吧？

「看什麼？」傅陽曦正要順著他的視線看，柯成文趕緊攔住他，道：「你家裡車子過來了。」

校門口，一輛加長轎車徐徐開來，成功轉移了傅陽曦注意力。

傅陽曦眉眼一擰，有點不耐煩，拎著柯成文的脖子往另一個方向走。

柯成文看了眼車牌號，眼皮頓時驚悚一跳：「你媽回來了？！」

平時來接傅陽曦的車子不是這一輛。

傅陽曦推開他，將外套抖了抖穿上，眉眼更加不耐：「高高興興的時候別提這件破事。」

柯成文只好不說話了，但是過了片刻又忍不住湊過去問：「那傅至意那傢伙呢？也回來了？」

「對。」傅陽曦嗤了一聲，在風裡紅色短髮微微凌亂，眼角有點冷：「一個替代品不就得眼巴巴地跟著。」

柯成文也有點替傅陽曦心煩。

結果沒注意腳下的路，再一抬頭，就發現自己被傅陽曦拽到商場裡了。

「曦哥，你要買什麼？」

傅陽曦沒理他，而是抱臂盯著櫥窗裡的女裝，大拇指不自覺地抵著嘴唇，思忖道：「你說她這幾天怎麼都是兩套校服換著穿？是不是和家裡鬧翻了連衣服都沒有？」

傅陽曦的思緒太過跳躍，柯成文一下子沒反應過來。

他一頭霧水：「誰？」

「就，就那誰啊。」傅陽曦一副「被追得很不耐煩無奈之下只好回應一下下」的樣子，長長嘆了口氣，挑眉指了指自己：「追傅陽曦狂魔。」

「……」

「她今早幫我把作業也寫了，寫完了眼睛還亮晶晶的。」

傅陽曦得意洋洋：「還連續送了快兩週的甜品，全是親手做的。我不還她點東西豈不是很沒禮貌？」

「……」

柯成文一時無語，心說你沒禮貌的時候多了去了，這時候怎麼突然就講禮貌了？

柯成文問：「那怎麼給她？」總不能當著全班人的面。

傅陽曦漫不經心道：「晚上她應該在圖書館自習。等等我先回家一趟，你幫我把東西帶過去，圖書館會合。」

「不行——」柯成文立刻道。

傅陽曦莫名其妙地看他一眼：「你有別的事？」

柯成文點點頭：「對。」

傅陽曦「哦」了一聲，雙手插口袋繼續往前走：「那我自己去。」

柯成文：「不然下週一去班上再給，你幹嘛要去圖書館？你都沒有卡！」

「這還不簡單。」傅陽曦用「你在逗我笑，我可是校霸」的眼神盯著他道：「路上見到誰隨便搶一張。」

柯成文：「……」

傅陽曦非常敏銳，狐疑道：「你是不是有什麼事瞞我？」

柯成文趕緊轉移話題：「沒什麼，我們隨便買點什麼吧。」

心說，完了，等等去圖書館，要是剛好修羅場怎麼辦？

他還沒想好怎麼跟傅陽曦說趙明溪追了沈厲堯兩年的事。

「當然隨便買點，難不成還指望我精心準備？」

傅陽曦冷哼一聲。

他說著這話，走進一個行李箱店，左右掃視一下，拎了一個最大尺寸的巨號黑色行李箱下來。

整棟商場都是傅氏的，銷售員認識他——或者說認識他那頭紅毛，沒人上前，任由他折騰。

傅陽曦拖著行李箱往前走。

然後柯成文就見他一路大步流星地走，一路把女生秋天冬天的衣服、鞋子、書包、襪子都丟了進去，一丟就是一排。

他所經之處，如蝗蟲過境，一掃而空。

柯成文：「……」

你他媽這叫隨便買點？

柯成文正在想著要說些什麼，傅陽曦已經走到了另一排賣口罩的貨架前。

一名金牌銷售員猜到了他想買什麼，連忙推著貨架過來問：「傅少，您需要這個嗎？」

傅陽曦一扭頭。

貨架上一排整整齊齊的女式絲綢吊帶背心內衣猝不及防地撞進他眼睛裡。

他頓時俊臉一紅，暴跳如雷：「什麼有的沒的？！小爺我看起來像是要買這種東西的人嗎？！妳對我有什麼誤解？！」

金牌銷售員訕訕地拉著貨架要離開。

「等等。」傅陽曦又把她叫住。

其實傅陽曦懷疑轉班生最近很窮，因為他看到她經常在論壇搜索一些家教資訊，不知道買不買得起這些東西。

「那就拿兩件吧。」傅陽曦臭著臉，一眼都不敢多看，用兩根手指頭匆匆拎了幾件起來，扔進行李箱。

扔完他就已經面紅耳赤了。

他又抓了兩袋子口罩扔進去，然後匆匆用腳踹上行李箱蓋子，「滋」地一下拉上，轉身就拉著行李箱急匆匆地跑掉。

一群躲在貨架後來圍觀傅氏太子爺的銷售員匪夷所思地看著，神情精彩紛呈。

柯成文臉上也露出一言難盡的神情。

金牌銷售員面露微笑，看來不是誤解呢。

柯成文小跑追上去，恨鐵不成鋼：「曦哥，是她追你，不是你追她啊，你別買這麼一大堆好嗎？！」

「我知道！」傅陽曦不悅地道：「我又不喜歡她！這不是看在她堅持每天送甜品，簡單禮尚往來一下嗎？」

柯成文還要說什麼。

傅陽曦面無表情：「閉嘴，說了不喜歡她。」

「哦。」柯成文心情複雜。

傅陽曦亂七八糟地買了一大堆，最後又扛了兩床羽絨被。

十月的天，天氣說變涼就變涼，兩人從商場裡出來，冷空氣吹來，紛紛打了個噴嚏。

不遠處忽然響起了轎車引擎的聲音，一輛加長豪車陰魂不散地開了過來。

傅陽曦瞥了眼，臉色驀地冷下來，他將羽絨被壓在行李箱上，推給柯成文：「八點圖書館見。」

「這麼多東西，我怎麼說啊我靠。」柯成文一臉的不情願。

傅陽曦：「笨，就說中獎來的。」

柯成文懷疑人生，這誰信啊，中獎中這麼一大堆女生用品？

車子已經開了過來，後門被打開。

下來一個穿著西裝挺闊、恭恭敬敬的中年男人，對傅陽曦笑著道：「少爺。」

明溪抱著書認認真真地在圖書館複習。

週末還不回家的沒多少人，大約二十幾個，有人戴著耳機聽歌，有人翹著腿打遊戲，還有情侶，倒也不算冷清。

系統幫她算時間：『這張卷子妳用時七十五分鐘，妳越來越快了。』

「這張試卷不難，達不到升學考百分之八十的難度標準。不過確實比我先前用時快太多了。」

明溪抬頭揉了揉眼睛，看了眼維持在十五棵小嫩芽的盆栽上。

隨著小嫩芽增加──也就是負面厄運減少，她能夠很明顯地感覺到自己方方面面的變化。

最明顯的就是答卷時，因為莫名其妙腦子一抽而寫錯的答案少了很多很多。

系統對此的解釋是，她收穫的氣運正在抵銷女主對她的降智 buff。

明溪內心充滿了鬥志。

但現在她有一件發愁的事情是，百校聯賽申請表她遞交上去了，可就怕高手如雲，申請表一大堆，競賽帶隊老師根本不會看到她的申請表。

這樣的話她直接死在了起跑線之外。

選人的老師姓高，年紀過了六十，德高望重，是歷年來赫赫有名的金牌競賽教練，在校內一向說一不二，連教務主任都敬重三分。

明溪想著有沒有什麼辦法把自己的申請表直接送到高教練眼前。

哪怕他看不上自己，但至少得努力一次。

——再不然，能夠認識這位神龍見首不見尾的老師，得到一點指導也是好的。

這輩子必須得考個好大學。

因為有上一世的記憶，明溪很快拓寬了想法。

「你幫我看看這是不是高老師幫孫子找陪玩的資訊？」

上一世明溪讀大學時，這位金牌教練也退休了，周圍的人都非常可惜，那時所有人才知道原來他家裡有個患有自閉症的孫子，因為孫子病情越發嚴重，他只好專心回去照顧。

系統：『是，兩百塊一天，價格也還行，妳如果能應聘上，剛好還能緩解妳的經濟壓力。』

明溪道：「應該沒問題，你看這貼文下面幾乎都沒人回覆。」

這匿名貼文語氣發得生硬，要求嚴苛，還是要求陪自閉症小孩玩。

校內需要打工賺錢的學生根本不會接這種活，大家都寧願接一些簡單的家教、代寫作業這類來錢較快的活。

以至於貼文從上半年一直掛到現在，只收穫了一些諸如「？？？」、「認真的還是釣魚的？」之類的回覆。

如果不是重來一世，明溪也不會把發文人和素來嚴厲的高老師聯想在一起。

明溪抱著試試的心態，傳了私訊給發文人，表示自己想做這份工作。

但是傳完之後，整整十分鐘，毫無動靜，也沒有顯示已讀。

系統：『這個辦法有用嗎？我看妳不如直接打聽高老師家的地址，直接去。』

「那樣目的性太強了，高老師這種性格的人肯定會感到厭惡。」明溪思索道：「先等等吧，現在是晚上，高老師年紀大了，應該睡得很早，我們明早再看看。」

明溪翻了翻日曆，還記起來一件事情。時間應該快到了，正是上輩子百校聯賽結束之後，董家回國。

董家一家是以前她在小鎮時，奶奶家隔壁的鄰居。當時他們也一窮二白，卻仍常常接濟明溪和扶養明溪的奶奶。

大約三年前，董叔叔做生意突然暴富，之後就出國了。

上輩子董家一家回國後，經常接明溪過去往來。

他們一家人認為趙媛鳩占鵲巢，對趙媛的態度都極其惡劣——可想而知，他們一家在原文中，也是不大不小、不停蹦躂、被趙媛身邊的人打到臉腫的那種反派。

再加上董家雖然有錢，但一家人還是較為憨厚——在原文中就是沒什麼智商，於是經常鬧出笑話。

轉學過來的董深明明五官很帥，但卻因為太土，被A中的學生笑話。

最後董家的下場也不比明溪和賀漾家好到哪去。

明溪不記得電話號碼，沒辦法提前聯絡上董家。但她把日曆上的日期圈起來了，決定這輩子一定要在女主氣運下護住這一家。

至少得讓他們離趙媛遠點。

還有，她見到董深的第一件事，可能是得帶他去重新買衣服。

要做的事情很多，明溪在腦海裡一件件規劃好。

但是在做這一切的基礎上，重中之重，還是得盡快讓盆栽裡的小嫩芽多多生長。

明溪按揉完眼睛，正要繼續寫下一張試卷。

長桌對面的椅子忽然被拉開。

一個熟悉的黑色書包放在桌上，一隻熟悉的手打開書包，從裡面掏出了一本厚厚的競賽題集和一支筆、一疊紙。

「……」明溪一抬起頭，就見彷彿是巧合一般，撞上沈厲堯的一雙眼。

沈厲堯看了她一眼，把書包放在旁邊的座位，在她對面坐下來。

「你為什麼會在這裡？」明溪左右一看，沒看見隔壁學校的孔佳澤，也沒看見別人，沈厲堯居然是一個人過來的——關鍵是，還破天荒地主動坐在她對面。

沈厲堯淡淡打量著她，心頭壓著一把火，一開口語氣便不怎麼好：「我為什麼不能在這裡？圖書館妳家開的？」

什麼鬼？這麼大的火氣。

明溪莫名其妙：「講話這麼衝？吃彈藥了？我招你惹你了？」

沈厲堯視線定定地落在她放在旁邊的一疊試卷上，試卷左側龍飛鳳舞地寫了「傅陽曦」三個字。

明溪順著他的視線看過去：「幹嘛？」

沈厲堯太陽穴突突直跳：「他的作業為什麼要妳來寫？」

「我樂意。」明溪這兩天在幫傅陽曦寫作業，一方面可以積攢氣運，一方面也可以當作刷題，多寫一次印象更深。但她有什麼好和沈厲堯解釋的。

「……」沈厲堯噎住，他心中那把火頓時燒得更旺了。

他一瞬間似乎陡然捕捉到，到底為什麼，這幾天以來他聽到趙明溪和傅陽曦兩個名字出現在一起就煩躁不堪。

沈厲堯聲音更加沉了下去：「妳鬧夠了沒——」

明溪抬起頭。

沈厲堯滿腹的「為什麼一定要招惹傅陽曦那種人？為什麼好端端的卻不出現在他視野範圍內了？」這樣的話到了嘴邊，卻礙於少年人的自尊心，無法說出口。

脫口而出的便變成了：「妳一直住校不是辦法。」

明溪本來還想和他打個招呼，但是她好好地在這寫作業，卻被他莫名罵一頓，再加上，他還在幫趙家做說客。

雖然明溪脾氣好，也有點忍無可忍了。

「堯神，我們不過認識兩年，是你之前說的連朋友都算不上，你沒有立場來勸我。」

沈厲堯手裡握著還沒遞出去的百校聯賽的重點範圍，卻幾乎忘了自己是來做什麼的，他咬牙切齒地盯著明溪，反問：「不過認識兩年？」

——那這兩年她所說的喜歡算什麼？

「是的。」明溪左右看了眼，見還沒人注意過來，立刻站起來收拾自己的東西。

「以前打擾你是我太不知天高地厚，很抱歉，但是以後不會了，麻煩你也別來管我的事。」

沈厲堯不可置信，桌子底下的指骨漸漸攥緊。

他臉色發青，看著她轉身離開。

明溪收拾了書包，在圖書館自習室裡尋了一處距離沈厲堯最遠的地方坐下。

她意識到沈厲堯有點反常，這兩年來，他還是第一次主動來找自己。

站在明溪的角度來看，沈厲堯這樣驕傲的人，可能就只是不習慣一個一直追著他跑的人突然不追著他了。

或許是不習慣，又或者是少年人的自尊心受到了打擊。

但總之，過一陣子就會恢復素日冷冷清清的模樣。

畢竟他又不喜歡自己，過陣子他發現甩掉了麻煩精高興都來不及。

柯成文肚子餓得要命，先在外面吃完了晚飯，才拉著行李箱姍姍來遲。

結果他剛走到玻璃落地窗外，一眼就見到轉班生和金牌競賽班的沈厲堯面對面坐在一起。

看沈厲堯那冷冰冰的表情，似乎是在吵架——但總之兩人相當熟稔，一看就和打聽來的一樣，有一段相當豐富的情史。

媽啊。

這該怎麼辦，去把轉班生叫出來，避開曦哥和沈厲堯的會面？

柯成文心裡突突直跳，正要走進去再想辦法，肩膀就忽然被人拍了一下。

「你怎麼還在這裡？」

柯成文呼吸都要停止了。

一扭頭，傅陽曦穿著件運動外套，短髮被吹得凌亂，站在他身後。

他身上浸著從夜風中來的寒氣，還拎著盒巨大的便當。

他顯然剛從家裡過來，臉上還糅雜著一種冰冷與漠然的晦暗不明，與他平日裡的暴躁囂張截然不同。

不過這種殘餘的神色很快地就從他臉上消失了。

「曦哥，你手怎麼了？」柯成文注意到傅陽曦拎外套的手背不知道被什麼劃傷，倒沒有什麼大礙，但是仍有一些淺淺的血跡滲了出來。

傅陽曦不以為意，抬手蹭了一下：「被玻璃杯子碎片劃傷了。」

柯成文猶豫了下，也不知道該不該問。

「你未免也太慢了。」傅陽曦轉移話題，皺著眉，邁開長腿要進去。

柯成文連忙一把把他拽回去：「曦哥，你這便當別在裡面吃，在外面吃完再進去吧！」

「神經，外面冷死了。」

傅陽曦越發懷疑他有什麼事在瞞著自己，瞪了他兩眼，毫不猶豫地進了自習室。

柯成文心臟簡直都要驟停了，只能硬著頭皮推著行李箱，跟著他進去。

誰知傅陽曦繞來繞去，方向卻不是朝著他剛才看見沈厲堯和趙明溪坐一起的那個位子。

柯成文愣了愣，迅速朝方才那個位子看去，卻見只剩下沈厲堯一人面色沉沉地坐在那裡，哪裡還見趙明溪的蹤影？

就在他拉扯傅陽曦時，轉班生好像已經換了個位子。

柯成文這才鬆了口氣。

他趕緊加快腳步，立功贖罪，搶在傅陽曦前面，衝到轉班生身邊去，冷汗涔涔地將箱子和兩袋羽絨被都往旁邊椅子上放。

「轉班生，我和曦哥放學後去網咖打遊戲，中獎中的！好像都是女孩子用的東西，我們用不著，就隨手送給妳啦。」

剛剛兩人在門口，明溪就看見兩人了，實在是因為傅陽曦那頭紅色短髮過於囂張亮眼，個子又高得鶴立雞群。

她看向傅陽曦：「給我的？」

「嗯哼。」傅陽曦竭力不讓自己的得意流於神色。

他走過去拉開和明溪間隔一個座位的椅子，懶洋洋地往椅子上一靠，翹著腿。

他玩起明溪桌上的筆蓋，啪地打開，又啪嗒蓋上，一副「雖然我送妳東西了但妳不要貪圖我」的冷酷。

見明溪還在看著他，他視線掃了過來：「轉班生，不要多想，大家都是同學，互相幫助而已。」

「……」

我貪圖你成績倒數，還是貪圖你智商全無？

明溪看了眼放在一邊的羽絨被等物，才不信。

哪有中獎中這些東西的。

她猜出八成是傅陽曦特地去買的——至於原因，她也不清楚，但她想可能是因為自己這些日子送的甜品。傅陽曦不好意思只吃她的，想回禮。

不管怎樣，明溪心裡還是流淌過一絲暖意，尤其是在被趙湛懷和沈厲堯等人連環找麻煩之後。

「謝謝你。」她眼睛彎了起來。

傅陽曦對上明溪那雙眼睛，她穿得很單薄，睫毛纖長，一笑起來，落入眸子裡的燈光就細碎起來。

傅陽曦趕緊移開視線，暴躁道：「都說了是中獎中的，謝什麼謝？」

「我又沒說不是中獎中的。」明溪無語道。

見傅陽曦轉過頭去，她趁機輕輕嗅了一下。空氣中又散發著一些乾燥的松香味，明溪控制不住自己。嗅一下剛剛寫那麼長時間作業的疲憊都沒了。

明溪動作一點也不明顯，但奈何傅陽曦一直用餘光酷炫狂帥跩地盯著她。

傅陽曦在來之前告誡了自己一萬遍要控制住，結果還是一秒破功，耳根「唰」地一下子通紅。

媽的，他故意隔開一個位子坐了，她還是在吸他！

傅陽曦剛要說什麼，明溪怕他又語不驚人死不休，連忙打斷他，抬頭對柯成文道：「你們中了什麼？」

「哦哦哦。」柯成文注意力全落在不遠處盯著這邊看的沈厲堯了，回過神，腦子也沒多想，直接蹲下來把行李箱一拉。

「等下，回去再打開——」傅陽曦話還沒說完。

「滋拉」一下兩件絲質內衣已經掉了下來。

柯成文已經完全忘了銷售員還塞這東西給他們了。

不遠處零零星星坐著的幾個人都看了過來。

明溪大腦當機，一下子沒反應過來這是什麼：「這也是中獎中的？」

傅陽曦最先反應過來。他表情呆滯了一秒，表情猛地一變，箭步衝過來，直接把吊帶內衣扔到柯成文懷裡：「這是什麼東西？怎麼會在箱子裡，是不是你塞進去的？」

柯成文表情非常的一言難盡：「曦哥，你──」

傅陽曦視線往右，示意他拿著內衣趕緊走。

柯成文內心是慘烈的，他匆匆將內衣塞進書包裡，然後把箱子「啪」地一下關上：「這是我中獎的部分，其他的都是曦哥中的。」

明溪表情難以形容，對傅陽曦的認知又上升了一個層面：「你一個大男生你買這種東西？」

傅陽曦心裡罵了聲靠，臉色憤怒地紅了：「妳以為我想買──不，是中啊，中獎又由不得自己。」

明溪轉移話題：「你吃晚飯了嗎？為了買──不，是中獎，為了中獎，你們不會都沒吃晚飯吧？」

柯成文和傅陽曦異口同聲。

「我吃了，曦哥還沒。」

「吃了。」

話剛說完，傅陽曦肚子就咕嚕咕嚕地叫了一下。

「……」

傅陽曦俊臉迅速變得面無表情，站起身，雙手插口袋，置身事外冷酷地看向周圍其他人：「誰肚子叫？」

柯成文：「……」

明溪：「……」

明溪覺得尷尬，又覺得想笑，更多的則是一種許久未感受到的暖意——她也猜到，傅陽曦應該是知道自己離家出走住校了，否則不會送羽絨被過來，天氣漸冷，她也的確需要這些。但是他可能從沒買過這些，於是亂七八糟塞了一大堆。

傅陽曦好像也沒她想像中的那麼討厭。

明溪忍住笑意，轉過身繼續寫作業：「算了，別忙活了，趕緊吃飯吧。」

傅陽曦才重新坐下來，彆扭地將便當打開。他看了眼趙明溪，見明溪專心寫作業，心情不再肉眼可見地低落，他才勾了勾唇，掀開便當盒子。

柯成文收拾好行李箱，也拉了把椅子坐下來：「你買什麼？」

傅陽曦道：「香菇牛蛙。」

話音剛落他眉頭就皺起來：「有香菜。」

傅陽曦頓時沒胃口了，但是肚子又餓得慌，他掰開筷子，打算把香菜一根根挑到旁邊的蓋子上。

卻見明溪眼睛忽然一亮。

明溪像小奶貓一樣興奮地湊過來：「傅少，我幫你挑！」

這麼精細的活得長多少小嫩芽！

「隨妳。」傅陽曦冷哼一聲。

他剛答應，明溪立即就坐了過來，把便當拉了過去。

傅陽曦垂眸，悄悄看了眼明溪發亮的眼眸，竭力想裝作若無其事，但身後的尾巴還是翹到了天上，臉色也微微發著紅。

這麼精細的活她都想要為他幹！她到底有多喜歡他？！

傅陽曦神色得意地瞥了旁邊的單身狗柯成文一眼。

卻見柯成文一直心不在焉，視線瞥向另外一個方向。

傅陽曦順著他的視線看過去——然後就對上了八九排之外，遠遠看過來的、沈厲堯冷冰冰的眼睛。

又是那個人。

傅陽曦皺了皺眉，下意識低頭看了趙明溪一眼。

他發現……那個人盯著的，是他的小口罩。

沈厲堯就這樣死死盯著趙明溪幫傅陽曦挑香菜。

先前從國際班傳出一些趙明溪每天送甜品給傅陽曦的事情，他還根本不信，直到現在眼見為實。

他手指漸漸攥緊，心裡彷彿煮開了一大鍋油，焦躁又煎熬。

就連他自己也不知道，為什麼看到這一幕，他會覺得宛如一根刺扎進了眼底，十分刺眼。

他不覺得趙明溪是真的喜歡上了傅陽曦，反而還是在賭氣，和她家裡人賭氣，也和他賭氣，否則她完全沒必要故意當著他的面，幫傅陽曦挑香菜。

她是故意的。

但是她指望他再去找她，幾乎是不可能的。已經找過一次，就不會有第二次。

他的自尊心不允許。

沈厲堯冷靜了下，決定先讓趙明溪冷靜一陣子，等她自己這股彆扭勁緩過來了，一切就會回到正軌了。

他垂下眼，不再多看一眼，以免擾亂自己。拎起書包，快步走出了圖書館。

夜風吹來，沈厲堯右手裡還攥著他劃出來的百校聯賽的重點範圍，他走到垃圾桶前，臉色冷峻地將紙張揉成一團要扔掉，但是手指頓了頓，還是皺著眉將紙張打開。

他走到門口的工作臺前，將重點範圍摺了兩次，夾進一本書裡，遞給圖書館管理員：

「你好，麻煩幫我轉交給一個國際班的學生。」

傅陽曦抱著手臂靠在椅子上，虎視眈眈地盯著沈厲堯。

直到沈厲堯走出圖書館，他才劍拔弩張地收回視線。

他腦袋一偏，視線往左掃，瞥了坐在身邊的小口罩一眼。

明溪正勤勤懇懇地挑香菜。

傅陽曦盯著她看了一下，還是忍不住問出口：「那誰，妳朋友啊？」

明溪順著他的視線往門口看了下，反應了下才知道他在說沈厲堯。

明溪頓了頓，道：「算是吧。」

「關係挺好吧。」傅陽曦佯裝漫不經心地道，竭力不流露出任何的酸溜溜：「我看他一直看妳，是不是有什麼話要說？」

「一般。」明溪道，她現在見到沈厲堯就繞道而走，可不是一般嗎。

於是她又補充了一句：「就是認識。」

說完明溪才感覺不對勁，她轉到國際班快兩週了，這個二世祖整天不是趕她滾就是擠兌她，今天雪中送炭可以解釋為回禮，但是怎麼突然向她打聽金牌班的人？

這個回答有點敷衍，傅陽曦看了眼沈厲堯的背影，又問：「看著裝模作樣的，他成績是不是很好？」

明溪：「怎麼了？」突然問成績幹什麼？

明溪明白了，她雖然自認成績不錯，但是目前和沈厲堯還是有很大的差距。

傅陽曦這是想換人寫作業？

「傅少，你還是別想了。」明溪立刻放下筷子，努力推薦自己：「你就老老實實讓我幫你寫吧，我還會模仿字跡。除了我沒人寫得這麼耐心，你何必捨近求遠呢？」

傅陽曦一愣，隨即反應過來。

吃醋！這他媽不是吃醋是什麼？！

他說什麼了嗎？她怎麼還為寫作業這點事計較起來了呢？！

傅陽曦竭力忍住逐漸上揚的嘴角，見趙明溪還在看著自己，他趕緊收斂了表情，跩得二五八萬，不耐煩地擺擺手：「行吧行吧，不讓別人寫。」

明溪鬆了口氣。

傅陽曦耳根羞赧地紅了起來。

柯成文看著明溪的眼神一言難盡，欲言又止。

明溪做什麼都很認真，挑香菜這件簡單又瑣碎的事情也不例外，傅陽曦撐著腦袋看著她專注仔細，睫毛落滿燈光。

「好了。」等明溪把筷子交給他，他才回過神。

傅陽曦接過筷子，心裡美滋滋，格外有食欲，開始大口大口扒飯。

他吃得很快，風捲殘雲，朝氣蓬勃，但卻很安靜。

明溪也高高興興地去看自己的盆栽，又長了三棵小嫩芽，距離五百棵快了。傅陽曦真是個好人。

好人傅陽曦吃著飯，放在旁邊的手機忽然震動了一下，他隨手拿起來，單手滑開螢幕看了眼，是姜修秋傳來的訊息。

但是還沒點開看姜修秋傳來了什麼，他就想起來一件事——今天趙明溪是不是還沒傳訊息給他？

趙明溪每天雷打不動地送甜品加三則訊息加幫他寫作業。

今天猛然沒收到訊息，他居然還不習慣。

「妳今天手機壞了？」傅陽曦佯裝隨口一問。

明溪坐在旁邊寫題：「沒啊。」

——那怎麼不傳訊息給我？這話傅陽曦問不出口。

他繼續若無其事地冷哼：「哦，謝天謝地，妳終於不傳訊息來騷擾我了。」

「你不是隱藏我了嗎？」明溪詫異。

「當然隱藏了。」傅陽曦道：「根本看不懂妳每天傳什麼東西，不隱藏幹什麼？」

明溪：「哦。」

隱藏了就好。

她這兩天有點忙，竟然忘了這件事，傅陽曦一說，她就想起來了。

現在每天傳訊息，已經攢不下多少小嫩苗了，但是聊勝於無。

而且明溪分析，最好是不要中斷，萬一這東西和另一個通訊軟體一樣有個連續傳多少天就有獎勵的設置呢？

她立刻掏出手機，當著傅陽曦的面，點開通訊軟體，傳了三個貼圖給傅陽曦。

傅陽曦在旁邊瞥了眼：「……」

什麼情況？她好敷衍！

她之前每天傳訊息也都是這麼敷衍的嗎？

傅陽曦之前還以為她每天傳訊息給喜歡的人之前要琢磨很久呢。

傅陽曦腦子差點當機。他真的很不懂女孩子。

手機震動一下，又一則姜修秋的訊息傳了過來，傅陽曦打開看了眼：『你刷我的卡，這他媽買的都是什麼？不知道的人還以為我有變裝癖呢！』

『嘖。』傅陽曦單手回覆：『傅至意最近回國，被我媽帶到我爺爺跟前了，正是多事之秋，我就沒用我自己的卡，回學校你買釣魚竿用我的卡刷回去。』

姜修秋滿意了，語氣溫和了許多：『不是，到底是你追人家還是人家追你？你都快把自己賠進去了。』

傅陽曦不在乎地回：『怕什麼，她又不是圖我的錢。』

頓了頓，他炫耀地啪啪啪打了一大堆過去：『上次給她的錢她全買禮物給小爺我了，不知道吧你：）。』

『……』

『萬一是放長線釣大魚呢？』

『不圖你的錢，但圖傅氏豪門啊。』

『畢竟她又不知道，你還有個大哥，你大哥去世後你母親就神神叨叨地把傅至意當你大哥養，還極力慫恿老爺子分股權給傅至意。外面的人不知道傅氏的情況，還以為你是唯一的繼承人，傅至意只是你堂弟。』

『如果假設——我是說假設——』

『傅至意才是繼承全部家產的人。』

『她是會接近你還是接近傅至意呢？』

姜修秋這次沒有開玩笑，語氣很認真。

話雖然難聽，但他是唯一一個和傅陽曦從小一起長到大的人，這話他必須要說。

到了他們這種階層，見過太多這種事情。當然，他得承認大多數人沒有傅陽曦所說的轉班生的定力——連十萬塊也不要。

『還是那句話，從小到大，我就沒見過因為你本人追你的。你性格那麼差。』

傅陽曦心態崩了：『……你他媽找死是吧？這話你要說幾遍？』

姜修秋不理他繼續傳過來：『所以，現在這個女孩為什麼會特殊？』

傅陽曦盯著螢幕上姜修秋劈裡啪啦傳過來的一堆。

這次再看，心態已與上次迥然不同。

上次他抱著對轉班生好奇、逗弄的心態，聽了姜修秋的話也無所謂。轉班生因為別的原因接近他，那麼他就直接揮揮手讓她拜拜。

可是這一次，這堆話卻變得刺眼起來。

傅陽曦的心中竟然微妙地產生了一種害怕的心理。

半晌。

『不可能。』傅陽曦也不知道是說給姜修秋聽還是說給自己聽，傳過去一則：『你就酸吧你，再說這樣的話封鎖：D。』

可傳完，傅陽曦的好心情也沒了。

他下意識看向趙明溪。

趙明溪仍舊安安靜靜地寫著試卷，她很白，安靜的時候像一塊玉，讓人的心都定了下來。她烏黑的中長髮今天紮成馬尾，露出白皙的脖頸。

傅陽曦注意到她脖間掛著一條紅繩，似乎繫著一塊質地一般的玉——不像是現在十七八歲戴耳環、掛誇張頸鍊的女孩子會戴的裝飾品，反而像小鎮的人，流淌著一種夏季香樟下風吹過的感覺。

她有點招小蟲咬，桌上壓著一瓶花露水，以至於她身上也有這種淡淡的香氣。

傅陽曦忍不住把褲管扯了扯，露出腳踝，想讓蚊子咬自己。

可他不是招蚊子的血型。

明溪注意到傅陽曦的視線，筆尖沒停，側過頭看了他一眼，問：「幹嘛？」

傅陽曦宛如被抓包，迅速收回視線，漫不經心地伸了個懶腰，將便當盒三兩下收拾：「吃完了，這都快十點了，妳什麼時候回宿舍？」

說完他瞥了柯成文一眼。

柯成文瞬間意會：「啊，這些東西太重了，我們好歹是男生，幫妳搬回去吧。」

傅陽曦皺著眉接話，一副十分勉強的樣子：「行吧，那就幫個忙。」

說話時他隨手將手機不輕不重地丟在一邊。

傅陽曦手機螢幕亮著。

停留在姜修秋傳來的訊息上，其他幾句和他的回覆都被他刪除了，只留了「傅至意才是繼承全部家產的人」那一句。

他淡淡抬眸，去看趙明溪。

「那現在回吧。」趙明溪站起來收拾東西，剛站起來她就不小心瞥到了傅陽曦的對話頁面。

明溪頓時愣了下，人都傻了。

「怎麼了？」傅陽曦好像完全沒察覺手機還亮著。

明溪飛速移開視線：「沒什麼。」

但腦子裡卻萬分震驚——她不小心看到了什麼勁爆消息？！

原來剛剛傅陽曦神情嚴肅地和別人傳訊息，就是在說這個？！

明溪本來還打算等傅至意和姜修秋來學校了以後，積極蹭蹭他們兩人的呢。

但是看樣子，她不能接近傅至意了，沒必要為了一個百分之二，得罪傅陽曦這個百分之六。

——至於家產什麼的，就和她沒關係了，這些闊少們又不會分她一毛錢。

牆頭草明溪瞬間做出了取捨。

以後避開傅至意能有多遠就多遠，以免最大金主傅陽曦看她不順眼，不給她蹭了。

「那走吧。」

明溪突然瞥到傅陽曦的左手手背好像不知道被什麼劃傷，方才他一直將袖子扯長蓋住手，她都沒看見。此時因為收拾便當盒，傷口就露出來了。

或許是因為傅陽曦皮膚格外白皙的緣故，這傷口的殷紅血跡顯得有點深。

「等我一下，我有點事。」明溪迅速道。

她腦袋上計算機的小燈泡都亮了起來，她去買ＯＫ繃給這位太子爺，會增加多少小嫩芽？

說完她抓起書包，急匆匆地往圖書館外面跑。

校門口的便利商店距離這裡有點遠，但一來一回十分鐘應該夠了。

「她怎麼了？」柯成文看向明溪的背影，感到不解。

「……」

傅陽曦將手機收回來，臉色很難看。

「我們等著。」傅陽曦把椅子一拉，再度坐下，只是這一次坐下去渾身都是低氣壓。

隨著時間過去，柯成文感覺他越來越鬱悶。

等了不知道多久，柯成文忍不住看了看錶：「曦哥，她不會不好意思要這一堆東西，找個藉口先溜了吧？」

傅陽曦心說，先溜了倒是真的，卻不是因為這一堆東西。

他煩躁地抓起手機站起來，將外套胡亂穿上，臉色沉得可以擰出水，還有點蔫蔫的。

「算了，走吧。」

他有想過趙明溪可能禁不住試探，看到這則訊息之後，對他的態度可能會發生微妙的變化。他已經做好了心理準備。但是萬萬沒想到，她竟然這麼直接，直接就溜了？！這他媽也太果斷了吧！

他該說什麼，不愧是她？！

不是圖他的錢？

哦，原來和很多人一樣，是圖他遺產繼承人的身分。

傅陽曦心裡遠比上一次以為她圖錢時難受，像是被捅了一刀一樣。

他就不該試探的，一開始她向他跑過來的那個瞬間，他就該拎著她後衣領，把她扔出去的。

傅陽曦和柯成文走出圖書館。

傅陽曦將便當盒「哐當」一聲丟進垃圾桶。

柯成文推著行李箱，問：「你今晚回家嗎？」

傅陽曦沒理他，垂頭喪氣往臺階下走。

柯成文也不知道就剛剛那一瞬間，發生了什麼，只好跟上去。

但是傅陽曦一步步往下走，視線忽然頓住，腳步也忽然停住了，趙明溪正在一步步往上跑，朝他跑過來。

A中圖書館建得很高，臺階大約有五六十階，微涼的夜裡，四周沒有光亮，只有遠處校外小吃街燈火通明，像是一條傾瀉下來的銀河。

趙明溪背著她的舊書包，背對著這條銀河，光潔的額頭滲出汗水。

她跑起來的腳步聲很快，還有書包拍在身後輕輕的、有節奏的聲音。

傅陽曦的心怦怦直跳起來。

明溪跑到他面前，奇怪地看了他和柯成文一眼：「不是讓你們等我一下嗎？」

才十分鐘都等不及？

傅陽曦大腦一片空白，聲音莫名有點啞，結結巴巴道：「……我還以為妳不回來了。」

「去買了點東西，過來一下。」明溪把他拽到臺階角落的花壇邊。

不知道為什麼，這時的傅陽曦像是從混世魔王的狀態抽離了出來，垂著眼看著她，腳步跟著她，乖乖地被她拽到角落裡。

明溪將自己買的東西從書包裡掏出來，是一瓶碘酒、一包棉花棒，和一塊一次性直接貼的紗布。

「你傷口有點長，ＯＫ繃小了點，這紗布算是純棉的，將就用吧，總比你發炎來得好。我晚上居然沒看到，你竟然還一直把手縮在袖子裡，這樣傷口更加容易發炎了。」

明溪遞過去：「你就在這裡處理一下再回家吧。」

「……」

傅陽曦低著頭看著她，喉嚨動了動。也不伸手接住。

「你怎麼了？」明溪抬手在他眼前揮了揮。

傅陽曦無法形容此時的感受。他臉上連什麼多餘的表情都無法做出來——就只是一片茫然的脆弱和柔軟。

他還以為她看了那則訊息，就不打算接近他了。他還以為，姜修秋說的可能沒錯，她既然不是為了錢，那麼就是放長線釣大魚，為了別的。

但是好像不是這樣，至少，她不是為了這兩樣。

第一次有人這麼認認真真地喜歡他，這麼專心致志地對他好。傅陽曦耳根也不紅了，而是泛起一種異常認真的情緒。心臟跳得很快。

「傅陽曦？」明溪叫了他的大名。

傅陽曦彷彿驚醒一樣回過神。

是了，沒錯。

試探，他試探個屁。

姜修秋就是在嗐嫉妒。

趙明溪就是喜歡他傅陽曦——的人！

傅陽曦眉梢一揚，認真打量明溪一眼，先挑眉一笑，然後似笑非笑，最後高興得不能自己。

明溪：？？？間歇性神經病發作了？

傅陽曦一副了然的表情，舔了舔後槽牙，臭屁囂張得不行：「哦，所以妳就是急匆匆地為我去買這些了？」

「為我」二字被他重音。

明溪好睏，不想和他廢話，眼見自己買了碘酒回來，但是沒塗在他手上，嫩芽就不會長，她不管三七二十一，擰開碘酒拆開棉花棒，把他手拽了過來。

「妳這個女人，幹嘛呀？」傅陽曦一驚，把手縮了回去，面紅耳赤地把自己被扯得鬆垮的外套一拉，朝四周看了眼：「在這裡就拉拉扯扯的。」

「塗藥。」明溪道：「不塗拉倒。」

「看在妳——」傅陽曦還要嘰嘰歪歪。

明溪直接面無表情地把棉花棒按在他手上。

傅陽曦頓時疼得快叫出來：「輕點輕點！」

明溪握著他的手，放柔了力道，一點一點將冰涼的藥酒塗上去。

傅陽曦舔了舔唇，看著她輕柔的動作，忍不住笑。

傅陽曦左手手背上的傷口很深，看起來像是被玻璃割到的。但打碎了杯子頂多是割傷手心或者手指，怎麼會割傷手背？

明溪剛轉到國際班時，以為他是囂張跋扈的校霸，還有點怕他。但是現在明溪覺得他好像並沒有表現出來得那麼惡劣，所以也就沒那麼怕他了。

明溪也沒有問他這傷口怎麼來的，畢竟每個人都有不想讓別人知道的事情。

就像是別人問明溪為什麼十五歲才從落後的北方小鎮來到繁華都市，為什麼趙湛懷只接趙媛沒接過她，她也不想回答一樣。

她就只是什麼也沒問地替他把傷口處理好。

傅陽曦俯著身，兩人靠得很近，明溪處理好，抬起頭時差點碰到傅陽曦的臉。這人長著一張非常帥氣優越的面孔，喉結漂亮，充斥著少年人的荷爾蒙。

明溪腦子發愣，退後一步：「好晚，我得回去了。」

傅陽曦：「好。」

柯成文蹲在一邊當電燈泡，等傅陽曦和明溪往宿舍走時，他才跟著過去。

兩人把明溪送到樓下，讓阿姨通融，兩人把箱子扛了上去。

明溪又送兩人下來。

傅陽曦雙手插口袋，意氣風發，剛要發表一些諸如「小口罩妳看今晚一個大帥哥和一個不那麼帥的男生送妳回宿舍，妳是不是很開心」之類的屁話，趙明溪就捂住耳朵跑上樓了。

傅陽曦：「……」

柯成文十分不給臉的笑了出來：「哈哈哈。」

但傅陽曦心情好，也不和他計較。

他耀武揚威地打一通電話給姜修秋：「以後再說那種話就翻臉。」

姜修秋還是忍不住問：『可她一不圖錢，二不圖傅氏，她圖什麼？』

傅陽曦摸了摸手背上的紗布，竭力繃住羞赧的笑，終於一錘定音。

「圖我。」

姜修秋：『……』

柯成文：「……」

傅陽曦決定了，他既然確定了她是圖他的人、是真心地喜歡他，那麼他就得加倍對她好才行。

第五章 好可愛

明溪回到宿舍第一件事就是高高興興地數錢，哦，不是，數盆栽裡的嫩芽。

挑香菜好像增加了三棵，買藥、擦藥好像增加了五棵，加上之前的十五棵，應該是二十三棵……但是這裡面怎麼有三十八棵？！

等等，那她的臉是不是——

明溪驚喜地摘掉口罩去鏡子前一看。

還真的徹底沒了！

反正她湊這麼近都看不出來任何印子，甚至連傷過的痕跡都沒有。簡直太神奇了。

明溪重生回來這麼久，第一次差點流下喜悅的淚水。

系統道：『因為妳握他手了。』

明溪算了下，驚了：「握一下手居然能有十五棵嗎？」

那她之前處心積慮都是在幹嘛，還不如第一次看到傅陽曦就揣著五二〇跑過去，把兩人的手啪地黏在一起。

系統：『妳自己沒注意時間嗎，你們手指互相磨蹭了整整三分鐘。這是妳第一次和他肢體接觸這麼久，第一次的話，一般威力都是比較大的。』

明溪還真沒注意時間，塗藥時傅陽曦老試圖把手抽出去，於是她不得不抓住他的指尖。

被系統這麼一說，顯得好色情。

系統納悶：『他居然沒對妳發脾氣。』

明溪也納悶，她覺得是不是自己經常得寸進尺，以至於傅陽曦煩著煩著就習慣了。

傅陽曦最近似乎變得沒那麼討厭她了，而且逐漸有了接納她做朋友的趨勢。

這對明溪而言當然是件好事情。

明溪幹勁十足地洗了把臉，蹲下來，開始收拾腳下的一堆東西。

在圖書館看見箱子裡的東西皺巴巴的擠成一團，她還沒看清楚傅陽曦送過來的都是什麼東西。

這時拎出來抖一抖仔細一看，才發現都是名牌，是款式設計都很大方的秋冬休閒衣和大衣，明溪的個子在女孩子裡很高挑，又白又瘦，穿什麼都是均碼，她試了下，居然超乎意料的合身。

除了衣服鞋子，角落裡還塞了一大堆零零散散的東西，包括圍巾、牙膏，連枕頭都塞了一個。

明溪肯定不能還回去，按照傅陽曦的性格，她將這些東西還回去，這位太子爺肯定會生氣。事情還會變得更麻煩。

於是明溪飛快地在腦海中計算著這些都要多少錢。

按照吊牌價格大概算了一下，不少於七萬塊了。

那就只能積極打工，賺到了再買回去給傅陽曦了。

現在就當是提前預支了這些。

第二天明溪起了個大早，先去文化宮，幫昵稱為 Handsome J 的任務發布者考完大提琴考試，對方相當大方，加完聯絡方式後廢話不說直接轉了帳過來。

隨後明溪抓緊時間去了一趟醫院，掛了皮膚科。

還是之前看的那個醫生，對方還記得她，見她來複查，對她道：「摘了口罩讓我看看，有堅持防曬和塗藥嗎，可不要瘢痕增生了——」

話未說完，明溪將口罩摘了下來。

「……」醫生整個人都愣了。

他還記得兩週之前趙明溪過來看，左邊臉上還有很大一塊。

他迅速走過去掰著明溪的臉左看右看：「妳怎麼好得這麼快？去做手術了？」

做手術也不可能這麼光滑無暇彷彿完全沒受過傷啊！

「不知道，可能是堅持塗藥，就好得很快。」明溪今天的心情說是風兒在喧囂也不為過。不用戴口罩的世界，連呼吸都輕鬆了。

醫生覺得簡直是醫學奇蹟，他就沒見過恢復得這麼完美的。

「那真的恭喜妳了。」

兩人說著話，走進來拿東西的護士都忍不住多看明溪兩眼。這女孩進來時戴著口罩，只讓人覺得她眼睛好看，但沒想到摘了口罩長得這麼好看——

是那種白到發光，站在人群中讓所有人第一眼就能看到的長相，如果不是穿著校服，幾乎要讓人以為是年輕的小藝人，還是那種靠臉就能爆紅的頂流。

明溪問：「您覺得我現在這個情況，能摘口罩了嗎？」

「我覺得可以了。」醫生想了想，道：「不過還是建議再觀察兩天，妳等到明天，如果沒有任何搔癢灼熱的跡象，就可以摘了，然後以後還是得每天塗防曬霜。」

兩天。明溪覺得可以等。這輩子她不想出任何的意外。

走出醫院門口，明溪本來打算回學校去圖書館繼續複習，卻沒料到手機震動了一下。

昨晚她私訊那個貼文的樓主，居然回覆她了。

對方很冷淡地給了她一個地址，讓她今天下午過去見一面再說。

明溪站在公車站旁，激動得差點跳了起來，對系統道：「什麼是雙喜臨門，這就是。」

這難道就是氣運改變之後帶來的好運嗎？

系統：『這位高教授好像也在可蹭人員名單裡，還屬於性情古怪的那一派，雖然排名比較中下，但接觸一下也可以。就是應該不太好對付，妳還是小心點，別去了被他罵一頓趕出來。』

明溪：「明白。」

高教授家有點偏僻，在一個掛滿衣服的巷子裡。

明溪找到門牌號，禮貌地敲了兩下院門。

過了一下有腳步聲，門一打開，一個穿白背心、頭髮半白的老頭摸出眼鏡戴上，上下打量了一下她。

明溪上輩子也只在升學考之前見過一次這位高老師，當時他比現在還更憔悴。學校裡大多數人雖然沒被他帶過，但是都見過他，要是裝不認識，反而有點假了。

於是明溪露出驚訝的表情：「高老師？」

老頭看了眼她身上的校服：「我們學校的學生？」

「對。」出於禮貌，明溪連忙摘了口罩：「沒想到是您，我正在勤工儉學。」

「高三？」

「是的。」

乾乾淨淨、不施粉黛的女孩子很容易讓人有好感。

老頭雖然性格古怪，但也不好讓明溪就這樣站在外面，便生硬道：「先進來吧，問妳幾個問題。」

明溪跟著他進去，這才知道他上輩子為什麼早早地就辭職了。

巴掌大的一塊院子裡長滿青草，顯得有些荒蕪，沒長草的那一塊支著一根杆子，掛的全是十幾歲小孩髒兮兮的衣服。這一陣全是陰天，如果他孫子每天都弄髒幾套衣服的話，洗都來不及乾。

一個老人帶著這樣的孩子，的確很難。

不仔細看還沒看到，荒草叢生的角落裡，蹲著一個約莫十二三歲的小男孩，背對著這邊，盯著螞蟻沉默地看。

見明溪腳步停頓，朝那邊看過去，性情古怪的老頭拉長了臉。

「這份活可不像妳想像的那麼輕鬆，想賺點零用錢還不如去接份家教、去遊樂場什麼的，覺得心理不適趁早離開。」

「沒有不適，您說。」明溪趕緊加快腳步，跟著老頭進了客廳。

老頭要找的是能陪著他的自閉症孫子做數學題目的人，只有幹這件事時，他的孫子才會陷入他自己的安靜世界。

這件事顯然沒辦法隨便從醫院請一個看護，四五十歲的看護阿姨不懂這些。而專門聘請教育行業的人員的話，老頭又支付不起這個錢。於是想來想去只有折衷找個兼職的學生每週末過來。

然而想找個學生也很困難，學校裡沒人知道他家孫子有這毛病，老頭清高，也不會去找自己帶過的學生。

半年前隨手在校園論壇發了篇文，也沒幾個人回，於是老頭就將這件事擱置了，只能自己抽空陪他孫子。

但沒想到發文半年後，明溪上了門。

老頭讓明溪做了一份數獨題目，並問了幾個時間安排上的問題。他神情嚴厲地坐在旁邊，明溪全程都有些緊張，只能盡自己全力去解題。

她做完之後，老頭看了眼。

「還行，腦子轉得很快，但是習慣很不好，步驟跳得太快，顯得邏輯不夠清晰。」老頭簡單扼要地評價了下。

其實高老師沒說，他心底是有點驚奇的，因為這孩子對很多題目都有奇思妙解——僅僅一張試卷當然判斷不出來她的水準。

但是他能夠判定，她至少不是普通班的水準。

既然腦子轉得很靈活，就算一次都沒能參加競賽，在校內也應該考出過很好的成績才對，可為什麼，他在學校根本沒聽說過她？

老頭兒蹙眉看向明溪，冷冷道：「妳以前是用腳考試？」

明溪：「……」

明溪覺得高老師對自己印象不好，沮喪地以為自己要被拒絕了，誰知老頭話鋒一轉：「每週日來一次，一次兩百，可以嗎？錢不多，但是妳搞不清楚的問題可以積攢下來問我。唯二的條件是我定的時間不准遲到，不能對學校的人提。」

明溪高興得立刻站了起來：「好的，沒問題！」

這一下午明溪都待在老頭家，晚上離開前還殷勤地做了一頓晚飯。

她的殷勤寫在臉上，但是卻並不令人討厭，只會讓人聯想到從石頭縫裡艱難地鑽出來，努力積極陽光活下去的嫩芽。

老頭和他的孫子明顯被明溪的廚藝驚奇到了，居然全吃光了。

吃完飯後明溪還幫忙收拾碗筷，去洗碗。

老頭雖然性格古怪，但也不好意思讓人家一個小女孩幫自己和孫子洗碗。

他趕緊進廚房，臉色看起來比明溪剛進門時，緩和了不止一點：「我來，妳回去吧。」

這天，明溪一回到學校，就立刻去了圖書館，將下午陪高老師孫子玩時，高老師無意指點她的幾個想法記了下來。

能被金牌教練特殊關照，明溪心裡彷彿燃起了興奮的戰鼓，對即將到來的百校聯賽終於有了點信心。

而與此同時，正在為自己的生存奮鬥的明溪根本沒注意到，自己的校花投票的排名還在持續飆升。

傅陽曦前幾天見明溪強忍淚水，覺得她應該很在意班上那兩個碎嘴的人說她不好看的話——畢竟哪個女孩子能不在意容貌呢？

傅陽曦安慰了好像也沒起到什麼效果，明溪仍不理他。

於是傅陽曦就逼著一群小弟把明溪投到了第二十名。

他覺得明溪看到這個，應該會高興點。有五百多個人投票給她呢，她不比誰差。

但至於還要不要繼續投，傅陽曦想想還是算了，他抱著一種小氣鬼的心理，如果投到了第一，被所有人發現她睫毛纖長皮膚白，做甜品還好吃，來和他搶怎麼辦？

轉班生看起來不像是什麼心志堅定的人，說不定又對誰一見鍾情，送甜品給別人了。

傅陽曦就想把她捂著。

但是另一撥人卻開始瘋狂地投票給趙明溪。

如果說之前鄂小夏對趙明溪是嫉妒心理——嫉妒她和沈厲堯有娃娃親、嫉妒她整天戴著口罩也不知道長什麼鬼樣就有膽子在沈厲堯周圍亂晃——那麼自從鄂小夏被沈厲堯用那種冰冷可怕的神色，帶到教學大樓後面，毫不留情地逼問出趙媛過敏究竟是怎麼回事之後，鄂小夏對趙明溪就是恨得咬牙切齒。

她認識沈厲堯比趙明溪早得多。她是最早出現在沈厲堯面前的，可為什麼沈厲堯就只和趙明溪說話，就只幫趙明溪補課？

鄂小夏沒勇氣去追沈厲堯，趙明溪卻敢坦然地表示喜歡沈厲堯。這種勇氣格外令人討厭。

看到趙明溪衝到校花評選的二十名，鄂小夏不屑又煩躁，怎麼哪裡都能看到她？她憑什麼能入選？誰知道她沒摘下來過的口罩下長什麼樣？

即便眼睛還行也不代表顏值真的可以吧？

要是真的長得不錯，還不得跟孔雀開屏似的，誰會因為一點小傷就整日把口罩戴著？

鄂小夏衝動買了水軍把其他人投上去，把趙明溪拉下來，免得礙眼，但是轉念一想，她為什麼不將錯就錯，把趙明溪投到前幾？？

如果衝到了前面，評選結束，全校甚至外校的人都對趙明溪好奇起來，還以為她長得很漂亮，趙明溪迫不得已摘下口罩，一群人卻失望透頂，一哄而散——趙明溪得有多傷自尊？

鄂小夏這樣想著，就這樣辦了。

這件事操作起來很容易，花個幾萬塊去外面僱人幫忙投就是了。

鄂小夏這邊這樣投著，隔壁學校的孔佳澤也注意到了A中校花評選，趙明溪票數飆升這件事。

她很聰明，立刻也讓身邊的人投給了趙明溪。

這樣兩邊的火一架，到了週一，趙明溪的票數已經飆到了第二。

鄂小夏到底還想繼續和趙媛做朋友，不敢僱人把趙明溪投到第一。

於是趙明溪的票數兩千九百多，僅次趙媛的三千多票。

明溪完全不知道這件事，她只覺得週一來教學大樓時，所遇見的人看她的眼神都怪怪的。

學校裡又不是她一個人戴口罩，很多感冒或者鼻炎的學生也會戴，平時也沒人對她戴的口罩多看一眼，她完全沉沒在人群中。

但今天不知道怎麼了，一路走過去，許多不認識的女生都盯著她看，眼神裡除了好奇，還有「就這？就這也能排到今年的第二？」

明溪一路忍到國際班，見傅陽曦還沒來，他一向遲到早退，明溪也習慣了。

明溪徑直在自己座位上坐下。

可能因為「傅陽曦隔壁桌」這個名號太響亮了，國際班盯著她的人倒是比外面少很多，但也仍有人一直盯著她看。

「到底怎麼了？」明溪忍不住抓住一個路過的傅陽曦的小弟問。

那小弟磕磕絆絆地道：「妳打開校花評選的那個頁面看一下就知道了。」

明溪疑惑不已，打開了手機。正在她網速載入得有點慢時，外面走廊上出於好奇，也圍觀過來了一群人，擠得國際班窗外熙熙攘攘。

還沒上課，很多學生都跑過來看熱鬧，其中還有孔佳澤她們學校的人溜了過來。人群裡混著聲音：「笑死，這就是你們學校今年的第二？」

趙媛在常青班，皺著眉收起了手機，見鄂小夏慫恿一群人去樓上的國際班圍觀，不知怎麼她心中有種不好的預感，她也匆匆起身，跟了過去。

鄂小夏和她那一幫朋友到了國際班走廊外後，人群裡亂七八糟起鬨的聲音明顯更大了。「兩千九百多人投票，好假，能不能摘下口罩讓我們看看？」

柯成文剛上樓，見一堆人在那裡，他拎著書包擠進去，一聽，只覺大事不好，趕緊打電話給傅陽曦：「曦哥你快來，有一群人來我們班門口，非要轉班生摘口罩。」

趁著那邊暴走之前，柯成文當機立斷把電話掛了。

他朝趴在窗戶上快要擠進來的人吼了句：「自己沒有班嗎？要跑到別的班來看別的班的女生，還不快滾！」

柯成文一說，幾個小弟立刻動手趕人了。

明溪的論壇載入出來，這下她終於知道發生什麼了。

「……」什麼有的沒的？？？這難道就是傳說中的捧殺？

她聽到了走廊外不知道誰諷刺的聲音：「醜八怪。」

明溪捕捉到了鄂小夏的臉。

她覺得這聲音就像是鄂小夏的。

明溪是不會惹事的個性，但也絕對不怕事。

居然罵她醜八怪啊啊啊好氣，哪個女孩子被罵醜八怪不哭出來都算好的了。

她突然站起來。

柯成文也不知道她要幹什麼，只怕她被欺負哭了，趕緊擋在教室門口：「妳再等等，等一下曦哥就來了。」

結果他話音未落，外面的人就見轉班生慢吞吞地摘了口罩。

空氣有一瞬的安靜，幾乎是死寂。

柯成文還不知道發生了什麼，還在門口攔人。

「她……」

「她怎麼……」

所有人驚呆地看著趙明溪，思考遲鈍。

她的眼睛清澈漂亮，彷彿倒映著晨曦薄霧時分的星光，面容白皙，漂亮逼人。

那是一種絕對凌駕於趙媛、甚至孔佳澤之上的美麗精緻，純淨無暇，驚豔得讓人只能呆怔，盯著看，想不出形容詞。

明溪看向了人群中的鄂小夏，冷冷道：「我是醜八怪那妳是什麼？」

走廊外靜得呼吸可聞。

趙明溪轉學過來時就因為臉部受傷一直戴著口罩，即便是吃飯也是和賀漾坐在角落，根本沒人想過她會長得比明星還好看。

在所有人的認知裡，眼睛漂亮的人比比皆是，但摘了口罩就沒幾個能看的。

趙明溪怎麼可能例外。

而鄂小夏一直認定趙明溪長相不是醜八怪就是平平無奇，還有另一個重要原因——每次她這麼說時，趙媛根本就沒反駁過啊！

趙媛每次頂多就是皺一皺眉頭，細聲細氣地對她道：「別這樣說明溪。」

這句話完全可以雙向理解，可以理解為「趙明溪很漂亮，妳說錯了」，也可以理解為「趙明溪本來就因為長相和臉上受的傷而自卑了，妳別這樣說她，她心裡會難受」。

很顯然，沒有一個正常人不會按照後者來理解。

鄂小夏更是。

以至於這一年來，鄂小夏根本以為趙明溪長得不好看還愛和趙媛搶東搶西，以為她成績不好一無所長還厚臉皮。

直到這一瞬鄂小夏才明白，為什麼沈厲堯會一個女生都不看，單單只多看趙明溪一眼；為什麼趙明溪追他，他頂多只冷臉，而不會像對待自己或者別的女孩子那樣厭惡地拒人於千里之外。

為什麼她談論趙明溪的長相時，趙宇寧會讓她先撒泡尿照照鏡子——原來趙宇寧就真的只是字面上的意思！

因為趙明溪真的是特殊的，她漂亮到沒人可以比較的程度。

自己現在搞出這種場面，還當著這麼多人的面叫趙明溪醜八怪，彷彿就是那個從沒照過鏡子的小丑。

鄂小夏臉色煞白，一瞬間覺得自己成了個笑話！

周邊的人大多都是見國際班走廊擠滿了人，過來看熱鬧的，並不知道其中發生了什麼。

有人忍不住驚嘆：「這就是你們學校的校花？名副其實，真的好漂亮！」

他身邊的人緩過神，回道：「不是校花，是目前投票榜上的第二。」

「我靠，這才第二，那校花得多絕世大美女，校花誰啊？」

人群中有人指向趙媛：「那邊，好像也來了。」

「……」問校花是誰的人立刻熄聲了。

忍不住小聲道：「——就這？」

許多人的視線頓時扎到了趙媛身上。

她也漂亮，但那種小家碧玉的清秀與趙明溪的美麗奪魄比起來，毫無疑問的相形見絀。

趙媛唇色越來越白。

她臉上的表情都快維持不下去，恨不得把鄂小夏打一頓。

為什麼會有這麼蠢的人，做事之前不問過她，隨隨便便就動手了，還連累她。

趙媛無法再在這裡站下去，轉身推了推後面的人，想擠開走掉。

而已經有知道始末的人回過神，開始盯向鄂小夏：「鄂小夏，妳把我們當槍使。」

說話的是一個常青班的男生。

方才鄂小夏和趙媛的幾個朋友忽然在常青班喊了聲：「國際班的趙明溪居然兩千九百多票，這票刷的吧？誰都知道她長得很醜啊。」

喊完這聲之後，鄂小夏就帶頭來國際班踩人，許多人不明就裡，就跟過來看熱鬧。

本來以為還真的很醜，誰知是個天仙。

那誰帶的節奏誰作的妖，就一目了然了。

內圈的人都明白發生了什麼，看向鄂小夏和她身邊幾個朋友的眼神頓時各種含義都有，震驚、諷刺、嘲笑。

「可怕，因為嫉妒鬧了這種場面，結果搬起石頭砸自己的腳。」

有人小聲道：「會和校花有關係嗎？鄂小夏不是和她玩得很好？」

過來帶節奏的一圈人都是平時跟在趙媛身邊的朋友，鄂小夏、蒲霜，要說和趙媛沒關係，她們不信。

眼見火要燒到自己身上，趙媛氣急敗壞，今天她不和鄂小夏劃清界線，到時候只怕這件事還會傳到趙宇寧的耳朵裡。

傳到趙宇寧的耳朵裡，家裡人就都會知道。

她定了定心神，匆匆轉過身，用譴責的語氣對鄂小夏道：「鄂小夏，妳到底在胡鬧什麼？上次故意害我過敏還不夠，現在還要繼續針對明溪嗎？」

「還有過敏這回事？」

「這又是什麼事？」

「我的天吶鄂小夏到底是什麼極品？害的都是漂亮美女，是因為嫉妒吧？」

趙媛這話一說，瞬間沒人往她身上想了。

鄂小夏不敢置信地看向趙媛，她以前是怎麼幫趙媛的，趙媛都忘了嗎？

「妳也對我落井下石——」

還沒等鄂小夏說完，趙媛便打斷了她：「就因為和明溪喜歡同一個人，妳就幹出這麼多事情，我沒妳這個朋友！」

說完趙媛眼眶通紅，失望地撥開人群走了。

鄂小夏：「……」

鄂小夏根本沒想過事情會變成這樣，她冷汗直冒，腦子一片空白。

她轉身就想跑。

如果讓她溜掉，等等傅陽曦來肯定會發飆。柯成文不管三七二十一，上去揪住鄂小夏的校服就往國際班裡拽：「跑什麼，不是想看嗎，進來看啊，我倒要看看誰才是醜八怪！」

鄂小夏都快哭了：「我是女生，你一個男生有沒有教養！」

「閉嘴，教養是什麼，能吃嗎。」柯成文才不管那麼多，拽住人就往班裡面拉。

其他幾個小弟也紛紛上前去拉扯蒲霜等另外幾個女生。

蒲霜的男朋友不樂意了：「鬆手！這件事是鄂小夏做錯了，拽別人幹嘛？」

三個班之間本來常年就有矛盾，積怨已久，個人仇恨極容易演變成班級仇恨。

常青班的人頓時都擠了過來，把柯成文的肩膀一推：「你們國際班的人有什麼資格教訓我們常青班的人？有錢了不起？」

走廊上擠了一群人，本就亂糟糟，拉扯之間不知道誰打了誰，場面頓時炸了鍋一樣，更加混亂不堪。

兩邊都不依不饒，最後兩班的男生乾脆打起來了！

明溪站在教室門口，不停被人推搡，目瞪口呆。

這是什麼走向？

她只不過是被鄂小夏氣壞了，想裝一下厲害，怎麼忽然變成兩班大亂鬥了？！

一個小弟被人勒著脖子，抽空對她吼：「大嫂，進去！」

明溪沒聽清，讓她打掃？

明溪想進也進不去，她宛如夾心餅一樣被擠在中間，暈頭轉向。

還被傅陽曦衝鋒陷陣的某個小弟踩了兩腳，整個人腦子嗡嗡響。

然而，就在她被撞向身後第一排的桌子一角，差點驚叫時。

她後背猛然被托住。

一片混亂嘈雜中，熟悉的、帶著淡淡藥味的松香味猛然鑽入鼻尖。

幾乎不用回頭，明溪就知道傅陽曦來了。

莫名的，在這種時候，這種氣味帶有讓人安心的力量。

接著兩隻手從她腋下，將她拎了起來。

她身體猛然騰空，被大力從背後抱到了桌子上。

來不及回頭道謝，眼見著一個男生快要撞上來，明溪趕緊縮起自己的雙腳，慌張地爬上桌子。

「砰」地一聲這男生倒楣地撞上了桌子。

而更加倒楣的明溪一個沒站穩，直接從桌子上被撞砸下來。

她沒摔在地上，而是戲劇性地摔進了傅陽曦的懷裡。

鋪天蓋地的松香味撲面而來，砸下去的瞬間還瞥到傅陽曦暴怒的臉色和耳根的紅色。

傅陽曦抱著她站穩。

「沒事吧？」傅陽曦焦灼地低頭看了眼。

然後，頓時，渾身都僵住了。

「……」

這是傅陽曦第一次看見趙明溪長什麼樣。

早晨的朦朧薄霧還沒散，暈黃光圈從窗戶裡照進來，落在她白淨美麗的臉上。

傅陽曦的視線無法控制地順著她光潔飽滿的額頭，漂亮的眼睛往下，落在她泛著淡淡水澤的唇上。

「……」

教室門口、走廊外吵翻了天，但這裡卻靜止成一幅畫。

傅陽曦方才衝過來時額頭上的汗水、臉上的焦灼，彷彿都凝結住。

他喉結滾動了一下。

他生平第一次大腦這麼遲鈍，他失去了外界的感官系統，腦子裡完全是一片空白，他耳根的紅色頓時蹭蹭蹭地往臉上爬，心臟瘋狂怦怦地跳。

但他感覺不到。

他像個沒見過世面的靜止的呆瓜，呆呆地看著趙明溪。

「謝謝。」明溪站穩，將亂了的鬢髮撥到耳後。

她剛要抬頭看傅陽曦，忽然便注意到了自己的盆栽又瞬間生長了十棵！

什麼情況？！

是因為抱了傅陽曦嗎？

明溪之前沒有嘗試過抱傅陽曦，雖然系統一直都說肌膚接觸會讓氣運提升得很快，就像蹭 Wi-Fi 一樣，離路由器越近，訊號就越好。

但是明溪覺得之前自己做那些事就夠奇怪、就很能招惹這位傅氏太子爺討厭了，自己要是再故意和他親密接觸，他不得把自己拎到摩天輪上丟下去？

但是萬萬沒想到會發生這樣的巧合。

明溪後悔不迭，簡直要拍大腿，早反應過來她就不鬆開他了。

明溪正要迅速抓住這個千載難逢的機會，裝作站不穩繼續熊抱上去，傅陽曦就直起了身。

沒抱成，明溪扼腕。

聽到耳邊的嘈雜，明溪趕緊抬頭看他：「完了，傅少，打起來了。」

傅陽曦傻傻地心想，他當然知道打起來了，但是該死的她嘴巴怎麼那麼小，嘴唇怎麼那麼粉嫩柔澤，鼻梁怎麼那麼挺翹，皮膚怎麼那麼白皙透亮，怎麼那麼好看啊——等等，打起來了？？？

那和他有什麼關係？

「哪裡打起來了？」傅陽曦繼續低下頭，傻乎乎地問。

明溪感覺他像溺水傻掉了，猶豫要不要往他臉上搧兩下，吼道：「外面打起來了！！你阻止一下！！」

「外面——哦，外面打起來了，靠。」傅陽曦陡然回神，將明溪拽到第二排的打架範圍之外，從第一排桌子上踩了過去。

傅陽曦刺蝟一樣的紅髮十分醒目，走廊上不知道誰喊了一聲。參與打架的常青班的男生悚然失驚，朝這邊看來，看到是他，撒腿就跑。看到的全跑了，沒看到的人熙熙攘攘氣急敗壞，卻被人拖著跑。如殺蟲劑一噴，蟑螂退散，地上不知道誰的AJ鞋掉了一隻。

傅陽曦眼神變得校霸起來。方才衝上教學大樓時，就聽到有人在嘲諷「醜八怪」，有女聲，也有男聲，他仗著身高，一下子精準地把帶頭嘲諷的蒲霜的男朋友揪住衣領，拎了出來。

明溪趴在窗邊，目瞪口呆地看著，還以為他要拉那人去辦公室。

沒想到下一秒他一拳揍了過去。

明溪：「……？？？」

是讓你阻止打架，不是讓你參與打架啊！

混亂之下，有人去喊教務主任了。

柯成文氣喘吁吁地退回教室裡面，不大敢看明溪的臉，紅著臉小聲道：「別擔心，沒人打架打得贏曦哥。」

明溪：「為什麼？是因為他打架特別厲害？」

怪不得一看到他都跑了。

柯成文自豪地挺起胸膛，道：「不是，妳知道傅氏的律師團嗎？號稱傅氏必勝客，只有勝率，從無敗績！誰和曦哥打架，只敢挨揍，不敢還手，一旦還手，碰掉一根紅毛，傅氏必勝客告到對方傾家蕩產！」

明溪：「……………」

那真的是很驕傲呢。

一大清早的，發生了這麼大一件事，兩個班都不必去參加升旗了，教務主任氣得唾沫飛濺。

傅陽曦和他的小弟們，還有常青班十幾號人，都不出意料之外地被逮到了辦公室。

辦公室在教學大樓右側盡頭，老遠就可以聽到教務主任的咆哮聲：「你們是常青班和國際班，不知道的還以為是什麼終極一班！你們是高中的學生，不知道的還以為是什麼男團人來瘋！」

「你們幹什麼和傅陽曦學？人家家裡可以用飛機下五子棋，你們不念書就只能回家去養雞！人家上課睡覺老師都不敢管，你們老師不管你們，你們長大了就要去搬磚！」

教務主任很會陰陽怪氣，說話夾槍帶棒的，以前傅陽曦也無所謂，左耳進右耳出，但是今天卻覺得這話格外刺耳。

吼這麼大聲，教室裡的小口罩聽到了怎麼辦。

傅陽曦打了個呵欠，瞟了教務主任一眼：「您能不能小聲點？明年教學大樓投資突然原地消失一棟可怎麼辦？」

「……」

教務主任聲音瞬間降了下去。

但明溪在教室已經都聽得一清二楚了。

上著早自習，她用書擋著頭，忍不住轉過頭，震驚地問柯成文：「他家的錢真的可以買幾十架飛機下五子棋？」

原小說都是圍繞著男女主和一些她這樣的配角展開的，一筆帶過的人物全是背景。

她只知道傅氏有錢，但是沒想到這麼有錢！

「還行。」

明溪那張漂亮到具有侵略性的臉就近在咫尺，柯成文呼吸都有點窒住。

他莫名覺得空氣都變得甜甜軟軟起來。

怎麼回事？這就是女孩子的魅力嗎？和臭老爺們兒的汗水味截然不同。

為什麼他以前沒看出來轉班生這麼好看？

事實上之前他根本沒仔細看過轉班生，那張口罩將她的臉遮得嚴嚴實實，只露出額頭和一雙眼睛。眼睛好看的女孩子太多了，於是柯成文也沒留意。

柯成文真的悔，太悔了。

如果早知道轉班生這麼好看，在第一天她被曦哥欺負時，他就該挺身而出！

那樣還有曦哥什麼事？

「妳以後都不戴口罩了嗎？」他問。

明溪解釋道：「去年轉學過來之前臉受傷了，現在好了，就不必戴了。」

轉班生還是同一個轉班生，說話的語氣也還是之前那種沒什麼抑揚頓挫的平淡語氣，但是擁有了一張漂亮的臉的她，讓柯成文覺得她說話都像夜鶯一樣好聽。

柯成文道：「那就好，不然暴殄天物了。」

唉，就是便宜曦哥了。

傅陽曦從辦公室回來，就見柯成文伸長了腦袋和趙明溪說話，一臉舔狗樣。

不只是他，班上男男女女表面上豎著書在背誦，視線卻都忍不住往趙明溪那邊瞟。

傅陽曦只覺得人人臉上都是一副想撬牆角的樣子。

簡直危機四伏。

他拉長了臉，迅速大步流星地走過來，雙手拎起柯成文後衣領，把柯成文整個人往上一提，拽到離趙明溪最遠的位置，再從中間擠過去：「遵守點紀律行不行？好好早自習說什麼話？！」

說完他視線往全班一掃。

盯著趙明溪看的小弟們趕緊刷刷地都收回了視線。

柯成文無語，心說最不遵守紀律的就是你了好嗎。

傅陽曦在自己座位上坐下，坐下後，意識到趙明溪就在旁邊，他臉上熱度直線上升。

「剛才謝謝你。」明溪用書本擋著腦袋，朝右偏頭：「教務主任沒罰你什麼吧？」

趙明溪一湊過去，傅陽曦就渾身緊繃，說是長著紅色刺蝟短髮的石膏像也不為過。

他不敢看她，頭微微偏開，不自在地道：「還能罰、罰什麼，掃、掃廁所罷了。」

掃廁所？又是可以蹭的氣運。

明溪趕緊道：「傅少，我幫你！」

傅陽曦不知道為什麼像隻被逼到牆角、即將被玷汙的兔子，耳朵紅紅地往靠牆的位置躲：「不用。」

明溪不知道他聽見了沒有，湊得更近了一點，抬頭看了眼講臺上的老師，然後壓低聲音用氣音說話：「傅少，求你了，掃廁所的事情交給我吧！」

太過分了！

傅陽曦覺得她就是故意在撩他，摘了口罩，露出這麼漂亮的一張臉，居然還用氣音對他說話，呵出來的氣涼涼的，都落在他手肘上了。

而且掃個廁所有什麼難的，即便不讓小弟來，他一個人也可以搞定。

她就是非要和他黏在一起吧。

「男、男廁所。」傅陽曦摳著桌子，心怦怦直跳，費了很大的定力，盯著桌子，很努力地說流暢：「妳沒辦法掃。」

明溪只好說了聲「哦。」

看起來有點失望。

「你結巴什麼？」明溪突然狐疑地看向傅陽曦。

傅陽曦在心裡做了好半天的心理建設——莫緊張。

現在被靠近一點就緊張，以後做別的豈不是會更慌。

他悄悄深吸一口氣，努力坦然地看向趙明溪。不過就是長得好看一點罷了，他也很帥好不好。

結果剛看一眼就臉紅了，媽的，還是好慌！

「我沒、沒結巴。」

「那你、你怎麼——」

傅陽曦將書「啪」地闔上，急匆匆地用正事打斷了她：「話說那群人到底在搞什麼鬼？」

傅陽曦指的是常青班那群人。

明溪聳聳肩，解釋道：「常青班的鄂小夏和我有點私人恩怨，不過現在已經沒事了，已經解決了。」

傅陽曦連鄂小夏是哪號人物都沒聽說過，事實上高中三年他連自己班上同學的名字都不記得幾個，更別說別班的人了。

他記住的女生名字現在為止就只有趙明溪一個。

他想破腦袋也不會想到，趙明溪所說的私人恩怨是都追過沈厲堯、情敵見面分外眼紅這件事，還以為是女生之間的一些小矛盾。

於是傅陽曦皺了皺眉，想著要不要找人去警醒警醒這個叫鄂曉冬的，不要再在背後搞什麼小動作。

正說著悄悄話，旁邊讀書的一個小弟眼神又忍不住朝明溪瞟了過來。

傅陽曦一個狠狠的眼神瞪了回去。

傅陽曦簡直有點想讓明溪把口罩戴上了，現在這麼多人盯著她看，他好不開心。

但是又想著哪個女孩子不想漂漂亮亮的，她臉上的傷好了，她肯定很開心。

於是傅陽曦又把這自私的想法嚥了回去。

他看向明溪身後的書包，見還是之前那個舊的，忍不住問：「書包，不喜歡嗎？」

明溪反應過來他是指上週五送給自己的新書包，眼睛彎彎地笑起來，小聲說：「喜歡，但是用之前我先曬一曬，明天應該就能帶過來了。」

傅陽曦高興了，臭屁的哼了一聲，刺蝟一樣的囂張短髮看起來都柔順了點：「隨妳，反正是妳的東西。」

明溪猶豫了下，又道：「但是無功不受祿，我幫你做三年甜品都抵不上你這波禮物，傅少，我到時候還是賺了錢以後還你吧。」

傅陽曦心說，那就做三年甜品啊，為什麼不做？！

難道三年後就三年之癢了，要去喜歡別人了嗎？！

傅陽曦嘩啦啦翻著書頁，挑著眉，不悅道：「妳三年後要幹嘛，出國嗎？還是上月球？」頓了頓，他心底鼓足勇氣，但面上卻假裝若無其事地隨口一說：「妳請求我和妳一起出國，我也不是不可以考慮。」

明溪「啊？」了一聲。

什麼跟什麼。

傅陽曦看著她呆愣的樣子，臉色變臭了。

有時候他都懷疑趙明溪到底喜不喜歡他，否則為什麼還這麼客套地叫傅少，而且連未來都沒暢想過啊！還是說只是一時興起，玩玩他而已？！

傅陽曦心情如雲霄飛車一般低落了下來。

「傅少，你什麼意思？」明溪見他好像不太開心，問了一句。

「妳怎麼還叫我傅少？」傅陽曦抱怨道。

直呼大名也比這個生疏的稱呼好點吧。

她每次都傅少傅少傅少的，叫起來就像是他是她的僱主一樣。

明溪以為他的意思是，經過這麼一場架，兩人的關係已經從嫌棄與被嫌棄的關係，升級為了大哥與小弟的關係。

今天好歹是他罩著她的，她好歹應該和別人一樣，認他當老大吧？

明溪立即從善如流：「曦哥。」

曦……曦哥？

這個稱呼從柯成文等人嘴裡聽到時傅陽曦不以為意，甚至覺得中二。

但是猛然從小口罩嘴裡聽到，他心跳驀然漏了一秒，面紅耳赤起來。

好……好可愛。

傅陽曦的心情上上下下，這下又被哄好了。

他用書擋著臉，勾著唇，微微一笑。

第六章　罩著妳

不出一天，這事就傳出去了，說國際班出了個很漂亮的女生。

不知道是誰偷拍了一張今早趙明溪站在教室門口的照片，替換掉了投票頁面那張戴口罩的。

於是慕名的都去論壇看了。

很多人立刻產生了懷疑：『這照片是P的吧？我怎麼從沒在學校見過這種大美女？』

還有理有據地分析起來：『你看後面的教室門框都被P歪了，這絕對是美顏開太過了，正常人哪有五官這麼完美的，還讀什麼書，去當明星吧。』

『對啊，要是真長這樣，早就在我們學校甚至其他高校紅了，怎麼可能現在才爆出來？』

這種言論層出不窮。

沒親眼見到的都保持懷疑態度，今早見過明溪的去論壇「啊啊啊就真的很漂亮啊」幾句還被圍攻。

可即使是這樣，投票頁面趙明溪的票數還是完全無法控制、像乘了火箭一樣飄紅飆升。

之前的兩千九百多票已經變成三千一百多票了。

這天還沒放學，趙明溪三個字在論壇的熱度就已快反超趙媛。

鄂小夏趴在桌子上，有種自己被扒光了衣服公開處刑的感覺，一整天根本不敢抬頭，更別說去聽老師講了什麼。

常青班倒是沒人故意來她面前嘲笑她，就頂多幾個平時看不慣她的女生會在那裡小聲議論。

但鄂小夏仍非常敏感，別人說點什麼她都感覺是在議論今早的事情，感覺是在笑她。

下課後，平時和她感情最好的苗然過來安慰她，拍了拍她的手臂：「沒事，這件事過幾天就過去了，又不是什麼大事，妳頂多就是有點嫉妒她，小女生的心思大家都有，都可以理解的。」

鄂小夏聽見安慰，都快哭出來了，從手臂裡將頭抬出來：「就是說啊，為什麼要怪我？趙明溪天天戴著口罩誰知道她長那麼好看？要怪也怪她讓人產生誤解吧？！」

後面兩個正在寫作業的女生聽見了，對視一眼，都覺得鄂小夏真是不要臉，這種時候了還在胡攪蠻纏。

不過每個班上都有一群抱團起來、不好惹的女生，除了最漂亮、不爭不搶的趙媛之外，鄂小夏在這個小集體裡算中心人物。

她們其他人沒有必要去招惹鄂小夏。

於是又埋頭繼續寫作業，當作沒聽到。

苗然心裡也覺得說這話的鄂小夏臉皮略厚，不過她沒說出來，而是繼續安慰：「是的，如果是我，我也會以為她臉部受傷以後就很醜，不敢見人。」

鄂小夏抹了抹眼淚：「我感覺自己就像個笑話。」

「沒事的。」苗然繼續耐著性子安慰。

鄂小夏的心情這才好了不少，能冷靜地思考問題了。

她心情複雜地看了不遠處坐在第一排的趙媛，壓低聲音對苗然道：「但是我沒想到，一向被我們捧著的趙媛居然會在關鍵時刻對我落井下石，她完全不把我當朋友。」

「嗯……」苗然不知道該不該接這句話，鄂小夏和趙媛友情出現了裂痕，她要是接這句話，可就得罪趙媛了。

和趙媛感情比較好的蒲霜剛好幫她男朋友上完藥，從走道後面過來，碰巧聽見了這句話，立刻把酒精往鄂小夏桌子上重重一拍。

「鄂小夏妳要點臉好嗎，是妳先害得媛媛過敏！我說為什麼這幾天媛媛都不想和妳說話，原來是發生了這種事。要不是妳今天自己丟人現眼，拉媛媛下水，媛媛還會繼續好心地替妳瞞著，我都要心疼她了——她已經很夠朋友了，妳還想要她怎樣？！」

「趙媛就沒有問題了嗎？」鄂小夏索性撕破臉皮：「我每次說趙明溪醜，她還不是默認？」

蒲霜怒道：「妳別在這裡血口噴人，妳哪次這麼說，媛媛沒制止？她每次都讓妳別瞎說。」

鄂小夏吵不贏，急得出汗，簡直快爆粗口了：「『別瞎說』和『別這樣說』是同個意思嗎？！」

兩人吵架聲音越吵越大，教室裡許多人都看了過來。

今早鄂小夏以一己之力挑起兩個班的矛盾，一群坐在後排的男生還沒找她算帳呢，她居然還敢在這裡無理取鬧。有男生不耐煩道：「吵什麼吵？能不能出去吵？」

苗然見狀，也拽了拽鄂小夏的衣服，小聲道：「算了算了，別拖趙媛下水了，她長得好看，班上男生肯定會偏心她。」

「我知道了，反正無論發生什麼事，妳們就是站在趙媛那一邊就對了！」鄂小夏心涼了一大截，狠狠瞪著蒲霜：「妳們到底是我朋友還是趙媛朋友？」

蒲霜回了她一個冷眼，轉身走掉。

鄂小夏一屁股坐在椅子上，有一種無力感，怎麼無論她說什麼、辯解什麼，班上的人、自己身邊的好友，都還是站在趙媛那一邊？

趙媛坐在自己座位上寫作業，但寫了半天完全不知道在計算紙上寫了些什麼。

她心神不寧，也沒有心情去管鄂小夏與蒲霜的爭吵。

蒲霜過來看了眼她桌上的競賽講義：「媛媛，妳在準備百校聯賽的競賽嗎？」

趙媛唇色很白，道：「嗯。」

蒲霜見她臉色不大好看，安慰她：「這件事就是鄂小夏自己做的，大家不會認為和妳有關係，妳平時人那麼好，別擔心。」

趙媛笑了笑，抬起頭：「謝謝霜霜，我知道。」

蒲霜想了想，又道：「那妳好好準備百校聯賽吧，我就不打擾妳了——」

說著想起投票論壇上，趙明溪快要碾壓過趙媛的票數，雖然趙媛一向不在乎這些，但蒲霜還是忍不住安慰兩句。

「校花評選那些都是浮雲，成績才是真本事。趙明溪就算長得好看，但她成績那麼平庸，這次連參加百校聯賽的資格都沒有，媛媛妳比她優秀太多了。」

「是的。」另一個女生也過來安慰道：「我也覺得光漂亮沒什麼用，還是有頭腦的女孩子才吸引人。不然為什麼校競隊的沈厲堯看都不看趙明溪一眼？」

趙媛默默聽著這些安慰，心情漸漸好了不少。

只是令她心神不定的是，趙明溪臉上的傷，當時那個醫生說至少得過完兩三個冬天，且得化學防曬、物理防曬都用上，才能痊癒。可為什麼現在還不到一年，她臉上就徹底恢復如初了？

趙媛還以為，直到高三畢業之前，趙明溪都得一直戴著口罩了。

而眼下她就這樣摘了口罩，甚至還比之前更好看了，全校都將看到她的美麗。

趙媛心裡不是滋味，忍不住站起來，打算上樓去一趟國際班。

想了想，她又把自己剛才寫的百校聯賽重點範圍拿了起來。

反正給了趙明溪重點，趙明溪也參加不了。

鄂小夏一直盯著趙媛，見趙媛站起來，她也連忙悄悄站起來。

明溪正在努力適應不戴口罩、被許多人盯著看的狀態。

畢竟這一年她一直戴著口罩，走在人群裡，頂多是有人覺得那個感冒患者身材很讚，而不會盯著她的口罩仔細地看。

因此她已經很久沒接受過這麼多目光了。

現在猛然摘了口罩，不僅國際班的人看她像看新奇的國寶，就連外班都有人忍不住溜過來打聽。

下午第二節課下課，有人對明溪道：「外面有人找。」

明溪放下筆，一出教室，就有幾個男生圍著一個高高大大、長得還不錯的男生，把他往前推，慫恿他把手裡的話劇票遞給明溪。

「趙明溪，李海洋想約妳看話劇！」

「哈哈哈快答應他！」

明溪認出來是幾個常青班的男生，其中兩個還參與了早上的打架。

叫做李海洋的男生整個人特別僵硬，不敢看明溪，對身邊幾個人道：「滾滾滾。」

但是說著這樣的話，還是從口袋裡摸出了兩張藍色的話劇票，咳了下，遞給明溪：「這週六下午五點，妳想看嗎？」

國際班坐在門旁邊的小弟對著外面幾個人吼：「快滾啊！你們常青班的都不是好東西，早上還打了架，現在就想來泡我們國際班的人！」

外面在起鬨，聲音吵得有點大，但傅陽曦戴著降噪耳機，抱著趙明溪買給他的皮卡丘抱枕，趴在桌子上睡覺。

銀色的降噪耳機幾萬塊，品質好得沒話說，戴上了根本聽不到。

柯成文急了，連忙伸長了手猛然推了傅陽曦的背一下：「曦哥，火燒眉毛了你還睡覺呢，快起來！」

傅陽曦被推醒，臉色很黑，渾身都是低氣壓，把耳機往桌上一摔，扭過頭去狠狠瞪了柯成文一眼：「你活得不耐煩了——」

話沒說完他看見外面發生了什麼。

他頓時騰地一下站起來，椅子都差點被他掀翻。

「這些人吃了什麼熊心豹子膽，是不是當我死的？！」傅陽曦拳頭硬了，拔腿就往外走。

柯成文連忙攔住他，壓低聲音：「冷靜！冷靜！你現在出去揍人，等下全校都知道你喜歡轉班生了。」

「我就是喜——」傅陽曦頓時暴跳如雷：「我怎麼可能喜歡她？！是她在追我！你有沒有搞錯，我什麼時候喜歡過誰？這話你也有膽子說？！」

柯成文看向外面，突然道：「咦，轉班生好像拒絕了。」

「你知道那個沉浸式戲劇的票吧曦哥，去年你看過的，《sleep no more》，一千多塊一張，轉班生居然拒絕了。」

傅陽曦強忍著怒氣，仗著個子高，朝窗外看了眼。

果然見明溪對那個叫什麼李鯨魚的道：「對不起，我要好好念書。」

說完了之後明溪票也沒接，直接轉身回教室。

傅陽曦瞟了眼那個送戲劇票的男生，見他滿臉失落和尷尬，丟了面子還努力擠出笑容。

傅陽曦整個人都舒坦了。

「哈。」他不急也不惱了，一副正宮氣勢地坐下來，翹起腿，得意洋洋地撐著腦袋目送外面失意之人離開。

都不用他出馬，小口罩就自己解決了。

她根本看都不看一眼除了他之外的別的人嘛。

柯成文摸著下巴，道：「但是我覺得趙明溪還是想看那個戲劇的，剛才她盯著那張票看了一下。」

「那還不簡單？」傅陽曦哼了一聲，掏出手機開始訂票。

他回想著趙明溪千方百計地黏人、想和自己一起掃廁所，和剛剛拒絕那男生時的果斷。

兩廂對比，越想越覺得自己是被區別對待的。

越想越得意，嘴角掩飾不住的開心。

但……

同時傅陽曦也感覺到好像哪裡有點違和——

她拒絕別人，為什麼說的不是「我已經有喜歡的人了」，而是「要好好念書」？

明溪雙手插著校服口袋，正要進教室，忽然被人叫住。

「明溪。」

趙媛抱著一疊列印出來的資料，眼圈紅著，眼神裡流露出擔心，朝明溪走過來。

明溪扭頭瞥了一眼，見到是她，招呼也不想打，轉身就往教室裡走。

自己辛辛苦苦跑腿跑圈、累死累活好不容易攢起來的一點氣運，可別一遇到趙媛，就又被她的光環碾壓沒了！

「等等，我有話想和妳說。」趙媛連忙小跑幾步，攔在她面前。

明溪看了眼自己的盆栽，盆栽裡的小嫩芽在趙媛走近來時，明顯顫顫巍巍地搖曳了下，並且直接停止了生長。

明溪哪還能有什麼好語氣，眉頭直接皺了起來：「我可沒話要和妳說。」

走廊上的一些人都看了過來。

只見趙媛咬了咬嘴唇，彷彿有點害怕明溪，鼓起勇氣道：「我只是、只是想來替鄂小夏向妳道歉……」

人美心善。走廊上的男生們腦海中頓時浮現這個詞。

這件事明明和趙媛沒有關係，鄂小夏甚至還想拖她下水，她卻更在意趙明溪的感受，第一時間過來道歉。

明溪卻根本沒在聽趙媛在說什麼。

趙媛沒穿校服，身上是時下最流行的深藍色水手裙，白色短襪，咖色小皮鞋。長髮被髮帶捋到耳後，髮頂左側有個藍色格紋的蝴蝶結。

她看起來整潔、大方、柔弱、脆弱。

總之是很多美好的形容詞。

明溪身姿修長，比她高小半個頭，眼眸微垂著，視線就剛好落在她髮頂的藍色格紋蝴蝶結上。

明溪定定地看著那蝴蝶結，很難不想起以前發生的一些事情。

兩年前她剛來趙家時，拖著行李，行李是奶奶用藤編袋幫她裝起來的。被趙湛懷接到趙家之後，全家除了趙墨以外的人對她還算和藹，她心中也滿懷期許，期待展開新生活。

趙母拉著她的手，讓她先去洗個澡，換身衣服。

然而等她出來之後，就發現自己帶過來的舊衣服和奶奶的藤編袋已經被丟進別墅外面的垃圾桶了——趙母說以前苦了她了，要帶她去買新的。

明溪小聲辯駁，那是奶奶留給她的。

趙母不太開心，對她說：「妳得適應這裡的新環境。」

當時十五歲的明溪很侷促，她很想把奶奶給自己的東西撿回來，但是又怕這樣會顯得很矯情、很像麻煩精，惹這一家人不高興。

於是她心不在焉地吃著飯，沒吃幾口，打算等趙母上樓之後，再去外面拿回來。

可沒想到，等她天黑了再去外面找時，垃圾車早就把東西拉走了。

那時候明溪難過了好幾天。才意識到，這裡的環境不是她換了一身衣服、和趙媛一樣穿上小皮鞋就可以輕易融入的。

她生長了十五年的北方小鎮，通常都是第二天清晨，鄰里之間互相寒暄幾句，並幫忙把垃圾帶到垃圾場。而在這裡，保姆隨時隨地都會將垃圾清理走。

她可能得費更大的力氣來融入。

意識到這一點之後，明溪變得更加努力，如同她之前的十五年努力念書一樣刻苦。

她開始觀察趙家人的衣食住行，注意他們吃完飯後漱口會漱幾下這樣的小細節，並且去學著做，從而讓自己不顯得那麼侷促，努力讓自己從容一些。

那天買完衣服鞋子，趙湛懷帶明溪去第一所學校辦理轉學手續時，明溪注意到學校裡很多女孩子都在打量自己。

明溪注意到自己與她們很不同——即便都是穿從商場裡買來的很貴的衣服，但是這些女孩子很會打扮。

T恤會打結，百褶裙會心機地剪裁出別致的紋樣。

髮頂也不是都和她一樣烏黑長髮披肩、什麼裝束也沒有。大多都會戴一些顏色鮮亮的髮飾，讓整個人都鮮活起來，一看就走在潮流前端。

明溪被她們盯著看，被看得臉頰都在自卑發燙，恨不得躲起來。

她又一次意識到，這可能不是衣服與長相的區別，而是從小被時尚雜誌陶冶、和夏天沒有空調冬天凍著手讀書的區別。

她要想融入，可能還得再努力一點、更拚命一點。

回來之後明溪一邊用新手機新電腦學習著這些，一邊觀察趙媛是怎麼做的——趙媛是她身邊最好最漂亮的例子。

明溪拿著錢打算先從買一些髮飾開始。

第一次買，她看花了眼，不知道該買哪種。想著趙媛頭上的那種蝴蝶結，總不會出錯，於是也買了兩個。

當天回家，她很開心，想拿著買好的東西去問問趙母，看看自己的審美能力有沒有進步。

然而卻在經過趙墨的房間時，聽見趙墨的聲音。

趙墨諷刺地說：「新來的那個就是個學人精，什麼都要買和媛媛一樣的。你去哄哄媛媛。」

對面的人是誰明溪不知道，但總之不是趙湛懷就是趙母、或者趙宇寧，就是這一家子人。

那一天，明溪慌慌張張匆匆退回房間，將買的髮飾藏進最底層的櫃子裡。

她眼淚大顆大顆流了下來。

待在趙家這兩年，明溪飛速成長，幾乎是被逼著以最快的速度蛻變。

她終於能昂首挺胸，融入周圍的環境，看起來就像是從小生長在這裡的那些女生一樣。

從容不迫，且應付自如，也懂得怎麼展示自己的美。

當別人看過來時，便大大方方地讓別人看。

如今十七歲的明溪內心自信，不在乎外界的眼光，即便穿校服、背著舊書包也坦然無畏。

再去看十五歲的自己時，自然便覺得當時的自己太過膽怯卑微、太在意別人的眼神、甚至尖銳。

但明溪不想否定自己。

畢竟當時那個謹慎敏感、剛剛從北方小鎮來到這座城市的她，也的的確確就是她趙明溪。

從某種角度上來說，明溪覺得原文把自己定義成惡毒女配，是有道理的。

站在趙媛的角度不就是嘛，自己一來，就吸引了全家的注意力，學著她買髮飾。還小心翼翼地做菜，討好著家裡人，妄想奪走落在她身上的寵愛。

不過，那已經是之前十五歲渴望關注和愛的趙明溪了。

現在的趙明溪兩手一揣，誰也不愛，一心只想考大學和活命。

她注意力拉回到趙媛身上，就聽趙媛還在道：「……而且我覺得當中也有我的錯，我沒及時發現妳們的矛盾已經這麼深了。」

明溪看了眼下課時走廊上的人，沒有二十幾個也有十幾個，都聽著趙媛在這裡對自己道歉，好像是自己得理不饒人似的。

「這和妳有什麼關係？這件事既然是她的錯，妳為什麼要大庭廣眾之下替她道歉？為了表現妳人美心善？」

明溪忍不住道：「既然這樣，兩個國家之間打起來了妳是不是也要道個歉，因為妳沒及時發現兩國矛盾？」

趙媛頓時噎住。旁邊的人頓時也噎住。

明溪：「我只聽說過加害人對受害人道歉，沒聽說過路人甲跑來對受害者道歉的，這不是自己給自己加戲嗎——除非妳默認是妳慫恿她幹的。」

趙媛泫然欲泣，趕緊道：「明溪，妳不要這樣誤解我，她害我過敏，我怎麼可能參與過她做的那些事情？妳們一個是我親人，一個是我朋友……」

「哦。」明溪木著臉道：「她害過妳，又欺負我，在這樣的情況下，妳還來替她道歉，妳真寬宏大量——那以後街上有人殺了人，妳也要拿著大聲公替殺人犯道歉？」

「……」

走廊上聽著的人也琢磨出不對勁。

是啊，趙媛當眾說出鄂小夏害她過敏的事，可以說友情已經破碎了吧，現在又來替鄂小夏道什麼歉呢。還當著這麼多人的面把自己弄得很委屈。

乍一看感覺很善良，甚至善良到有幾分聖母，但是仔細體會，怎麼感覺有種白蓮花的味道呢。

趙媛沒想到事情會變成這樣，趙明溪好像不是以前的那個趙明溪了，現在的趙明溪不會漲紅了臉說不出話，而是能三言兩語將人心扭轉到她那邊去。

說話幽默還博好感。

先前趙明溪一直戴著口罩，身邊沒什麼人會幫她。但是現在她摘了口罩，這麼漂亮，顏即正義的外貌協會都忍不住對她寬容幾分——就像是以前寬容趙媛一樣。

「一點小事為什麼會被妳放大成殺人和兩國戰爭？」趙媛感覺到周圍的視線開始發生變化，焦灼地道。

她話還沒說完，又被明溪打斷：「哦，現在又是一點小事了，剛剛妳眼睛通紅地當著這麼多人的面來找我，我還以為是什麼天塌下來的大事呢。」

周圍的人：「噗——」

趙媛：「……」

鄂小夏：「……」

她在不遠處聽著，不知道為什麼，她覺得有點爽是怎麼回事？

她不是討厭趙明溪嗎？！

但是今早的事情發生之後，鄂小夏感覺比起趙明溪，她好像更討厭趙媛這樣，什麼都不用做、什麼都不用說，就有一大堆人前仆後繼地維護她的人。

趙媛不敢再繼續說剛才的話題，她怕再說下去，周圍的人都要用異樣的眼神看自己了。

她匆忙將懷裡抱著的資料拿給趙明溪：「妳不是在準備百校聯賽嗎，這是我劃的重點範圍，希望能幫助到妳。」

她以為趙明溪起碼不會抗拒這個，一旦她接過去，那麼還是自己寬宏大量、不計較她惡語相向，幫助了她。

但沒想到趙明溪手都沒從校服口袋裡拿出來一下：「不用了，我已經有了。」

昨晚從圖書館出來時，圖書館管理員給了她一份重點，稍微辨認一下就知道那是沈厲堯的筆跡。明溪也沒什麼好不接受的，畢竟她和沈厲堯又沒什麼深仇大恨。沈厲堯是校競隊的人，又連年金牌，劃的重點只會比趙媛手上這一份精準得多。

趙媛心底已經篤定了明溪根本沒真的打算好好參加百校聯賽，她可能就只是這樣對大哥說說而已，想表現出她很努力念書。

趙媛也不想久留了，直接擔憂地問了最後一個問題：「妳什麼時候回家？」

「不回。」

趙媛不想承認自己心底的確鬆了口氣：「家裡人都很擔心妳。」

明溪聽到這句話，嘲諷的視線看來。

趙媛覺得自己宛如被她看穿了，下意識迴避視線。

接著聽到趙明溪說：「別擔心，妳想得到的，是被我當作垃圾的，妳想要就全部給妳好了。」

「妳——」趙媛想說妳怎麼可以這麼說大哥媽媽他們，但是這話未能說出口，便一陣心梗。她有種一拳打在棉花上，打空了，使不出力的感覺。

趙明溪以前很在乎家裡的人，可現在居然能說出這種話，她真的不在乎了嗎？

趙媛離開時簡直快要維持不住自己臉上難看的表情。

走廊上大多聽見的人看趙媛的眼神都是有點異樣。一個隔壁金牌班的女生經過時給明溪比了個大拇指：「姐妹罵白蓮花口齒伶俐，我喜歡。」

明溪眼眸澄澈，回了她一個飛吻。

但總有那麼幾個男生覺得趙明溪不可理喻。

方才陪李海洋過來起鬨的人都是常青班的人，自然與趙媛要熟悉得多，還沒離開，旁觀了事情，不自覺地就偏向趙媛。

有個男生忍不住道：「見識了，長相這麼好看，嘴巴卻不饒人。」

旁邊的李海洋想拉他走，但是他還在繼續道：「趙明溪，趙媛也是關心妳，妳能不能別一句句夾槍帶棒的？不知道的人還以為妳嫉妒她呢！她都快生日了也沒見妳說一聲生日祝福。」

少年少女的喜歡果然淺薄，只是看臉。

明溪不想理會這些男生，但也不想聽他們什麼都不知道的人在這裡評價自己。

她剛要開口，窗戶就被猛然「哐啷」一聲推開了，傅陽曦陰寒著一張臉：「嫉妒她？嫉妒她不如趙明溪的長相還是不如趙明溪香甜？！你們搞清楚，趙明溪有我當隔壁桌怎麼可能嫉妒別人？那個叫李鯨魚的，你看什麼看——」

傅陽曦話還沒說完，眼見著他差點從窗戶翻出來，走廊上的人溜了，幾個常青班的人逃一樣地竄下樓。

明溪：「……」

香甜？

明溪懷疑傅陽曦是不是語文沒學好，沒搞清楚人和甜品的區別。

明溪回了教室，在座位上坐下，沒忍住對傅陽曦道：「他叫李海洋。」

柯成文：「噗——」

傅陽曦臉上的陰寒卻收不住，沒心情去計較趙明溪居然記住了那男的的名字，也沒心情去管柯成文。

他站在那裡，視線一直盯著趙明溪坐下，他喉結動了一下，像是想發脾氣又忍住了，徒勞一肚子火。

見趙明溪拿起計算紙繼續開始複習，傅陽曦踹了下椅子坐下來，盯著她看了一下。

他臉上的表情很難看，問出來聲音卻很低很輕：「妳家裡人都是那樣的？」

明溪不太想說這個話題。雖然傅陽曦又一次幫了她，兩人好像建立起了一點大哥和小弟的友誼，但是這兩年的事情明溪很難啟齒，也不知道從何說起。

她沉默地翻了一頁競賽題集，沒說話。

傅陽曦抓了抓頭髮，有些煩躁。

他忍不住回頭瞪了柯成文一眼。

柯成文：「……」

傅陽曦完全沒有安慰人的經驗，他看著趙明溪的側臉，張了張嘴，卻又笨拙地閉上了嘴。

然後他又扭頭去瞪了柯成文一眼。

柯成文：「……」

柯成文總算領悟到他的意思，趕緊對趙明溪慷慨激昂地道：「轉班生，妳別不高興了！妳要實在不開心，我們就去打他們一頓！我們曦哥這裡沒有女生不能打的規矩，妳想怎麼打就怎麼打！想借幾個人就借幾個人！實在不行還可以拿錢砸死剛才那女的和妳家裡人！」

「沒有什麼事情是打一頓不能解決的，覺得不出氣還可以打兩頓！用錢『啪啪』打！」

傅陽曦哼了一聲，道：「這是柯成文的意思，可不是我的意思，但既然妳叫了我一聲曦哥，我就勉勉強強不太情願地罩著妳吧，所以說吧，妳想怎麼樣。」

明溪其實根本沒把趙媛放在心上，但是見傅陽曦和柯成文兩個大男生笨拙地安慰自己，她還是笑了一下。

她手裡的筆尖不停，抄寫著重點範圍內的公式，開玩笑道：「砸她的錢還不如買架飛機給我呢。」

完了沒聽到傅陽曦出聲，她趕緊側頭去看，就見傅陽曦彷彿在認真思考這件事的可能性。

明溪：？？？

這年頭的富三代對不那麼看重的小弟都這麼大方的嗎？

之前他還趕自己走，不讓自己和他當隔壁桌，現在對自己這麼大方，明溪簡直受寵若驚。

明溪生怕他一個想不開真買了，趕緊道：「不，停止思考，我要飛機幹什麼？我又不會開，我還未成年！」

「未成年？」說到這裡，傅陽曦想起來一件事：「剛剛他們說到趙什麼圓的生日，所以妳生日是什麼時候？」

「……」這又是一件明溪不想回答的事情。

她出生日期比趙媛晚十天左右，當時在醫院保溫箱發生了意外。兩年前趙家人把她找回來之後，除了把她的戶口調到這裡來，還把她生日也改了，改成了和趙媛同天。

因為如果不這樣做的話，以後無法解釋為什麼她和趙媛是姐妹，但是生日卻是同一年的不同天。

她身分證上的生日根本不屬於她，她也不想過。

明溪含糊道：「十月二十四號，你有什麼事嗎？」

傅陽曦竭力裝作若無其事道：「如果妳不想回妳家過生日的話，妳可以出來——」

話沒說完明溪就道：「那天我已經有安排了，我得回老家。」

傅陽曦還不知道趙明溪老家在哪裡，睜大眼睛，下意識問：「妳老家在哪裡？」

「北方的一座小城市。」

傅陽曦盯著她兩秒，很不滿意她的敷衍，但是覺得她可能心情正不好，於是便沒說什麼，想著以後再問。

柯成文在旁邊插嘴道：「轉班生，不能過妳的生日，妳可以來過曦哥的生日啊，曦哥，你不是也快了？就只剩大半個月了——」

「閉嘴！幹嘛隨隨便便把小爺生日說出口？！」傅陽曦頓時炸毛，站起來去捂柯成文的嘴：「萬一到時候一大群人送禮怎麼辦？煩死了！」

但他下意識去看趙明溪的反應。

「十一月五號！」柯成文還是喊出了口。

「十一月五號。」明溪想著十月二十四日要回去祭奠奶奶的祭日，心不在焉地重複了一遍：「我記住了。」

她記住了！

傅陽曦耳根一紅，鬆開了柯成文的脖子，嘟囔了句：「煩死了，可別送什麼禮物啊！」

沈厲堯這邊正在集訓，今天的課程上完之後，幾個人去旁邊的飲料店等飲料。

孔佳澤剛在附近上完芭蕾課，聽說A中校競隊在這裡，便興沖沖地披著衣服過來了。

她一進來，飲料店的服務員眼睛都直了一下，卡其色風衣下的芭蕾舞蹈服將孔佳澤的身材包裹得完美。

「你們集訓怎麼樣了？」孔佳澤見沈厲堯眉心蹙著正在看手機，有點尷尬，只好和旁邊的葉柏打招呼。

結果葉柏也在瞳孔地震地盯著手機看。

彷彿根本沒回神，完全注意不到她。其他幾個A中平時熟悉的校競隊的男生也一樣。

「你們看什麼呢？」孔佳澤攏了攏風衣走過去，有些不悅地道。

「未免也太漂亮了吧——」葉柏扭頭震驚地盯著沈厲堯：「堯神，你是不是早就知道了？」

沈厲堯只皺著眉，並未表現出震驚，顯然早就知道了。

葉柏簡直後悔自己以前嘲笑趙明溪是跟屁蟲了，早知道她那麼好看，他說不定就去追她了，畢竟她性格也很不錯。

「什麼漂亮？」孔佳澤以為是在說自己，下意識地低下頭，扯了一下裙擺，笑了一下。

結果葉柏這時候才注意到她來了，抬頭看了她身上的芭蕾服一眼：「嗯？妳在附近上課？」

沒等孔佳澤回答，葉柏注意力又落到他手機上了。

孔佳澤：「……」

這一群人到底在看什麼？！

孔佳澤拿出手機，打開他們在看的A中論壇看了眼，結果就看到被她和鄂小夏投票投到第二的趙明溪現在已經三千五百多票，已經第一了。

「……」

孔佳澤無法理解地看著新照片上的女孩，很顯然是今早照的。

說是明星的生圖她也信。

孔佳澤腦子轉得很快，一瞬間明白發生什麼了——怪不得趙明溪有膽量去追沈厲堯，原來她長得這麼好看。

自己好像搬起石頭砸自己的腳了。

孔佳澤臉色難看起來，盯著這群男生看了一下，竭力用輕鬆調侃的語氣道：「我帶來了一個百校聯賽的消息，你們還要不要聽了？只顧著看美女我可就走了啊。」

男生們這時才注意到她來，有的抬起頭問：「什麼消息啊？」

「是內部消息，看在堯神的面子上告訴你們。」孔佳澤故意賣了個關子，視線盯著沈厲堯，然而沈厲堯還沒看向她。

「快說吧。」葉柏注意力才從手機上抬起來：「到底什麼內部消息？競賽還能取消嗎，不可能吧。」

大家都知道孔佳澤有親戚在市教育部，她所說的內部消息真實性還挺高。

孔佳澤盯著沈厲堯，沒得到任何回應，只好咬了咬下唇，道：「是和你們學校有關的。你們學校那個高教授——就是你們金牌班班導師以前的老師，聽說他去多申請了一個參賽名額，是不是在你們學校有什麼看上的學生，想多給一個機會？內部消息啊，現在還不確定，別說出去。」

「怎麼可能？」葉柏驚訝道：「這麼大的事情，怎麼可能一點風聲都沒有？」

一個男生道：「高教授到底什麼來路？我只知道他教學和編題都很厲害，國家期刊經常出現他的名字，教務主任和校長敬他三分也就罷了，可為什麼他在各種競賽組織方那裡都有姓名？」

孔佳澤白了那男生一眼，嫌棄那男生沒見識，道：「多年國家級競賽金牌教練退役，你說呢？」

葉柏對高教授了解一點，道：「但是不可能呀，高教授從來不收禮，也沒有親戚在我們學校，他給我們學校多申請一個競賽名額有什麼用？」

「那就不知道了。」孔佳澤拉了把椅子，在沈厲堯身邊坐下來，道：「反正別說出去。」

孔佳澤放出這個消息之後，校競隊一群男生的注意力倒是都轉移到她身上了。

一個暗戀她的男生見她視線一直往沈厲堯那邊看，沈厲堯還在看手機上的照片，她臉色就更加不快了一點，也猜到了她的心思。

於是故意討好道：「要我說，外貌不重要，智商才重要。長得再好看有什麼用，參加百校聯賽的資格都不會有。」

孔佳澤心裡舒坦了點，對著那男生笑了笑。

她沒想到，她長得還真的不如趙明溪好看。

但是光那麼好看有什麼用，如果論起成績、聰明和全能的話，明眼人都知道她優秀得多。

就比如說，她能參加這次競賽，而趙明溪擠破了頭也參加不了。

「喝完了嗎，喝完都閉嘴，回校。」

沈厲堯收起手機，臉色冷硬地站起來。

他走到櫃檯旁邊，抬頭看了眼菜單，又接著點了杯霸氣芝士草莓。

「我差點忘了，我還沒點呢。」孔佳澤四下看了看，見所有人都點了，就自己沒點，還以為他是點給自己的，驚喜地走過去道：「謝謝啊。」

沈厲堯看了她一眼：「不是給妳的，妳自己點。」

孔佳澤：「……」

孔佳澤尷尬地往後看了眼，幸好幾個男生都在討論剛才她說的消息，沒有注意這邊。

葉柏倒是琢磨到了幾分沈厲堯的心思，他站在沈厲堯身邊，小聲道：「趙明溪是不是已經快半個月沒來找我們了？」

不僅沒主動來找，連電話訊息都沒有。

葉柏不知道沈厲堯是否主動打過電話給趙明溪，但是看沈厲堯那天迫不得已去圖書館找了趙明溪，就知道他應該是打過，但趙明溪換號碼了——甚至都沒告訴他。

一個經常出現在生活裡的人，突然從生活中全方位地抽離，別說沈厲堯是什麼反應了，就連葉柏都感到不習慣了。

而且A中居然這麼大嗎？明明是同一所學校，同一棟樓，同一座學生餐廳，甚至是隔壁班，卻幾乎沒有偶遇過。

現在不知道是趙明溪在刻意避開沈厲堯，還是真的有那麼多巧合，以前只不過是趙明溪努力對沈厲堯好。

沈厲堯眉眼冷峻，沒說話。

葉柏又看了眼服務生遞給他的霸氣芝士草莓，抱著安慰他的想法，壓低聲音道：「堯神，你也別多想了，我看她就是在欲擒故縱，想引起你的注意呢。」

「你看，這不就引起你的注意了？霸氣芝士草莓我記得是趙明溪喜歡的，你如果買回去給她，那就是你先認輸了。」

沈厲堯瞪了他一眼，但是盯著自己手裡外帶好的飲料。
猶豫了五秒，他扔進了垃圾桶。

他從沒輸過。

這一次也不例外。

這邊眼看著離生日宴越來越近，趙湛懷開始頭疼。如果明溪在趙母生日之前還沒哄好，還不肯回來，那就紙包不住火了。

趙宇寧接連兩日在學校都遇不到趙明溪，只好在放學後，將自己精心準備的禮物，讓兩個哥們兒幫自己扛著，送去了趙明溪的宿舍樓下。

送禮物之前，趙宇寧打算寫點道歉的話，但是以他的垃圾文筆根本寫不出什麼，讓哥們兒幫忙代寫的又太肉麻了，他八輩子都沒這樣道歉過。於是趙宇寧索性將紙捏成一團，煩躁地扔了。

趙明溪沒回來，他感覺他都餓瘦了一公斤。

儘管趙宇寧心裡很不安，一直有種快要失去什麼的感覺，但他還是感覺趙明溪會在生日宴之前回來的——今年可是母親五十歲大壽，她不可能不回吧？

然而第二天早上，他再去趙明溪宿舍樓下等人時，就發現自己交給宿管阿姨的禮物，包裝盒連拆都沒拆，直接出現在了滿是髒汙的垃圾桶。

第七章　握他手

趙宇寧簡直不敢相信自己的眼睛。

趙明溪知道他挑選了多長時間嗎？！

他一時之間氣憤到腦袋嗡嗡響，下意識就上前去想把包裝盒撈出來。

晨露本就溼重，垃圾桶底部又全是髒汙的水。

包裝盒一拿出來就滴滴答答地淌著黑水，濺了幾滴到趙宇寧褲管上。

不少挽著手臂的女生從樓上下來，經過他時，都奇怪地瞧著他，並繞道而走。

和趙宇寧一起過來的兩個男生撓了撓頭，有點尷尬，過去拍了拍他的肩：「怎麼回事啊？連拆都沒拆就扔了，該不會是宿舍阿姨沒給你姐吧？」

趙宇寧盯著盒子底部已經被垃圾桶裡的髒汙浸溼的牛皮紙，這撿起來也不能要了，髒水應該都滲透到禮物了。

他沉了口氣，總算冷靜了點，鬆了手，扭頭就往宿舍樓下值班處衝——對，一定是這樣，一定是宿管阿姨沒交給趙明溪。

他一衝過去，還沒等他開口，窗口處的阿姨抬起頭來，認出了他：「咦，是你，你可別來問我是不是沒轉交給人家女孩子，昨晚她回來時我親手交給她的，為此我都沒換班呢！」

趙宇寧手撐著窗口處，不敢置信：「那怎麼會出現在垃圾桶？！連拆都沒拆！」

「人家女孩子自己扔的啊！從我手裡接過去，看都沒看一眼，轉身下了幾步臺階就扔掉了！」

阿姨說完，狐疑地看著趙宇寧：「你不是她弟弟吧？她說以後你再送東西來，無論是什麼東西，都拒收。」

趙宇寧快氣死了：「我怎麼可能不是她弟弟？！」

阿姨道：「是弟弟那她幹嘛不收你的東西？！趕緊走，別在女生宿舍下鬼鬼祟祟的，而且我勸你這個娃好好念書——」

阿姨瞟了眼趙宇寧胸前的銘牌：「才高一，就學著人追漂亮學姐，人家高三的課業多緊張哪有時間理你？過來人勸你一句，沒結果啊！」

趙宇寧：「……」

趙宇寧心頭一團無處發洩的怒火。

除了吃了癟之後的惱怒、被兩個朋友看到自己的禮物被扔掉的尷尬之外，還有一絲說不清道不明的、夾雜著害怕的煩躁。

他摔手就走。

兩個朋友連忙追上來，其中一個道：「你姐也是倔脾氣啊，這麼久還在離家出走呢？要我說，這和你有什麼關係？你就別管了，住校也沒什麼嘛，逢年過年她總不可能不回來。對了，你媽過陣子不是生日嗎？剛好她有臺階下。」

「你才倔脾氣！」趙宇寧心煩意亂道：「你不清楚我家的狀況，就別廢話！」

現在哪裡是離家出走這麼簡單，現在趙明溪是要和他們斷絕關係！

以前從沒出現過他送禮物、接二連三地去討好，還沒辦法哄好趙明溪的狀況。

這次真的是第一次。

另一個安慰道：「我也覺得，你也別急了，過一陣子你姐姐就好了。我和我姐也經常吵架，吵得最厲害的時候她直接一張機票出國了，但是好歹是家人嘛，過陣子氣消了也就好了。」

趙宇寧腳步停下來，揉了揉額頭：「你們不懂，我家的情況真的很複雜。我和她之間……與你和你姐姐不一樣。」

他和趙明溪之間，儘管之前空白了很多年，但是這兩年卻發生了很多事。

這段時間，家裡沒有了趙明溪，這兩年的畫面就經常不由自主地在趙宇寧腦海中回想。

他的房間和趙明溪的房間最近。有幾次他半夜打遊戲在沙發前的地板上睡著了，發現半夜起來去上廁所的趙明溪會進來，搬一張椅子，踮起腳從衣櫥上方，拿一床毯子過來，輕手輕腳地幫他蓋上。

有兩次趙宇寧中途醒了，就拉著趙明溪和他一起打遊戲。趙明溪不肯，說第二天還要去學校，他就甕聲甕氣地威脅，並說我教妳。趙明溪拗不過他，就同意了。

兩人鎖好門，戴上耳機，調低音量，在深夜作賊心虛。

螢幕上出現 game over 的畫面，藍光閃爍，兩人會在一起垂頭喪氣。如果闖關成功，兩人還會興奮地壓低聲音笑，擊個掌。

趙宇寧十四歲，但也清楚趙明溪是因為想要融入，所以才討好他。

一開始他對此有點排斥。

但是家裡總沒什麼人，大哥二哥都有事業，趙媛要去上才藝班，他沒有別的玩伴，就只有剛來到這座城市的趙明溪在家，兩人相處時間最多。

於是，一來二去，趙宇寧也習慣跟趙明溪一起玩了。

甚至十四歲那年過後，他漸漸地不再整天跟著趙媛屁股後面跑，放學回家第一件事就是找趙明溪。

去年夏天他和趙明溪還在別墅區停車場撿到一隻蜷縮在車底下的奶貓。

趙媛過敏的東西很多，貓毛、花生，家裡一向不養任何寵物。他們也沒辦法把貓帶回家。放在那裡又怕兩個月大的小貓會被炙烤的夏日蒸熟。

於是兩人從網上買了帳篷、貓糧、貓碗、貓砂盆等物，將小奶貓帶到了社區後山的陰涼處。

就那麼養了兩個月。

暑假過後，那隻小貓都長大了，能跑能跳，再也不見之前瘦弱的模樣。

趙明溪負責在網路上聯絡了一家收養家庭，開學前一天，兩人偷偷摸摸將貓送過去。

現在回想起來都很清晰，那是很熱的一天，兩人不敢讓家裡的司機開車，而是攔了輛計程車，曬得要命。

當時趙明溪的臉還沒受傷，計程車司機一直盯著她熱褲下又白又長的一雙腿看，趙宇寧假裝若無其事，其實心裡很緊張，身體向前，悄悄擋著她。

四個月大的小貓意識到要被送走，在車子裡叫得聲嘶力竭。

送走之後，他和趙明溪心裡都空蕩蕩的，兩人還去吃了哈根達斯。

這是他和趙明溪之間的小祕密。

趙宇寧這陣子也意識到自己嘴巴很壞，有時候還無法控制地偏向趙媛。他一直以為這就是他和趙明溪之間的相處模式。趙明溪是後來的，稍微吃點虧，她應該也不會在意。

但是現在，趙明溪寧為玉碎，不為瓦全，寧願全都沒有，也不要只有一部分。

她像是要斬斷這一切一樣。

再也不要和他之間的這些聯絡了。

趙宇寧臉上憤怒，但心裡真的很不知所措。

他該怎麼辦。

三個人一直走到高一教學大樓那裡，朋友見他心情實在糟糕，幫他出主意：「你不是說你姐喜歡沈厲堯嘛，不然你想辦法撮合一下，撮合成了，你姐肯定就和你和好了。」

「去去去，什麼餿主意。」趙宇寧覺得這朋友實在不可靠。

「我還是找我大哥吧。」

目前趙墨在國外拍戲，再加上他一向是家裡最針對趙明溪的，肯定不能找他，而老爸也正在國外談生意，都還不知道趙明溪住校這件事，知道了肯定會大發雷霆，更不能去找他。

趙宇寧只能打電話給趙湛懷，催他趕緊想想辦法。

趙湛懷怎麼可能沒有在想辦法。

畢竟他公司事情多、應酬也多，明溪換號碼了聯絡不到她，他又不可能跟閒的沒事的趙宇寧一樣，去她宿舍樓下蹲守。

於是他讓家裡的保姆收拾了明溪秋冬常穿的衣服，再放了張存了幾萬塊的卡在裡面，讓司機載著保姆一起送去給明溪。

這次為了避免引起明溪的反感，他什麼話也沒讓保姆帶到，就單純只是擔心天氣變冷了明溪會感冒，將她需要的衣物送過去。

叮囑完這些之後，趙湛懷想想又覺得哪裡不太妥當。

這保姆在趙家待的時間久，還算忠心耿耿，家裡人都敬她一分，但她卻是照看趙媛長大的，趙明溪和她關係似乎很一般。

趙湛懷在家裡時間少，但是他在家時，就沒見明溪主動和這保姆說過話。讓這保姆送過去的話，恐怕不能起到讓趙明溪收起渾身鋒利的刺的作用。於是趙湛懷又讓自己助理開車過去一趟。

要是放在以前，趙湛懷未必有這個時間去照顧趙明溪的情緒。

然而現在怎麼勸她都不肯回來，趙湛懷自然會將精力多分給她兩分。

可結果，當天下午，他這邊和趙宇寧一樣，東西怎麼去，就怎麼回來了。

保姆張玉芬還沒意識到事情的嚴重性，拎著東西下了車，在停車場對趙湛懷喋喋不休地抱怨：「明溪小姐真不好伺候！」

「我把東西放在車子裡，去教學大樓找她。可都沒見到她的人，就被一個紅頭髮的男孩子讓人趕出去了。她是不是學壞了，身邊的同學都那麼不講理。」

「這要換了趙媛小姐，肯定會把我帶到宿舍大樓，再倒杯水給我。」

「行了，妳先回去。」趙湛懷臉色已經抑制不住地難看了，不想聽她廢話，對一邊匆匆趕回來的助理道：「東西先拿來放我車上。」

助理接過保姆手裡的東西，打開趙湛懷的奧迪的後車箱。

保姆還想說什麼，被趙家的司機拉著走了。

等兩人走後，趙湛懷看了眼後車箱被原封不動送回來的東西，蹙眉道：「她和家裡鬧翻也就算了，連這些東西也不要了，天氣說變冷就變冷，這孩子未免也太倔了。」

「還有你。」趙湛懷看向身邊的助理：「我不是讓你趕緊追過去，讓你去送這些東西的嗎？」

「您家裡的司機開得太快了，我沒追上。」助理委屈地解釋道：「但是有件事……不知道該不該說。」

「什麼？」趙湛懷心緒煩亂，轉身往電梯走：「有話就說。」

助理連忙跟上去，猶豫了下。

趙湛懷側頭看了他一眼：「到底什麼事？」

「我怕說了就是挑撥您家的家務事。」助理道。

趙湛懷眉心蹙起：「你是不是撞見什麼了？」

「對，我看見的和您家保姆說的不一樣。我去的時候正好撞見，趙明溪明明就出來見她了。」

助理看了眼趙湛懷的臉色，繼續道：「兩人當時在教學大樓底下，您家保姆臉色拉得很長，陰陽怪氣地把東西給她，具體說了什麼我沒聽清，但是看您家保姆那神態，換了我我也不想接受這堆衣物。」

「中間您家保姆還說了什麼『不識抬舉』之類的話，趙明溪才不耐煩地轉身就走，然後之後遇見幾個從操場回來的男生，才發生了後面把您家保姆趕走的事——而且您知道您家保姆說的紅頭髮的男生是誰嗎？」

趙湛懷腳步停住，他的注意力完全沒在最後一句，而是在前面。

他向來溫和，但此時整個人臉色已經難看到不行了：「李瀟，你說的真的假的？！」

「當時應該有學生在看著，您如果不信，我去找幾個來。」

趙湛懷根本沒想過會是這種情況！

公司的事情就已經夠忙了，他一向不太管家裡的家務事，都是趙母在管。

要不是這次明溪說要斷絕關係、鬧得很大，怕父母知道，他也不會插手。

但是在他的認知範圍內，也絕對不可能發生這種事！

保姆就是保姆，在他家幹了再多年、再把她當親人，也是保姆。

即便明溪有什麼錯，她有什麼資格對趙明溪冷嘲熱諷？

而且趙湛懷還猛然意識到一個問題。

這次是這樣，那之前這個叫張玉芬的保姆是不是也針對過明溪很多次，而家裡人都不知道？！

趙湛懷心裡又刺又亂，吸了口氣，車鑰匙往李瀟懷裡一扔，轉身就往反方向走。

李瀟連忙接住車鑰匙：「您幹嘛，等等還要開個會。」

「會議延後，你開車，我回去一趟，看看究竟是怎麼回事。」

這邊，傅陽曦氣急敗壞，跟個炸藥桶一樣衝到教室，冷著臉把夾克一脫，抓起桌上的杯子猛然灌了口冷水。

教室裡的小弟見他風風火火地衝進來，生怕他在哪裡磕碰一下，讓他們傾家蕩產，簡直嚇壞了。坐在走道的小弟慌忙把桌子一挪，讓本就寬闊的「曦哥專屬道」變得更寬敞。

趙明溪和柯成文走進來。

小弟們都用期盼的眼神看著趙明溪，希望她能讓傅陽曦冷靜下來。

面對這一雙雙寄託著生死存亡的希望的眼睛，明溪壓力好大。

她走過去，看著傅陽曦，猶豫了下，道：「你別生氣了，這有什麼好氣的，我家保姆本來就那樣。」

傅陽曦不敢置信道：「她看妳的眼神居然是用瞥的！」

「那有什麼。」明溪道：「她本來就是鬥雞眼啊。」

傅陽曦：「……」

傅陽曦忍無可忍：「她竟然直接把東西扔妳懷裡！」

明溪：「不然還要花式搖手，跳個花滑，飛翔著遞到我面前嗎？」

傅陽曦：「……」

明溪：「而且你已經把她趕跑了，就別生氣了，好不好？」

傅陽曦還是臭著一張臉，不過聽到明溪半哄半勸，他臉色還是恢復不少。

他伸腳勾了下椅子，抱著臂坐下來，道：「妳不是有我電話號碼嗎，下次這樣的事情打電話給我——」頓了頓，傅陽曦又冷酷地找補了句：「或者柯成文。」

柯成文也忙道：「對，打給我！樂意為美女服務！妳家那個保姆也太囂張了吧！再有這樣的事妳打給我，我替妳教訓她！」

「那我打給柯成文。」明溪覺得這種小事總不好麻煩傅陽曦，要是傅氏那群人知道自己讓他們家太子爺替自己趕一個保姆，會不會以精神損害的名義把自己告到法庭。

她轉頭看向柯成文：「我還沒存你電話號碼呢，順便存一下吧。」

柯成文當然是趕緊掏出手機。

傅陽曦拳頭硬了，涼颼颼的眼神看向柯成文。

柯成文假裝沒看見，樂呵呵地和明溪交換了手機號碼。

摘了口罩後的明溪這麼好看，被傅陽曦捶一頓也值得。

傅陽曦臉色又臭了，將書本翻得嘩啦啦響，十分擾民：「交換完電話號碼沒有，上課了！遵守點紀律行不行？」

明溪現在也不是很怕他，抬頭一看黑板上的掛鐘，一頭霧水：「還有五分鐘呢。」

傅陽曦：「……」

明溪交換完手機號碼，坐下來，從桌子抽屜裡掏出今天的甜品，遞過去給他：「給。」

傅陽曦不甚滿意，用涼薄的眼神盯著趙明溪：「妳今天只做了一份吧。」

明溪乖乖點頭：「嗯，一份。」

昨天見材料很多，做了三份，另外兩份分別給了柯成文和另外一個前兩天幫助過她的小弟。傅陽曦那眼神嫉妒得要死，大半天都沒理她。他不理她，她氣運都增長得慢了。於是今天明溪就只帶了一份。

傅陽曦臉色這才緩解，接了過去，打開盒子就用小勺子開始吃。

後面的柯成文和一干小弟聞到香甜的味道，羨慕得流口水。

傅陽曦吃了兩口覺得不滿意，想了想，突然宛如出現了什麼新靈感一般，「蹭」地一下拿著盒子站起來。

明溪：？

然後就見他單手托著甜點離開座位，一邊用小勺子舀了一口榛果奶油放進嘴裡，一邊繞著走道，邁著長腿慢悠悠地走一圈。

他理直氣壯地道：「大家別動，今天小爺我值日，我巡視一下衛生。」

全班：滾啊！！！

太他媽香了吧，好餓啊！！！

明溪：「……」

剛才是誰說要遵守紀律？

傅陽曦心滿意足，趾高氣揚地走回來。

明溪讓了讓位子，讓他進座位。

明溪看了他手中的甜品一眼，問：「很好吃嗎？」

傅陽曦手中甜品的奶油都快被他刮光了，他專心致志地盯著手裡的透明盒子，正在努力捏著小勺子，搜刮最後一點，道：「一般般吧。」

明溪忍不住勾唇笑。

明溪用左手撐著腦袋，靠在桌上，第一次正經地打量他。

傅陽曦每天都頂著那頭囂張又中二的紅毛，但是從紅毛被壓的痕跡就能看出他是睡眠不足還是完全失眠。如果是睡過一下的話，額前短髮會飛起一撮，腦後有被壓過的痕跡。但明溪觀察到，他經常第二天後腦勺完全沒有被壓過的痕跡——是一整夜沒睡嗎？

但明溪不知道以兩人現在的關係，她有沒有資格打聽。

快上課時，明溪想了想，還是忍不住問：「怎麼剛剛在樓下，你比我還生氣？你該不會……」

明溪還沒問完，傅陽曦就握著小勺子渾身一緊。

他立刻像是聽到什麼天方夜譚的笑話一般，發出一個「哈」的單音節，冷酷道：「別東想西想，我不會，我沒有！我之所以生氣，是因為妳是我小弟，居然在我眼皮底下被人欺負，懂？」

明溪想了想，傅陽曦對待柯成文的事情好像也是這樣，被他納入小弟範疇內的他都很仗義。

有點感動怎麼辦。

她努力了這麼久，終於要被傅陽曦收作小弟了嗎？

「那你從什麼時候起……」明溪想問傅陽曦從什麼時候起正式把她當小弟的，怎麼他們門派沒有什麼入派儀式的嗎，她什麼都不用做也不用滴個血歃血為盟什麼的，就直接入派了嗎？

傅陽曦心跳得快爆炸了，匆匆打斷她的話：「什麼什麼時候，說了沒有，還沒喜——」

他突然戛然而止、渾身僵硬。

明溪：「什麼？」

傅陽曦生硬扭轉：「我還沒洗衣服。」

明溪：「啊？」

明溪還要再問，傅陽曦用書擋著臉，把她的腦袋不輕不重地推開，白皙的脖子發紅：「都上課了妳這個女人到底想幹嘛，問東問西的，小口罩妳不戴口罩之後話就很多啊。」

「小口罩又是什麼鬼？」明溪趁著傅陽曦沒在看她，趕緊用「你腦袋裡一天天的都在想什麼」的嫌棄眼神看著傅陽曦。

現在不嫌棄，等校霸看過來，就不敢嫌棄了。

柯成文坐在他們後面一排，適時宛如烏龜出洞，伸長了腦袋過來，小聲道：「曦哥幫妳取的外號，既然是小弟嘛，都有外號，」

明溪：「……」什麼鬼名字？

Fine，難聽是難聽了點，但是她也不介意這點小事。

「那叫傅陽曦什麼？就叫曦哥？」

柯成文剛要說話，傅陽曦又從豎起來的書本後面發出僵硬的聲音：「妳可以幫我取一個。」

「我取？」明溪不可思議地指了指自己的鼻子。

她現在在門派中地位如此之重嗎？！

是把她當左護法了嗎？！

她何德何能還能幫老大取名字？！

但是既然如此，她看了眼傅陽曦露出來的紅毛，敷衍道：「那就叫傅紅吧。」

傅陽曦：「……」

柯成文：「……」

趙湛懷回到家裡，先把趙母叫到書房，與趙母簡要說明了情況。

趙母還不大信：「張阿姨在我們家幹了這麼多年，一直老實本分，明溪才來我們家兩年，她有什麼好針對明溪的？你助理是不是看錯了？」

趙湛懷想到明溪扔照片時的決絕，心裡憋著一股氣，對趙母道：「那我們把所有人一個一個叫進來對一下細節。」

在趙家別墅當員工的，除了保姆張阿姨，還有另外一個鐘點工阿姨，一個負責做飯的廚師，以及一個司機和一個園丁。

張玉芬根本不知道趙湛懷一回來就把趙母叫到書房去，接下來又把除了自己之外的人一個一個叫到書房是在幹什麼。

只知道這些人出來之後，都忍不住看了她一眼。

「發生什麼了？」張玉芬莫名有種不好的預感。

其他幾個人避開她走。

和她關係不大好的另一個鐘點工阿姨用異樣的眼光看著她，說了句：「您自求多福吧。」

趙明溪兩年前才來，趙家對他們的說法是，趙明溪因為身體不好，從小被養在鄉下，現在十五歲了該接回來了。

眾人也沒有多想，畢竟他們也就這幾年才來趙家幹活，也管不著趙家的家務事。

但張玉芬和他們不同，張玉芬在趙家十幾年了，老員工了，仗著照顧過趙媛很多年，經常倚老賣老。

見趙家人在趙明溪來之後，放在趙媛身上的注意力一半都落在了趙明溪身上，張玉芬就經常忍不住為趙媛抱不平。

倒也沒做出什麼特別過分的事，就是冷眼幾次，陰陽怪氣幾句。

趙明溪之前有一次想說，卻又拿不出張玉芬苛待她的證據，只好不了了之。

其他幾個員工則覺得張玉芬資歷老，沒必要和她過不去，於是也不可能和趙家人打小報告。

而這趙家人更沒人察覺。

但沒想到今天趙湛懷特地從公司回來，就是質問這事。

張玉芬瞬間明白了是什麼事，但卻不以為意，還對那鐘點工阿姨道：「大驚小怪。即便是知道了我對明溪小姐態度不好，又能怎樣，總不能因為這點小事把我開除吧？頂多也就是口頭教訓兩句。」

鐘點工阿姨不太服氣地看著她敲門進了書房。

雖然覺得她很討厭，但也覺得她說的是事實。

不過是態度問題而已。張玉芬在趙家幹了這麼多年，趙家人一直都很尊敬她，不可能為了這點小事……

結果這個念頭還沒閃過，書房裡猛然傳來趙湛懷提高了八個度的聲音：「小事？妳一個保姆逾越了妳的本分，妳認為這叫小事？！妳知不知道因為這些小事，明溪她——」

書房裡趙母訝然：「明溪她怎麼了？！」

「沒什麼。」趙湛懷焦頭爛額，不敢說趙明溪要和他們劃清界線的事情，只能道：「就因為這些事情，明溪離家出走了。」

趙母莫名其妙：「明溪離家出走的次數還少嗎？你上次不是還看過她，說她生日宴之前就會回來嗎？你今天突然發這麼大火幹嘛？」

趙湛懷不知道該怎麼解釋，只鐵青著臉盯著嚇得戰戰兢兢的張玉芬：「行了，妳拿筆錢走吧。」

要讓明溪回來，趙湛懷目前也沒有別的好辦法。送東西過去好像沒有誠意，如果解僱張玉芬的話，明溪說不定能在生日宴之前回來，那樣的話家裡還能維持穩定。

張玉芬腦袋嗡地一聲不敢置信，臉色煞白，張大了嘴巴。

趙母也一頭霧水地站起來：「讓她跟明溪道個歉不就行了嗎，為什麼還得趕人走，她年紀也四五十了還能去哪裡工作？」

外面的幾人聽見了書房裡的動靜，也全都面面相覷，驚訝至極。

今天趙湛懷是怎麼了，平時很溫和的一個人，為什麼突然要解僱人？

趙湛懷這邊還在僵持，明溪則正被國際班的班導師叫出去。

明溪還以為班導師是要責怪自己快上課了還在說話，但沒想到班導師是關心她從普通班轉過來有一段時間了，課業是否吃力，是否跟得上。

班導師盧老師和顏悅色道：「明溪，明後兩天是十月份的月考，妳要是覺得吃力的話，可以以進度還沒趕上為由，申請不參加。」

明溪有些不解，怎麼班導師話裡話外的意思好像是，不想讓自己參加這次考試？

班導師避開她的視線，呷了口茶，愁苦地壓低聲音道：「其實是這樣的，主要是國際班每次平均分都和另外兩個班差很大一截，差的越是多，我面上就越無光——所以妳要不從十一月份的考試開始參加？轉班這種情況，學校是允許申請第一次缺考的。」

明溪瞬間懂了。

在A中，這三個班是獨立在普通班之外的，課程進度超過普通班何止幾本課本。

別說年年參加國家競賽獨步凌霄的金牌班、和成績均衡發展的常青班了，就連國際班學習的知識範圍也是超了普通班一大截。

可以說普通班二十幾個班都沒辦法和這三個班相提並論。

每次的考試試卷也不是同一套。

而明溪卻是普通班常年中下游。

唯一考得最好的一次，是意外到了普通班的年級第三。

可即便是普通班的第一名，也可能相當於這三個班的下游。

換句話說就是明溪不夠格。

本來班上就有傅陽曦這種心情好時飆個全班前幾，心情不好時亂填答案卡的人，來不定時拉低班級平均分。

再來一個從普通班轉過來的，豈不是又要再拉低一下平均分？

班導師最近其實很心梗，只是沒表現出來。

明溪不知道該怎麼跟班導師說自己以前考試都是被下了debuff，現在透過吸收傅陽曦的氣運，已經攢到了六十六棵嫩苗，對自己考試的影響已經大大減少了。

以她的水準她絕對不可能是國際班的倒數第一！

她只能裝作沒聽懂：「但是老師，我想參加考試。我這陣子把進度都追上了，也剛好想看看自己現在到底什麼水準。」

班導師有點著急：「主要是我們國際班每次都是墊底……」

明溪打斷他的話：「三個班總共多少人，一百五十人是嗎？萬一我這次能考進前二十名呢？那應該就不會是拉低平均分的存在吧。」

班導師張大嘴巴看著她，可能覺得她有點不知天高地厚。

小女孩真愛做夢。

前二十那都是什麼人，沈厲堯那校競隊的人都占據六個了，其他也全都分布在金牌班和常青班，他們國際班幾乎沒人考進前二十名過。

見勸說明溪無用，班導師只好放她走。

但是班導師對即將到來的月考更加愁眉苦臉了一點。

因為有了這件事，明溪心裡也壓了個包袱，這場月考一定要考好，至少不能拉低班級平均分。

回到教室之後午休她都在刷題。

傅陽曦知道她把考試看得很重要，於是也沒打擾她，中午叫外送故意說手滑，多叫了一份飯，只能給她吃。

明溪風馳電掣地寫完一份卷子，匆匆吃完後往旁邊放，也沒注意傅陽曦為了不從她身後走，翻窗戶去丟了便當盒。

全班震驚地看著這一幕。

明溪刷題刷到天昏地暗，直到下午第二節課另一個文藝中心的楊老師來找她，說過段時間校慶活動主持人的事情。

「為什麼是我？」

「妳還不知道吧，妳現在熱度很高。」楊老師笑著眨眨眼，道：「不過還沒選定是誰呢，看妳報不報名，我建議妳報個名。」

楊老師走之後明溪打開論壇看了一下，才發現在鄂小夏那件事情之後，自己就已經變成今年的校花了。

往年校慶、元旦這種節目的主持人，不是趙媛就是另外一個擅長主持表演的男生。

而今年可能因為自己比較新鮮的緣故，竟然在論壇的呼聲格外高。

但同時論壇也有人質疑：『這不是搶了趙媛的校花名號又要搶趙媛的主持人權利嗎？』

『而且我們學校的校慶影片要上電視的！別光論長相好嗎，不管怎麼說得選一個成績特別好的吧？普通班轉來的繡花枕頭成績怎麼樣也好不過前校花吧？』

不過立刻就有普通班的人反駁：『普通班和你們那三個班一直都不是同套試卷，也就是說兩個校花從來沒同臺比拚過，誰給你的臉就這麼斷定趙明溪的成績沒有趙媛好？她好歹也考過普通班年級第三。』

三個班的人一向高高在上。下面立刻有人嘲諷：『就你們普通班那簡單到用腳趾頭都能考滿分的試卷？考到第三有什麼難的？姐姐閉著眼都能考到。』

接著就吵起來了。

最後有一層樓一錘定音：『吵什麼吵，不是馬上就十月月考了嗎，等著看兩人成績唄。』

明溪整個人目瞪口呆，媽啊，這什麼情況。

這主持人誰愛當誰去當！她又沒說要和趙媛搶！

但是十月份的月考她還真的必參加不可了。

還說她是繡花枕頭，她倒要看看誰才是繡花枕頭。

明溪捲起袖子就回到班上繼續刷題。

趙明溪這邊根本沒有想當主持人的心思，但是常青班那邊卻先不樂意了。

往年主持人毫無疑問都是從他們班出，今年憑什麼論壇一大部分人傾向於國際班的趙明溪？

「趙明溪她配嗎？你們不要只看臉好不好？」蒲霜見趙媛趴在桌子上，忍不住為她打抱不平，短短幾天，什麼都被趙明溪搶了。當了兩年的校慶主持人也要沒了。

有個男生道：「她的確很好看。」

蒲霜鄙夷道：「你們男生就知道看臉，除了臉她還有什麼？！就算在普通班是前幾名，來了我們這棟樓也是倒數！更別說趙明溪也就一次發揮超常，其他時候都是普通班中下游！而媛媛每次考試穩定，是我們三個班前二十名，這種光輝戰績當主持人宣揚出去不是更有正能量？」

男生說不過她，只好認同了：「只有臉，不聰明，確實是少點什麼。」

校花事件趙媛輸了趙明溪一籌。

趙媛本來以為自己可以不在意的，畢竟自己有家人的寵愛，成績又好又聰明，芭蕾鋼琴都會。

但是這是一種很奇怪的感受——看到論壇上以前經常討論自己的那些ＩＤ，現在都紛紛開始討論國際班的趙明溪，她很難不產生一種微妙的嫉妒感。

一方面告訴自己，這只是暫時的，這些人圖個新鮮感，過陣子就會將注意力落到自己身上。

另一方面忍不住開始點開趙明溪的那些貼文看，並且搜索「趙明溪」和「ＺＭＸ」兩個關鍵字，像成了癮一樣，試圖從那些她的照片裡找到她不完美的地方，然後告訴自己，她也沒什麼了不起。

趙媛也覺得自己這種狀態不行，輸了一次，並非會一直輸下去。

很快她就可以在別的方面贏回來。

她定了定神，開始準備十月份月考。

正如那些人所說，這是她和趙明溪第一次同臺考試。

考試很快來到。

考試當天的早自習，班導師盧老師從外面巡視，發現趙明溪雖然是從普通班轉來的，但是認真又刻苦，光是這種精神和態度，盧老師就對她好感倍增，都有些後悔昨天上午讓她別參加考試那種話了。

但是有好感歸有好感，盧老師想到自己即將扣光的績效，還是頭皮發麻，心情沉痛。

明溪自己的最終目標是擺脫女配厄運，考上自己力所能及的最好的大學，沒有了趙家，她就又還是那個從北方小鎮出來的趙明溪，只有好的大學才能改變命運。

一個普通的十月月考固然只是小事，但她也必須全力以赴。

她這麼一刷題，兩耳不聞窗外事，轉眼就到了發考卷之前，監考老師讓同學們把座椅搬開。

這還是明溪重生以來的第一場考試。

說不緊張是假的。

她看著自己盆栽裡羸弱的六十六棵小嫩芽，扭頭對一隻手支著刺蝟紅毛腦袋、一隻手胡亂翻著書頁，視線不知道為什麼一直發呆地落在自己身上的傅陽曦道：「我有點緊張。」

她一看過去，傅陽曦立刻收回視線。

聽到她的話後，傅陽曦才假裝若無其事地看她一眼。

「那怎麼辦？」傅陽曦被她弄得也緊張起來，摘下降噪耳機：「不就是個十月月考嗎？妳當了我的小弟，考不好誰會說妳。」

明溪把手攤開，看著他。

傅陽曦：？

明溪：「那我就直說了，你能不能把手給我，握個幾分鐘？」

靠。

傅陽曦差點從椅子上摔下來。

明溪一瞬不瞬地把手攤在他面前，那兩隻手細長蔥白。

傅陽曦看了眼她的手，又抬眼瞟了眼她，頓時臉紅了。

想牽手就直說，還扯什麼「緊張啊」、「借勇氣啊」之類的說法。

他懷疑趙明溪是不是言情讀物看多了。

「就在這裡？」傅陽曦臭著臉，慢吞吞地假裝一點也不想牽手地直起身子。

班上這麼多人，沒下雪，也沒暴雨。

第一次牽手很不浪漫。

「快快快。」明溪都急了。還有十五分鐘就要開考了。

「急什麼？」傅陽曦被催得心臟直跳，狀似不情願地伸出一隻手。他轉臉瞥到柯成文正看著他們，傅陽曦臉上露出個「我他媽能怎麼辦她就是這麼黏人」的得意表情。

柯成文：「……」

誰知他剛伸出一隻手，兩隻手都被趙明溪急不可耐地握住了。

傅陽曦：！

「…………」

傅陽曦完全是暈暈乎乎地過完的這十五分鐘，除了上次被趙明溪抹藥那一次，他長這麼大還是第一次和女孩子牽手。

還是兩隻手緊緊牽著的那種。

他滿腦子胡思亂想，就是不敢去想那兩隻手。

雖然他覺得他和趙明溪的進度也該到這一步了，但是她這也太隨便了吧？！

突然就在考前牽手！

外面突然走過一個很熟悉的人影，傅陽曦下意識瞥了一眼，好像在圖書館見過他，叫沈什麼堯。

剛注意到這個人，考試鈴聲就響起來了，那人腳步匆匆朝金牌班走，趙明溪把他手直接甩下，道：「趕緊考試，祝你考好。」

十指相握十五分鐘，直接長了十棵小嫩芽！明溪對考試又有信心了一點！

——就這？

傅陽曦不可思議地看著趙明溪，第一次牽手不是應該寫進日記本嗎，為什麼她這麼敷衍？就跟她在圖書館那天表白一樣敷衍，連正經表白的話都沒說！這樣還怎麼讓他答應她？

傅陽曦盯了趙明溪一下，盯到講臺上的監考老師忍不住咳嗽，走到他面前擋住他視線：「好好考試。」

傅陽曦才收回視線。

過了一下監考老師走開，傅陽曦視線忍不住又盯了回去。

但這次注意力落在了明溪的答題速度上。

什麼鬼？她在瞎寫嗎？為什麼寫得那麼快？她不是從普通班轉來的嗎？

趙湛懷直接不顧趙母驚訝和阻攔，把張玉芬開除了之後，打算再正經地去找明溪一次。這次好好談談。

距離生日宴就只剩下一週，把她帶回來迫在眉睫。

聽說她們學校在考試，趙湛懷還特意耐心地等了兩天。等到考完試這天下午放學後，他讓助理開著車，兩人直接帶著之前被保姆原樣拎回來的衣物去了A中。

這一次趙湛懷沒有和上次一樣去國際班找趙明溪。他也認清了現實，像上次那樣去找，大概沒說上幾句話，明溪就會轉身走掉，到時候事情根本不會有什麼進展。

他打算先去找明溪的教務主任和班導師，讓他們把趙明溪帶過來，然後給他和趙明溪一個談話的空間。

趙湛懷也頭疼，這種拉回叛逆少女的事情，他一個二十五歲的年輕男人從來沒做過。

而且他以前只給高一的趙媛開過家長會，也從沒給明溪開過——所以將車子停在學校外面，進了學校之後他就兩眼一摸黑，不知道該去哪裡找教務主任和明溪班導師。

剛監考完，應該不在辦公室裡吧？

趙湛懷正將車鑰匙扔給助理，讓他去停車，突然就見到一個熟悉的人正從便利商店出來。

那女生手裡拿著零食，先看到了他，驚喜道：「湛懷哥！」

趙湛懷：「妳是？」

那女生走過來：「我是蒲霜，是媛媛的好朋友，上次還去過你家，不過當時你剛從公司回來，直接去書房了，可能沒留意。」

趙湛懷點點頭：「哦，妳好。」

趙湛懷長得很帥，又年輕，白襯衣黑色西裝，剪裁精緻，校園裡經過的人都會多看兩眼。

於是蒲霜順帶也多看了兩眼。

蒲霜臉色頓時有點燙，問：「你來是找趙媛的嗎？」

「不是。」趙湛懷搖搖頭，想到蒲霜和趙媛同班，常青班又和國際班同棟樓，教務主任應該是同一個，於是問：「我找你們教務主任，妳知道他現在在哪裡嗎？」

趙湛懷長得帥，蒲霜忍不住多說兩句：「你找我們教務主任做什麼呀？」

趙湛懷卻道：「妳告訴我他在哪裡就行了，妳不知道的話，我再去問問。」

蒲霜看向他身後，見到他的助理正拎著大包小包，遙遙地站在車前。

那大包小包好像是什麼禮物。

是因為趙媛生日宴，來送禮給教務主任還有他們班班導師、並邀請他們的？所以才不方便說？

蒲霜了然，心中一時更加羨慕趙媛，哥哥長得這麼帥，這麼寵她，還會細心地為了她送禮給教務主任。

怪不得教務主任和班導師平時對趙媛都非常關愛。

蒲霜雀躍道：「我帶你去吧。」

趙湛懷進了教務主任室。

蒲霜轉頭離開。

她從教務主任室出來，剛好遇到從鋼琴教室出來的趙媛，過去攀住她的手臂：「妳猜我剛剛見到誰來學校了？」

趙媛：「誰？」

「妳大哥。」蒲霜笑著貼到趙媛耳朵旁邊：「他助理拎著大包小包來的，找我們教務主任和班導師，我猜他是為了妳生日宴的事情來，畢竟高三了，想讓老師們多關照妳一下，於是悄悄送禮來了。」

趙媛看向教務主任室，臉上出現了一抹羞澀。

全家都很寵愛她，二哥趙墨最維護她，但不知道為什麼，大哥趙湛懷總是對她有種格外的吸引力。

可能因為他說話做事格外溫柔。

小時候她就喜歡黏著大哥，而當長大成少女，得知自己並非趙家親生女兒之後，她先是難過和慌張，隨後看向趙湛懷，卻有種從心底湧出來的期盼和喜悅。

趙媛心底隱隱約約出現了悸動，但是她還不能確定這種情感是什麼。

但是大哥無疑是對她很好很好的。

上次在客廳大哥沒來安慰她的細小的不愉快，頓時一掃而空。她猜那天大哥應該是公司有什麼事纏身，心情不大好，

「我請妳吃火鍋。」趙媛高興地道：「然後吃完打電話讓大哥送我們回去。」

蒲霜不無羨慕：「感覺妳像公主一樣，真的太幸福了。」

兩人正說著話下樓，忽然見趙明溪正往樓上走，幾人在樓梯間遇上。

蒲霜看到趙明溪，聲音故意大了一點：「媛媛，妳大哥又來學校找妳了，還送那麼多東西給妳，他對妳真好！」

趙明溪：「……」

所以呢，她要配合地露出個羨慕的表情嗎？

趙媛連忙捂住蒲霜的嘴，對明溪點點頭，拉著蒲霜說笑著跑了。

明溪繼續上樓，不知道教務主任突然找自己幹什麼。

而這邊，教務主任室。

普通六班的班導師收卷子晚了點，將監考的試卷拿到主任室，正好碰到了等在這邊的趙湛懷。

他不經意瞥了趙湛懷兩眼，頓時仔細端詳起來，覺得有點眼熟，好像是以前他帶過

的……趙明溪的家長？

趙湛懷見這位戴眼鏡的中年男人一直盯著自己看，連忙起身握手：「您好，您是？」

「我是普通六班的班導師黎勇。」六班班導師卻沒去握他的手，而是沒好氣地把試卷往桌子上一放，道：「您又來學校接另一個妹妹啦？」

「您是明溪轉班之前的班導師？」趙湛懷不知道這位班導師怎麼突然對自己氣勢洶洶，但還是禮貌地解釋道：「我今天來不是來接媛媛，是來找明溪的。」

「哼。」六班班導師從鼻子裡哼了一聲：「難得你們家會有人來找她。去年她在我班上考試考到一半，突然腸胃炎，都沒家裡人來，還是我叫班上兩個學生把她送去醫院的。」

「她沒說過啊！」趙湛懷急道，他完全不知道明溪有過腸胃炎這件事，在腦海中回想了一遍，確定道：「她沒和家裡人說過！」

「當然不可能說啦！和你們說有什麼用？」六班班導師有點瞧不起地看著他：「家長會你們家就沒人來過！我去年還特地去問過，怎麼常青班那邊的趙媛就有家長來，我們班明溪卻沒人來。還想去見見你們家到底怎麼搞的，結果只看到你帶著你另一個妹妹上車！」

趙湛懷心頭一哽。

去年家長會的確是他去參加趙媛的，然後讓母親去參加明溪的，但是當天母親打牌忘了，於是就沒去。

「是我母親忘了。」趙湛懷只好道歉：「抱歉，不過就只是這一件事，您……」

「什麼就只是這一件事，你以為就只這一件事嗎？」六班班導師恨不得拿卷子砸他臉上：「有段時間，趙明溪那麼勤奮刻苦的孩子天天上課打瞌睡，我問了好幾次，甚至把她劈頭蓋臉罵一頓，她才說前一天晚上在家做晚飯，作業來不及寫，就熬了夜，白天才沒精神——你們家裡不是很有錢嗎，都是開幾百萬的車，為什麼天天讓趙明溪做晚飯？！高二課業那麼重！不想讓她考大學嗎？」

趙湛懷愕然：「明溪她上課會睏……？」

他從沒想過。

他以為做晚飯是讓明溪很開心的一件事，她擅長做飯，也想討好家裡人。

但是他根本沒去關注過這件事情對明溪產生的影響。

趙宇寧和趙媛回到家先把作業寫了的時候，她在廚房裡和那個對她有些刻薄的保姆一起，將手浸入水中。

她也是人，她也會睏。

她來到家裡時才十五歲，還是個很瘦的、不敢抬頭的小女孩。

當時他也說過讓明溪不用做晚飯。

但是趙宇寧不太懂事，鬧著要吃明溪做的飯。

明溪就眼睛亮晶晶地說「沒事的，大哥，也花不了我多少時間」。

趙湛懷礙於與明溪並沒那麼親近，還在生疏當中，便只能由她去了。

但是如果換成是趙媛的話——

趙湛懷無法想像，全家人會讓趙媛進廚房，用她那雙彈鋼琴的手洗菜。

趙湛懷心中發酸。

「她又不是鐵，怎麼不會睏？」六班班導師冷哼道。

他一直都覺得明溪很有天分，私底下做題腦子非常靈光，但不知道為什麼每次考試都會出大大小小的事故和傷病，也從來沒考好過。

導致他覺得是不是明溪缺乏維生素的原因——但是趙家那麼有錢，怎麼會讓小孩缺乏維生素？

他買了維生素和微量元素給明溪，讓明溪堅持每天吃，明溪給他錢還跟他道謝之後，他就忍不住去常青班看了看趙媛是什麼樣子，結果就看到了一個截然不同的、自信的、被寵愛長大的小孩。

作為一個班導師他心裡都難受。

這樣一來，他自然對明溪家人有怨言。

「去年校運動會膝蓋磕破了，也沒家裡人來。」六班班導師繼續抱怨道：「後來臉受傷了，又落下了課業，現在聽說她住校了，我都為她高興，晚上終於不用做晚飯了，多了多少時間念書？！」

「一個小孩的成長，不是光給錢就夠了，你們會這麼疏忽你另一個妹妹嗎？」

趙湛懷心裡被刺了一下。

六班班導師的話像是一把鈍刀，一下一下地挫著他的心臟。

不會——

原因是，趙媛會說出口，她從小到大泡在蜜罐子裡，被教育得天真無邪，有需要就會說出口。

而明溪卻不會，她從小生活環境不同，習慣了什麼事都自己扛。

可是他們一家卻用同樣的方式來對待兩個性格不同的小孩。

這是他們的傲慢，還是他們缺乏的愛？

本應對明溪更關心一點，但是他們卻沒有。

趙湛懷以前以為自己只是錯過了這個妹妹的過去十五年，但現在卻發現，自己連她這兩年也錯過了。

六班班導師反正就是看他不順眼，轉身就離開了，離開之前還不信任地道：「別碰密封的試卷啊。」

趙湛懷：「……」

趙湛懷一陣頹然。

六班班導師有一點說的沒錯，如果他們一家做得夠好的話，為什麼明溪要去討好他們？難道不是他們虧欠明溪的嗎？

趙湛懷突然覺得，明溪選擇住校，或許是個不錯的決定。如果她待在家裡只會受氣的話，倒不如就讓她自己搬出來住。

此刻趙湛懷心裡很難受，他迫切地想見到明溪。

他還記得兩年前自己帶明溪去辦理轉學手續時，明溪還是個眼裡充滿鮮活和期待的小女孩。

直到身後的門被打開，趙湛懷才回過神。

明溪一見到他，立刻往教務主任室裡看了眼，見就只有趙湛懷，她頓時皺起了眉，意識到是趙湛懷讓教務主任把自己叫到這裡來的。

明溪轉身就走。

這一次趙湛懷卻不知道該如何對待她。

比起前兩次的傲慢，這一次的趙湛懷意識到家裡對於明溪而言可能是個煎熬的火坑，他如果真的為了她好，應該要做的不是將她強行拽回去。

「明溪。」趙湛懷深吸了口氣，還是叫住了她：「我這次來是想和妳說，妳要是不想回家就不回了，但是我希望我還是妳大哥，有什麼困難之處我都會幫妳。」

見趙明溪不理不睬地往樓下走，趙湛懷心中愧疚，連忙追了上去，把一張卡塞在她手裡，道：「這是我的附卡，妳直接拿去用，我不會和家裡人說，就當是我們的祕密。」

明溪搞不清楚趙湛懷又想幹什麼。

她道：「附卡，能刷的額度是多少，假仁假義，萬一被我刷光了怎麼辦？你不是喜歡趙媛嗎，不留著和她結婚？到時候是不是還得讓我掏出來還給你們祝你們百年好合？」

說完見趙湛懷驚愕地看著她，明溪才意識到，糟糕，現在的趙湛懷好像還沒和趙媛發展出感情。

她嘴說快了。

「我不要。」明溪把卡扔回趙湛懷身上。

「這裡面才三十萬，這是家裡人欠妳的，我先給妳一部分，妳不明白嗎？」

明溪不信趙家人有那麼好，而且也不信男主光環會放過自己——敢拿男主的錢，還不得走霉運？等下辛辛苦苦攢的氣運一朝回到從前。

明溪頭也不回地走了。

趙湛懷感到一陣無力，在原地站了一下後，收拾了下心情。找到方才那位六班班導師，將卡交給了對方，說明了情況，拜託對方好好照顧明溪。雖然又遭到了六班班導師一頓嘲諷，但是這位黎老師倒是答應了。

趙湛懷心底這才稍稍安心。

他帶著沉重的心情回到校外停車場，看著助理拎著的那些東西，沉沉道：「她不要，算了，先回公司。」

第八章　手機殼

趙媛這邊吃完火鍋，還以為趙湛懷今天要來接自己——結果又沒來？

也不知道因為什麼事打電話沒有接。

又忘了嗎？

與教務主任談話送禮需要那麼久嗎？

趙媛等得心急，忍不住和蒲霜一起回了學校，去教務主任辦公室，結果卻發現門早就被鎖上了。

校外趙湛懷的車子也不在，看起來趙湛懷早就走了。

趙媛心中生氣又尷尬，快要維持不住表情：「妳不是說我大哥跟妳說他去找教務主任送禮嗎？」

蒲霜窘迫道：「我是猜的，他就是問我教務主任室在哪裡，但是他不是為了妳去，總不能是為了趙明溪去吧？」

難不成還真是為了趙明溪去的？蒲霜在心裡揣測，看著趙媛的臉，心想，難道趙家其實也沒有那麼偏心趙媛？

趙媛感受到了她的目光，面上一刺，不想多說，坐上司機的車子就回家了。

一回到家，她就發現張阿姨被開除了。

趙媛簡直無法理解。

「為什麼不經過我的同意，你們就把她送走了？」

趙媛衝到張玉芬的房間去，見裡面空無一物，眼圈頓時就紅了：「她到底幹什麼了，犯了什麼錯，非得開除？」

趙母去外面逛街了還沒回家，家中就只有趙宇寧和另外幾個員工。

趙宇寧一向不太管閒事，而且還在掛念今天趙湛懷去找趙明溪，結果到底怎麼樣，便隨便安慰了趙媛兩句。

但是聽著耳邊吵，覺得心煩，便去了院子裡的鞦韆上坐著。

司機對趙媛解釋道：「小姐，妳在考試，就沒來得及對妳說，妳哥哥讓張阿姨去學校送東西給明溪小姐，但是張阿姨卻態度惡劣，還撒謊，妳哥哥一氣之下就把她開除了。」

「我大哥？」趙媛不敢置信：「可是大哥知道張阿姨和我很親近的呀，她對我很好很好，即便犯了點錯，也不該——」

司機不敢搭話，本來他們也都是這麼覺得的，但是昨天趙湛懷發怒，讓他們感覺，最好還是不要站在張玉芬那邊才好。

趙媛沒有得到回應，心裡有種不好的預感。

為什麼大哥會為了趙明溪的一點小事開除她身邊最親近的人？

以前她在大哥心裡才是最重要的人。

外面傳來車子煞車的聲音。

趙媛紅著眼圈，臉色發白地走到門口，見到趙湛懷從車子上下來，這陣子心中積攢的滿腔委屈再也忍不住。校花成了趙明溪，大哥連續兩次沒去接她，張阿姨也莫名其妙被開除了。她鞋子也沒換，衝過去就撲進了趙湛懷的懷裡。

司機和趙宇寧對這一幕見怪不怪，趙宇寧本來也想衝過去抓住趙湛懷問問趙明溪的事情，結果卻被趙媛搶先了，有些不快地皺了皺眉。

最近兩邊一比，他越發覺得趙明溪的好處了，會做好吃的菜，會陪他打遊戲，還會和他一起養貓。而趙媛除了小時候和他玩，長大後就一直跟著大哥了。

有時候趙宇寧會恍惚地意識到，在這一點上，果然趙明溪和他才是家人——

家裡其他人沒有人對貓和花生過敏。

趙湛懷張開手，無奈地任由趙媛抱上來，不自覺地放柔了語氣：「怎麼了，誰欺負妳了？」

聽見大哥溫柔的語氣，趙媛一顆心才落了下來，委屈得眼淚都掉下來了，在他懷裡蹭了蹭：「你為什麼要把張阿姨開除，回答我！」

趙媛平時溫柔大方，這種帶著點嬌憨的語氣只會對趙湛懷有。

以前趙湛懷也習以為常，但是此時此刻耳邊猛然不合時宜地想起明溪的那句話——「祝你和趙媛百年好合」。

什麼意思？明溪覺得他喜歡趙媛？還是趙媛喜歡他？但他一直都是把趙媛當妹妹，從來沒有逾矩的意思。怎麼可能，是不是明溪想太多了？

但是趙湛懷猛然察覺到趙媛的語氣和在他懷裡撒嬌的動作。

「大哥我今晚可不可以去你房間，像小時候一樣？」

趙湛懷臉色忽然一變，難不成媛媛對他？

這不可以。

趙湛懷臉色變了又變。

假如今天沒有趙明溪提醒的這句話，他可能會放任兩人感情自然生長，但是今天從明溪這裡聽到的這句話，卻已經如一根不上不下的魚刺一般扎進他腦海裡。

他不可能明知趙媛對自己產生了悸動的想法，還放任這一切下去。

趙媛剛想繼續哭訴，就感覺趙湛懷突然非常生硬地將她拉開，神情閃躲，抬步朝臺階上走去。

「妳都長大了，別為這點小事哭哭啼啼，睡自己的房間。」

趙媛震驚地看著大哥一下子與自己生疏地拉開距離，就這麼直接進了門，拒絕了自己。

她宛如被掮了一個耳光般，接下來要撒嬌的話都戛然而止。

趙媛看著眼前這一幕，血液都僵住。她後知後覺地感覺到不對勁，心中猛然湧出一陣驚慌。

以前趙湛懷從來不會拒絕自己。

到底從什麼時候開始？

趙湛懷回到房間才發現自己房間裡居然一直有很多趙媛的東西，沙發上有兩個抱枕，一件短外套也落在了他的房間。

趙湛懷太陽穴突突直跳。

如果只是兄妹之間的感情的話，在外人看來好像的確是過分親昵了，而且媛媛好像對家裡其他人都沒有這般依賴。

以前趙湛懷沒有往這方面多想，他相信現在的趙媛也未必對他真的是那種感覺，可明溪的那句話像是一記警鐘，讓他猛然醒悟——無論有沒有那個苗頭，他都要將其扼殺在腹中。

拉開距離十分有必要。

趙湛懷痛定思痛，很快就讓助理把趙媛落在自己房間的東西收拾了一番，用紙箱子裝著拿去還給趙媛。

還有一些不知道是不是趙媛的、只要是女生用品的，他也都讓助理裝進去了。反正他潔身自好，沒往家裡帶人回來過，應該只可能是趙媛的。

一邊收拾著東西，趙湛懷便越發感覺到自己曾經不自覺的偏心。

他房間裡竟然一件明溪的東西也沒有。

若仔細回想起來，明溪好像從來沒進過他的房間。

趙湛懷心情又越發沉重了點。

趙媛從助理手中接過紙箱子，委屈生氣到了極點，胸膛迅速起伏，「砰」地一下就把門摔上了。到了吃晚飯的時間，也沒有下樓。

阿姨去敲了兩次門，她把頭蒙在被子裡拒絕吃飯。

趙媛很少在家裡這樣，因為家裡人都是寵著她的，她也從未受過什麼大的委屈。

一旦她不開心到不吃飯的程度，以往家裡人絕對會輪流過來哄她。

可今天趙母還沒回，就只有趙湛懷和趙宇寧。

趙宇寧是個缺心眼的，對誰說話都不客氣，過來敲門時道：「媛姐，妳還吃不吃啦，不吃拉倒。不就是把張阿姨開除了嗎，妳至於嗎？大哥說張阿姨一直對明溪姐很苛刻，是張阿姨重要還是明溪姐重要？」

「……」

趙宇寧兀自念叨：「廢話，開除一百個張阿姨都沒明溪姐回來更重要。」

趙媛心裡堵得要命。

趙湛懷本來應該去關心，但是一來，他決心與趙媛拉開距離，二來，他一晚上都忍不住想起明溪之前的班導師對自己說的那些話。

對趙明溪的愧疚感壓過了所有——以前明溪沒吃飯，自己好像沒去關心過，為什麼非得將媛媛捧在手心裡呢。

猶豫了一下，趙湛懷皺眉道：「隨她去吧。」

一直等到晚上十點，也沒有一個人來安慰趙媛。

趙媛眼睛腫得跟核桃一樣，漸漸地，心底猶如熱鍋上的螞蟻，終於慌了。

這完全是她始料未及的。

到底為什麼？

大約十一點時，外面車燈掃過，張羅生日宴的趙母回來了。

過了一下，趙媛的門被推開，趙母走進來，坐在床邊輕輕掀開趙媛的被子，嘆了口氣，安慰道：「媛媛，為了一個張阿姨，妳何必呢？這次本來就是張阿姨做錯了事情，妳大哥正在氣頭上。」

「妳要實在捨不得，等生日宴明溪回來後，讓張阿姨跟明溪道個歉、認個錯，再把張阿姨叫回來。」

趙母還是在意她的。

趙媛安心了不少，她坐起來，哽咽了下：「嗯……」

可其實，是為了張阿姨的事嗎？她在意的是大哥和趙宇寧的態度。

趙母安撫完她，又看了眼窗外冰涼的月色，忍不住道：「也不知道明溪這丫頭在學校過得怎麼樣，她都好久沒回來了，上次罵完她我就有點後悔，但是又沒有臺階下。」

趙媛剛剛安心一點的神色頓時僵住。

她放在被子底下的手無聲地攥了起來。

「她想開了就會回來的。」趙媛只能勉強擠出笑容安慰道。

趙母點了點頭：「等生日宴後她回來，我們都買點她喜歡的禮物給她。」

趙媛：「……」

趙母也有點累，沒和她多說什麼，轉身就出去了。

這一晚趙媛整夜無眠，心底慌亂又煎熬。

不知道是不是她的錯覺，彷彿因為趙明溪離開家這件事，家裡的一些事物在悄無聲息地發生改變。

第二天趙媛眼睛有點腫，拿粉底遮了遮，也沒辦法完全遮住。

升旗時蒲霜立刻看出來了，問：「妳怎麼了，昨晚妳家裡發生什麼事了嗎？我昨天誤導妳了，是我的錯，我也不知道妳大哥居然是去找趙明溪的……」

蒲霜想了想安慰道：「我覺得是因為，趙明溪現在離家出走，所以你們家裡人的注意力才會都集中在她身上。」

「我知道。」趙媛側頭，視線不由自主地落在了不遠處的國際班第三排的趙明溪身上，和她一樣，很多人都在悄悄朝趙明溪看。

摘下口罩後的趙明溪一天比一天好看了，站在朦朧薄霧裡，面龐白皙，五官明豔，站在人群中什麼都不用幹，就把別人襯成了背景板。

而且她從家裡離開時沒帶什麼衣服，但不知道為什麼最近所穿的全是剪裁大方的名牌，將她襯得更加出眾。

趙媛皺眉：「但我總不可能也鬧離家出走。」

「怕什麼？」蒲霜小聲道：「班導師說今天十月月考的成績就要出來了！趙明溪成績肯定很難看，而妳成績一向好。」

「妳把成績拿回去給妳媽媽和大哥看看，他們注意力肯定就落回妳身上了。」

升旗時三個班的班導師都不在，都抓緊時間把批改出來的月考成績排名。

就只有一個教務主任管著紀律。

每個班排成方陣，明溪因為身高在女生中還算高挑，所以站在中間的第二排。

她腦海裡還在回想著上週末的月考，和昨天週日去高教授那邊問的幾道題。

在高教授那邊明溪感覺到了一種久違的、單純的念書的快樂。

就像以前在北方小鎮時那樣，什麼都不用想，什麼也不用管，只需要卯足了勁念書。

僅僅是在期末得到老師的誇獎，拿著成績回去給奶奶和董叔叔董阿姨看，就已經足夠快樂了。

可惜只能每週去一次。

明溪正在漫不經心地想著這些，忽然身後傳來「吡吡——」兩聲。她身後的一個女生小心翼翼拽了拽她的手，明溪低著頭回過頭，那女生將一個手機殼塞進她手裡。

明溪一頭霧水，什麼東西？

「吡吡——」

她下意識回頭一瞧，見個子高挑的傅陽曦站在最後一排，晨霧與寒風中紅色短髮宛如刺蝟，白皙的一張臉還沾著些許的起床氣，但是臉上卻掛著得意的神色。

見她被叫了後回頭，傅陽曦趕緊抬起手，對著她晃了晃手裡拿著的東西。

讓她看他的手機？

明溪仔細一看，才發現他手機上的手機殼是黑的，和剛剛女生塞到自己手裡的一模一樣。

唯一的區別就是，他黑色手機殼的背面是個白色線條簡約的小太陽。

而給自己的白色手機殼背面是個黑色線條簡約的小口罩。

明溪：？？？

情侶手機殼？

明溪差點嚇壞了，但是再扭頭一看，發現後排十幾個男生都齊刷刷掏出手機給她看。都是一模一樣的手機殼，只是顏色不同，橙黃藍綠紫，以及背後的圖案不同，他們的有的是簡約的卡通人，有的是簡約的一坨屎。

被分到黃色手機殼和簡約的一坨屎的那個男生用淒苦的眼神看著趙明溪。

「……」

明溪怦怦加快的一顆心臟這才落下。

嚇死了。

還以為傅陽曦突然送自己情侶手機殼呢，哦，原來是這群中二少年的門派定製手機殼。

幼不幼稚啊。

雖然覺得又幼稚又臭屁，但明溪還是從這種做法中找到了一種歸屬感，就像是有一群人接納了她一樣。

明溪彎了彎唇角，回頭看了傅陽曦一眼，然後低下頭掏出手機，把手機殼換上，再舉起手機，頭也不回地對著傅陽曦揚了揚。

傅陽曦頓時耳根一紅，對著身邊的柯成文道：「我就說她會換上的。」

柯成文悄悄擋著隔壁競賽班沈厲堯扎過來的冷冰冰的眼神，欲言又止，說：「低調，曦哥，都看著你呢。你想買情侶手機就直接買，幹嘛還逼著大家都換上？」

「什麼情侶手機殼，找死啊？是她喜歡我好嗎，那種娘兮兮的東西必須得等到她買。」

傅陽曦不承認，瞪了柯成文一眼：「我買的就是幫派手機殼！還不准小爺我有點個人愛好了？」

柯成文立刻道：「准！」

傅陽曦：「滾。」

說完傅陽曦一抬頭，見前面的教務主任正盯著他，忍無可忍要走過來把他揪出去，傅陽曦揚了揚眉，用嘴型無聲地說了個「樓」字。

「……」教務主任腳步一轉，去別處巡邏了。

柯成文：「……」

換上新手機殼的傅陽曦心情大好，步伐格外六親不認，上次的罰掃廁所他還沒罰完，他回到教室後主動去把樓層垃圾倒了。

今天不用早自習，明溪一見他去倒垃圾就眼睛一亮，趕緊跟上去。

傅陽曦腿長，幾步就下了樓。

明溪一路小跑，在教學大樓下的小巷子裡好不容易追上他。

傅陽曦聽見身後的腳步聲，回過頭來，見到是她：「妳下來幹什麼？」

「我幫你！」明溪劈手就把傅陽曦單手拎著的垃圾桶搶過來。

最近盆栽長勢有點靜止不前了。

主要是送甜品送的次數太多，幫傅陽曦寫作業也寫了太多次，邊際遞減到幾乎為零。除此之外，抱也意外抱過了，手也握過了，這兩樣肌膚接觸能帶來的氣運也已經增加完了。

明溪一時片刻想不出還能做點什麼。

倒垃圾倒是還沒做過，可以做一下。

傅陽曦拽著垃圾桶不鬆手，但見明溪堅持，眼睛還亮晶晶的，他只好鬆開手。

明溪接過來才發現有點重，得兩隻手拎著，她趕緊道：「曦哥，你上去吧，我來倒就可以！」

傅陽曦有時候感覺她是不是對他太好了，連倒垃圾這種小事都要為他做。這難道就是相濡以沫嗎？

他定定地看著她。

十月的風很涼，明溪站在他面前，微微仰頭看他，傅陽曦覺得自己心裡像是吃到了一顆草莓味的糖。

傅陽曦低下頭，注意到趙明溪的鞋帶鬆了，他道：「妳平時就是這樣繫鞋帶的？」

明溪低頭看了眼自己的白色運動鞋，不明所以：「怎麼了？」

她繫鞋帶的手法很怪，就是胡亂地打兩個結，雖然不至於散開，但是看著也挺不俐落的。

「過來。」傅陽曦忽然道。

明溪：？

傅陽曦不耐煩了，冷酷道：「走近一步。」

「幹嘛？」明溪嫌棄地問，拎著垃圾桶，一頭霧水地朝他近了一步。

傅陽曦忽而躬下身，手指觸碰到她的鞋帶，將她左右腳的兩個鞋帶解開，然後又重新綁了兩個漂亮完美的蝴蝶結：「這樣才是對的。」

小巷子裡，明溪站著，傅陽曦半蹲在她面前，身影被橙色的朝陽拉長。

明溪垂眼看著他的紅毛，捏著垃圾桶邊緣的手指不自覺抓緊，莫名緊張。

她覺得傅陽曦最近有點怪。

——對她怪好的。

她視線又落在傅陽曦幫她繫好的鞋帶上。

明溪怔了怔，長這麼大，兩輩子，除了奶奶幫自己繫過鞋帶，傅陽曦還是第一個。

明溪立刻不太自然地縮回腳，退了一步。

傅陽曦手指還落在她鞋子上，忽然落了空，他頓時也渾身僵硬起來。

意識到自己在做什麼之後，他心臟怦怦直跳，耳根紅透，像塊石板一樣慢吞吞站起來。

他用一臉「妳看看妳這個沒見過世面的小口罩」的神情瞥著趙明溪，雙手插口袋，用調侃的語氣道：「妳這麼緊張幹什麼，大家都在同個班，妳又是我小弟，互相幫助是應該的嘛——除非妳——」

明溪不用聽就知道他又要說什麼不著邊際的話了，可惜垃圾桶在手，不能捂住耳朵。

「閉嘴。」明溪真想把垃圾桶蓋到他腦袋上，拔腿就繼續往前走。

傅陽曦喉結動了動，跟在她身後。

傅陽曦忍不住笑。

他看著她清秀的背影，突然衝動地想說，我們談戀愛吧。

但是話到喉嚨又羞赧地嚥了回去。

小口罩還沒表白呢，可能還沒做好準備。

他不能貿然行動。

「一起倒吧。」傅陽曦幾步追上去，一隻手插口袋，竭力忍住自己想要上揚的嘴角，伸過去一隻手，將垃圾桶一側拎起來。

明溪恨不得扛著垃圾桶跑：「不用，沒關係，我自己可以。」

傅陽曦：「別以為我不懂，女生說『不要』就是『要』，女生說『沒關係』就是『有事』。」

明溪：「……」

你他媽懂個屁！

傅陽曦不管三七二十一，繼續拎著垃圾桶。

明溪搞不清楚他為什麼能讓別的小弟替他倒垃圾，但是到了自己，倒垃圾、掃廁所這種事他卻都不讓她做。

明溪只能將其歸因於臭屁男孩也有他的紳士風度。

能倒一半，總比沒得倒好。

「好吧。」明溪心情塌了下來，只好拎著鐵皮垃圾桶另一側，和傅陽曦一起朝學校垃圾場走。

倒完垃圾，拎著空蕩蕩的垃圾桶回教室時，傅陽曦被正從教學大樓出來的教務主任逮個正著。

教務主任因為今早升旗的事情讓他跟他過去一趟。

傅陽曦臭著臉，只好把垃圾桶交給明溪，讓明溪自己先上去。

明溪樂得傅陽曦不在，拎著垃圾桶晃悠悠上樓，一邊數了下自己的盆栽，因為是第一次幫傅陽曦倒垃圾，所以長了三棵小嫩芽。

到目前為止就有七十九棵了。

明溪心情振作，整個人都精神煥發起來，帶著笑容回國際班。

結果還沒進班，上樓時，抬頭見到了和校競隊其他五人從樓上下來的沈厲堯。

他們金牌班一向是走教學大樓的左側樓梯，今天不知道為什麼居然從右側樓梯下來。

一行人看著趙明溪，神色都有些尷尬，下意識地看了眼沈厲堯。

沈厲堯見到趙明溪臉上的笑容，只覺得十分扎眼，褲子口袋裡的手指忍不住微微攥緊。

剛剛在樓上走廊，他看見了。

看見趙明溪和傅陽曦一起去倒垃圾，兩人有說有笑。

傅陽曦還幫她繫鞋帶。

沈厲堯的視線無法控制地落到了趙明溪的鞋子上，內心充斥著一種焦灼的情緒。

他腳步不由自主地走過去，被葉柏一下子攀住肩膀，葉柏在他耳邊道：「她可能是故意的呢，堯神，忍住。」

這一次沈厲堯卻直接打掉了葉柏的手。

他腦子裡像是繃著一根弦，全是剛才趙明溪和傅陽曦在一起的畫面，無法冷靜，更無法忍住。

她到底想幹什麼？

即便沒有他在的場合，她也和傅陽曦關係那麼好。

考試之前，他還看見他們握著手。

沈厲堯褲子口袋裡的手用力攥住，保持著幾分理智，站定在趙明溪面前：「我這邊來了消息，下週董家好像要回國，妳知道嗎？有需要的話——」

頓了頓，沈厲堯抬眸，竭力用漠然的語氣道：「我陪妳去接。」

兩年前沈厲堯見過董家人，也知道董家和趙家，以及趙明溪之間的關係。

「啊？」明溪愣了一下，才反應過來董家成為暴發戶以後，應該是已經躋身進趙家沈家的圈子了，所以回國的消息會傳到沈厲堯耳朵裡，也不足為奇。

她趕緊搖搖頭：「不用了，不需要。謝謝你的重點，我收下了，但是我自己去接人就可以了。」

沈厲堯眉梢瞬間蹙了起來：「為什麼？」

明溪道：「什麼為什麼？等下他們誤以為你是我男朋友怎麼辦？」

「……」

沈厲堯不明白趙明溪這陣子到底是怎麼了，正如他不明白為什麼趙明溪不再希望別人這樣誤以為——

他心裡攪騰著無法疏解的躁意，忍無可忍道：「這不是妳所希望的嗎？」

「……」明溪明白了，原來沈厲堯還以為自己喜歡他呢。

雖然當著這麼多人的面，不太好說這件事，但是既然沈厲堯主動問出口了，明溪還是決定就在這裡說清楚。

不然還要花時間約去外面的咖啡館嗎？

本來以前追沈厲堯就是一件很草率的事。他沒有鬆口過，想必也沒有當作一回事。

「我不再喜歡你了。」

明溪看著沈厲堯，認真地道：「以前喜歡你，可能是因為你幫過我。但畢竟那時候還小，不得體的地方，你不要放在心上。」

明溪說得再清晰不過。

「……」

「……」

「……」

樓梯口氣氛一陣死寂，彷彿只有風聲。

葉柏震驚地張大了嘴巴。

沈厲堯就這麼看著趙明溪一字一頓地說出了「不再喜歡」這四個字，臉色僵硬難看得猶如石膏像。

心裡一時之間竟然有隱隱作痛的感覺。

他身後幾個校競隊的哥們兒看著他臉色，大氣都不敢出一下。

這陣子雖然沈厲堯早就隱隱約約猜到，卻始終不敢相信，沒想到在他說服自己之前，她先親口說出來了。

沈厲堯不知道該稱讚趙明溪果決還是什麼，記憶當中，她想要幹什麼，她做好了什麼決定，就從不拖泥帶水。

果斷到之前的追逐彷彿都是一場笑話。

沈厲堯原本以為趙明溪不再出現在自己的視野當中，他會鬆了一口氣，節省不少應付她的時間。

但是這一瞬，他居然並沒有解脫的感覺，而是排山倒海而來的鈍痛感。徹底失去了什麼的感覺從未如此清晰……

沈厲堯臉色難看極了，冷冷盯著趙明溪。

趙明溪猜測自己讓他尷尬了，只好尷尬地道：「那就這樣？拜拜，我還得上課。」

說完趙明溪也不去看沈厲堯和他身後的隊友是什麼反應，立刻就溜了。

盯著趙明溪的背影看了幾秒，葉柏還是不敢相信：「她在開玩笑嗎？說不喜歡就不喜歡了，哪有人從喜歡到不喜歡完全沒有過度的啊？還是在激你吧？」

沈厲堯腦子嗡嗡響，沒有心思去管葉柏說了什麼。

事情怎麼會變成這樣？！

他甚至開始去回想，她突然開始遠離他的那一天，他做了什麼嗎？

可是沒有，沈厲堯想不到。她突然開始放棄他的那一天，就只是一個風和日麗的平常的一天。

越是這樣，越讓沈厲堯胃裡一陣難受的翻攪。

葉柏道：「但是剛剛傅陽曦幫她繫鞋帶，她下意識動作就是退一步——看起來她也沒有移情別戀啊？」

「讓我一個人靜靜。」沈厲堯甩開他的手，轉身往下走。

「堯神，等等要做實驗，還得計分！」一個校競隊的男生連忙道。

葉柏連忙追上去，道：「你喜歡她嗎？你該不會喜歡上她了吧？你不喜歡趙明溪的話，完全沒必要在意啊！」

沈厲堯腳步在樓梯上頓住，幾乎是從喉嚨裡蹦出幾個字：「我不喜歡。」

葉柏道：「對啊。」

沈厲堯告訴自己，他不喜歡她，無所謂，沒關係，沒有什麼大不了的。

每天往他桌子裡塞情書的人那麼多，不缺她一個。

即便他欣賞她，也可以繼續做朋友——她只是不喜歡他了而已。

可這一瞬，沈厲堯還是心煩意亂得說不出話。

所有的事情都脫離了他的掌控。

他完全沒心思去做什麼狗屁實驗，抬腳往樓下走，冷冷道：「別跟來。」

與此同時，辦公室內，幾個老師正圍成一團，驚奇地端詳一份試卷。

「最後一道大題要用到線性泛函分析，這是我特地出的拉開分數差距的題目，知識範圍遠超高中競賽範圍。令我欣慰的是，總共有七個人的答案有一點清晰的解題方向，其中有三個人甚至步驟全對，說明知識涉獵非常廣。」

金牌班的數學老師兼班導師姜老師說道。

「這份是沈厲堯的，他的字跡我看兩三年了。」他揚了揚左側的一份試卷，神色中不無得意，又揚了揚右側的試卷：「這份是我們班上的邱偉的——」

優秀的學生，就連字跡他們這些老師都一清二楚。

「那麼問題是，桌子上那份是誰的？」

姜老師道：「我完全沒見過這個學生的字跡！」

現在試卷都批改出來了，但是還沒解封，都看不到姓名，他們只是實在對這份試卷感到震驚，一邊吃早飯一邊討論。

常青班的葉冰老師瞥了角落裡的國際班盧老師一眼，意味不明地笑道：「總不可能是國際班的吧？」

「我說盧老師，你們班的成績再這樣下去，就要混不進這棟樓了！雖然你們班不用參加競賽，成績也不用太好，只要求全面發展就行了——但是也不能和我們兩個班差得太遠吧？那豈不是掉進普通班裡面啦？」

「而且你這個月的績效，因為傅家那位扣了一半，難道又要因為月考扣掉另一半嗎？」

盧老師啃著煎餅果子，滿臉怨懟，不敢說話。

他是造了什麼孽要攤上國際班這群學生，成績一般，惹禍闖事第一名。

他雖然心底聽著難受，但臉上還是對葉冰老師賠笑道：「那應該是你們常青班的同學了，妳辨認一下字跡。」

姜老師也道：「應該就是你們常青班的了。」

葉冰雖然辨認不出這份試卷是自己班上的誰的，但是她也認為是自己班上的學生。

她勾了下紅唇，將那份試卷拿起來撣了撣，道：「不猜來猜去了，還是趕緊把別的科目的試卷拿來放一起，排一下名吧。」

過了一下，其他科目老師把試卷送過來。送過來時還都說，有個字跡有點陌生的學生成績好像很不錯，分數飆得有點高。只有生物老師沒這麼說。

三個班導師頓時狐疑起來，別科老師也覺得字跡陌生？

因為無法辨認這個字跡、數學又考了滿分的學生是誰，在把試卷分類整理時，他們就格外注意這學生到底是誰。

開啟密封時三個班導師都圍在一起。

盧老師雖然覺得沒自己什麼事，但還是苦澀地圍了過去，假裝自己很鹹魚，並不嫉妒。

結果等那個姓名露出來時——

「……」

？？？

盧老師整個人都不敢相信自己的眼睛！

而葉冰老師和姜老師都愣住了：「啊這，趙明溪是誰？」

媽的，到了他的學生考了滿分，這兩人就對他的學生一無所知，盧老師怒道：「是我們班上的啊！就是上個月從另一棟樓普通班轉來的學生！」

「什麼情況啊？！」盧老師足足愣了五秒鐘，火速去翻趙明溪別的科目的試卷，還只翻出了語文和英語，他的手就開始顫抖了，內心宛如尋寶，帶著不敢置信和害怕，害怕接下來翻出來她別的科目考得很一般——

結果把她其他幾科的試卷都找出來了，除去生物居然沒做完、考得一般，其他科目分數都飆得很高，加起來居然有七百分整。

「什麼鬼？普通班轉來的？都有七百分？」葉冰忍不住道：「這次數學出得很難啊！相當於往年百校聯賽的難度了！是不是你們別的科目出得簡單了？」

其他幾個科目老師道：「沒有啊，我們科目也特地出得很難。」

「那是什麼情況？」葉冰不信這個邪，匆匆轉過身：「趕緊把其他學生的各科分數加起來，計算一下排名。」

普通班轉來的都有七百分，那金牌班和常青班的其他人豈不是都在七百分以上？

本來一個月考而已，對於常青班而言是家常便飯，根本沒人在意。

但是因為這次涉及到校慶主持人花落誰家，以及又是新晉校花和前校花兩人第一次參加同一套試卷的考試，於是常青班的人都忍不住關注一下趙明溪到底考得怎麼樣。

趙媛以前也從不在意這種考試，反正她成績足夠好，不出岔子，就是二十名左右。雖然比不上智商偏高的校競隊，但是也足夠秒殺全市百分之九十九的人。

但是這次因為有趙明溪的參與，她心裡也有點緊張。吃完早餐後便來教室等著，看起來在事不關己地看書，但是心思一直注意著門口的動靜，等著班導師過來把成績投影到投影幕上。

金牌班校競隊的葉柏等幾個人因為早晨在走廊發生了那件事，親眼目睹趙明溪拒絕沈厲堯，都在私底下議論趙明溪到底怎麼了。

於是從平時不在意月考成績——因為無論怎麼考，他們都是前六名排列組合的幾個人，也忍不住關注了一波。

趙明溪這邊則緊張得坦坦蕩蕩。

她聽說百校聯賽還沒選人，一般都是選二十個人，如果她能考進前二十，那就能參加今年的百校聯賽了。

天知道她有多想參加。

這次考試她考前幾科時，她高興地感覺 debuff 完全消失了，不知道是不是考前增長的那十棵小嫩芽的緣故。

但是考到生物時，那種熟悉的寫不出字、眼睛發黑的壓迫感又來了，於是生物應該沒怎麼考好。

也不知道結果到底怎麼樣。

她不停地看時間，回頭去問柯成文：「國際班班導師一般什麼時候來公布成績啊？」

「上第一節課之前，八點五十左右吧。」柯成文坐在桌子上晃著腿打遊戲：「小口罩，妳很緊張啊？」

話音剛落傅陽曦就把書捲起來重重抽了一下他的腿，用威脅的眼神看著他。

傅陽曦不准別人叫這個綽號。

柯成文連忙改口：「趙明溪，妳很緊張啊？」

「當然緊張。」明溪心說，這是她賺錢最快的途徑了：「我想參加競賽。」

靠代考、做家教根本賺不了什麼錢。

但是參加競賽，入圍決賽，聽說學校就會發給每人五萬塊的獎金。

如果再在決賽拿到獎，不僅是學校，市裡都會發錢！還有加分！哪來這麼好的事情！

當然決賽拿獎，明溪不太敢想。

「但是妳成績——」柯成文上下打量她一眼，猶豫地道：「應該不怎麼樣吧。」

「怎麼說話呢？」傅陽曦又抽了他一下。

柯成文腿都腫了，也不敢坐桌子上了，急忙爬了回去。

先前不懷好意問過明溪口罩下長得怎麼樣的那個男生不知死活地小聲說了句：「考試這種事，重在參與，她別拉低我們班平均分就謝天謝地了。」

本以為說話聲音很小，教室這麼吵根本聽不到，結果傅陽曦立刻站起來，眼神校霸：「陶晗，你出來一下。」

柯成文忍不住：「……他叫汪晗。」

我靠。

那人頓時鑽到桌子底下去。

教室裡一片混亂。

傅陽曦怒氣沖沖地要從明溪身後過去把汪晗揪出去，明溪想著他早上剛被教務主任叫去過，趕緊擋住他。

傅陽曦見沒辦法從明溪身後過去，拉開右側的窗戶，就要跳窗戶。

正在這時，班導師盧老師突然衝了進來！

大家都看著盧老師滿面紅光，大步流星地朝著趙明溪走過去，看她的眼神猶如看親閨女！

然後，猛然拉起她，一下子抱住她，然後叫嚷著「啊啊嗚嗚翻身了」抱著趙明溪興奮地蹦了兩下！

趙明溪頭暈目眩：「……？」

傅陽曦：！！！？？？

「盧張偉，你他媽幹什麼啊？！」傅陽曦氣急敗壞，一把把趙明溪拽出來。

第九章　不吃醋

葉冰老師抱著卷子走進常青班時，緊緊抿著紅唇，左右兩條法令紋。

常青班都只覺得她風雨欲來，馬上就要發火了。

聽到她的第一句話「這次我們班整體水準還行，和以前沒多大區別」時，還鬆了口氣。

但下一秒就見她把試卷往講臺上一摔！

「但數學你們考得也太差了！」

「數學一個滿分都沒有！」

「總共三個滿分，就連樓上國際班都有一個，為什麼我們班卻一個都沒有？！」

「是我教得比另外兩個班的數學老師差嗎？！」

葉冰心裡憋著一把火，常年輸給金牌班的姜老師也就罷了，畢竟他們班有校競隊的，比不過很正常。

但是這次卻是幾年以來第一次被國際班的盧老師反超！

想到剛才盧王偉在辦公室那春風得意，笑咪咪地對她說「勝敗乃兵家常事嘛」，一副得了便宜還賣乖的樣子，葉冰心裡就憋著一把火。

「國際班的運氣好吧。」底下有學生小聲道。

那道題那麼難，看都看不懂。

別說超出所學的知識範圍了，就連競賽範圍都超出了。

聽葉冰說整棟樓只有三個人能做出來就知道了，連校競隊的六個人都沒能全部做出來——向來處於尾巴的國際班能有人解出來？

沒人放在心上，一道題而已，總成績絕對還是他們比國際班強。

趙媛也沒怎麼在意，她雖然沒做出來，但是她的優勢在於各科都非常均衡，總分排名從來不會太差。

反正國際班唯一一個數學滿分，總不可能是趙明溪考出來的。

她繼續低著頭，視線落在書上，但是心思全飛到了接下來放排名的環節上。

隨著投影機打開，趙媛越來越緊張，她面上沒表現出來，但是手卻不由自主地將書頁捏得全是汗。

蒲霜坐在她旁邊，小聲道：「妳不用緊張，只要妳正常發揮，就是三個班前二十名內。趙明溪上個月才從普通班轉過來，課程進度只怕都沒趕上，怎麼和妳比？」

「我不緊張。」趙媛搖搖頭，道：「我成績高過她是一定的，怕就怕——」

怕就怕甩開趙明溪的差距不夠大。

怕就怕趙明溪相較於以前的成績有了很大的進步。

趙嫒沒說下去，但蒲霜很快明白：「也是，趙明溪起點低，一點進步妳家裡人都會注意到，而嫒嫒妳成績好了這麼多年，妳家裡人都習以為常了。」

趙明溪從普通班轉來這棟樓，必須得狠狠地摔上一跤，摔到末尾的倒數幾名，趙嫒家裡人才能看出她們的差距。

「嗯。」

趙嫒閉了閉眼，定了下神。

再一睜開眼時，成績已經被投影出來了。

她屏住呼吸，尋找著自己的排名，每科成績一科一科的看過去。

蒲霜從上往下看，先把她的名字找出來，道：「我靠，嫒嫒，妳好厲害！班上第五，三個班排名第二十！」

「這次又進了前二十！」

趙嫒陡然鬆了一半的氣，對蒲霜笑了笑道：「這次沒發揮得特別好。」

蒲霜道：「我覺得妳就放心吧，三個班總共一百五十個人，趙明溪不是在第一百四十九就是在一百五，她成績本來就不好、平均分在普通班中游，更何況普通班轉來的要想跟上我們三個班的進度簡直難如登天！」

趙嫒聽著，有種解脫的感覺，道：「我還是希望她別考那麼差，不然我大哥可能又要被她班導師叫過來。」

正在兩人說著話時，葉冰按了一下按鍵，把螢幕上的全班成績調到了整樓的成績，冷著臉道：「你們也別以為考好了就很得意，看看人家校競隊的成績，比較一下自己和人家的差距。」

常青班的人紛紛在整樓排名裡尋找自己眼熟的人的成績。

不知道誰非常忽然地說了聲：「我靠，等下，我沒看錯吧，那不是趙明溪的名字？」

「她那是第幾——？我怎麼感覺瞎了，老師妳能不能把表格調大一點？！」

「李海洋，是上次拒絕你的那個？」

「叫什麼李海洋，叫李鯨魚，人家傅氏太子爺親自取名，刺激不刺激？」

李海洋：「閉嘴。」

發生了什麼？

趙媛和蒲霜莫名聽到有人叫趙明溪，還以為自己出現幻聽。

葉冰放投影片一向是從上到下慢慢滾動，現在整樓排名才放出來幾分鐘，應該還在第一頁，也就是前五十名。

趙明溪考進了前五十？

趙媛心中一咯噔，迅速抬頭朝螢幕看過去。

接著就看見了她完全無法理解、不可思議的一幕。

白色的背景，黑色的表格，趙明溪的名字前面的數字序號是十九。

從左到右一個一個看過去，最為矚目的是數學那一欄。

滿分。

她是滿分。

耳邊不斷響起聲音：「從普通班轉來的趙明溪排第十九名？？？？？她進前二十名了？」

「什麼鬼啊，我靠！前二十那麼難進，每次金牌班就占據十幾個名額了，我們班頂多只有五個人能考進去，他們國際班還從沒有人進過前二十！這次怎麼——趙明溪不是說她從普通班來的嗎？」

越來越多的人注意到了夾在中間第十九名的趙明溪。

接著就有人和趙媛一樣注意到了——

「等等，她就是那個數學滿分？！」

這話一嚷出來，震驚四座。

全班一下子像燒開了的水一樣沸騰了。

剛才班導師葉冰說的三個數學滿分，其中一個國際班的就是她？？

見全班突然因為趙明溪這個名字喧鬧起來，葉冰臉色更加難看了：「還有臉議論別人呢，人家才轉過來一個月，還在拚命趕進度，數學就能考滿分！你們被我教了這麼久，難道對最後那道題一點想法都沒有嗎？！」

趙媛看著剛好壓在自己上面的那個名字。

整整五分鐘都如處夢中。

她覺得自己是不是遇到鬼打架了。

她臉色非常、非常地難看。

她整個人處於真空當中，忍不住定了定神，低聲問蒲霜：「……我沒聽錯吧，是明溪嗎？十九名……？在我前面？」

蒲霜還處於震驚當中，張著嘴巴沒回過神來：「啊？」

趙媛前面的男生聽見了，以為趙媛看不清，好心地扭頭對她道：「對，就是趙明溪，她數學居然滿分欸！沒想到啊，這次這麼難的題目！那她以前怎麼混到普通班的？」

「妳姐她是不是偏科——等等，也不算偏科，就只有生物特別差，其他科目分數都好高。」

「等等，妳怎麼臉色這麼難看，妳是不是哪裡不舒服？」

趙媛：「……」

國際班這邊也正處於喧鬧當中。

班導師盧老師都沒用投影機這種東西，他衝進來興奮地抱住趙明溪時，就直截了當地告訴她，她這次數學滿分，總分國際班第一名，全樓第十九名。

全班都愕然地看向趙明溪。

「我靠，小——不，趙明溪，妳深藏不露啊？」柯成文驚訝地道：「早知道妳成績不錯，就讓妳把卷子借給我和曦哥抄了。」

「抄抄抄，你眼裡就知道抄！」傅陽曦揚起了驕傲的笑容，看了趙明溪一眼，強調道：「我從來不作弊的好嗎？」

柯成文：「是，你卷子都懶得做，你作什麼弊？把別人的名字抄寫到你卷子左上角？」

傅陽曦揚起趙明溪桌上的一本字典：「你膽子肥了是吧？」

柯成文趕緊笑嘻嘻地躲開。

「我第十九名？」趙明溪還沒反應過來，指著自己的鼻尖，看向傅陽曦：「卷子沒改錯？真的假的啊？」

主要是，她以前在桐城市時，總是第一名，但自從來到這裡，從來沒考出過好成績，導致她不僅不知道自己的真實成績到底如何，還被打擊到以為這邊的教學品質勝過桐城市那種小地方太多太多，所以自己來到這裡才會直接從第一摔向末流。

但沒想到不受到壓制之後，直接考了三個班的第十九名？

怎麼傻乎乎的。

傅陽曦心都化了，忍不住伸手在她頭頂亂揉了一把，止不住笑意：「小口罩妳別猖狂，考了班上第一還來問我是不是考了倒數第一，妳故意炫耀的吧妳？」

趙明溪頭髮亂糟糟，被傅陽曦拽著一把坐下來。

坐下來後，她心臟狂跳，努力去接受自己真沒那麼差的事實。

想著想著她就忍不住激動得捧住了臉。

但是。

——「確定沒批改錯誤什麼的嗎？而且教室裡都有監視器，可別懷疑我作弊。」

明溪可不想心情像坐雲霄飛車。

「傻孩子。」盧老師此時此刻看她的眼神非常地慈愛。

他回到講臺上，還在用一種「我家終於有孩子出息了」的眼神興奮地看著趙明溪。

「咳咳，大家安靜，我想說幾句。」

「今天是盧老師我教學以來最開心的一天，我們國際班還從來沒有同學的數學考過全樓第一，雖然是和金牌班另外兩個校競隊的學生並列第一，但也是第一了！這說明我的教學取到了非常大的成果，這說明我的努力沒有白費……」

接下來是一大段滔滔不絕的傷痛感言，追溯到盧老師畢業後還沒禿頭時毅然決然投身教育事業的那段青春。

正在國際班的一群人恨不得砸臭雞蛋時，讓人心情坐雲霄飛車的事情還真的來了。

教室門口來了個生物老師，把盧老師叫出去，說有兩個學生的生物成績出了點問題，總分還得重新排一下。

「啊？」盧老師嚇了一跳。好不容易他們班出了個總分進了全樓前二十的，可別是趙明溪的成績出了問題，他一邊在心裡發慌，一邊問：「哪兩個學生？」

「一個是你們班的趙明溪，一個是金牌班的單祁。」

「……」

盧老師提心吊膽地跟著生物老師去了。

國際班的氣氛一下子緊張起來。

傅陽曦往窗外看了眼，皺眉道：「分數不弄好就放出來，現在又重新去排，萬一分數比之前低，這不是讓人白高興一場嗎？」

明溪嘆了口氣，她反而覺得這才是正常的走向——她怎麼可能那麼輕而易舉地考進全樓前二十名呢。

她倒不是不相信傅陽曦的氣運，而是不相信她自己。

考了兩年的糟糕成績，突然飆升到這麼高，她自己都覺得在做夢。

「淡定。」明溪這時候反而冷靜下來，拿起桌子上的牛奶把吸管插進去，喝了一口。

常青班這邊也接到了排名要重排的消息，說是國際班的趙明溪和金牌班的單祁成績有問題。

這消息一出來，葉冰也去辦公室幫忙參與重排了。

嚴厲的葉冰一走，常青班的議論聲音更大了點。

「我就說趙明溪為什麼考那麼高呢，原來分數出了問題。」

李海洋忍不住替趙明溪辯駁道：「你沒聽說是生物成績一個小填空出了問題嗎？這裡才三分，即便把這三分扣掉，她也六百九十七分，還是很厲害啊。」

「但是那樣的話，她就要往下掉幾名了——應該會位於……」那人抬頭看了眼，道：「會位於趙媛下面，第二十二名。」

趙媛血液湧到頭頂、腦袋一片嗡嗡響的感覺總算緩解了一點，她勉強去計算了下，如果趙明溪扣掉那三分……

如果扣掉，那麼自己便是第十九名，趙明溪則是第二十二名。

蒲霜也飛快地算了一遍，嚥了下口水，道：「沒想到趙明溪這次考得這麼好，可能是巧合？是不是沈厲堯幫她劃過範圍？但是如果重新排名的話，她就在妳下面，這樣——」

蒲霜想說，這樣總比剛剛直接壓過了妳來得好，但是看著趙媛依然難看的表情，她還是不敢說出來。

等待的這幾分鐘，對於三個班來說都很難熬。

趙媛一直死死盯著那投影幕，直到大約五分鐘後，葉冰回來了。

葉冰替換了投影片。

因為剛才那情況，所有人下意識都直接去尋找趙明溪和單祁兩人的名字，想看他們排名變化。

然後就看到——

趙明溪居然是往上移動的？？？是加分，不是扣分？

她被移到了全樓排行的第十七名？！

比起剛才的沸騰，常青班的教室一時之間鴉雀無聲。

葉冰冷冷解釋道：「生物有道填空有兩個答案，但是另一個是大學生物的範圍，不在我們所學的範疇，所以第一時間改錯了，現在重新調整了回來。只有這兩個學生用了另一個答案。」

「我在這裡提醒一句，你們打算參加競賽的人，還是盡量拓寬知識面。」

趙媛血液都凍住，眼睜睜地看著趙明溪因為加了三分，上升到了第十七名。

而排在自己後面的單祁因為這三分，也移到了自己前面。

自己一下子掉到了第二十一名！！？

由於這一次趙媛的排名也被牽扯到更動，全班都下意識地多看趙媛一眼。

趙媛努力想要保持臉上的平靜，可怎麼也平靜不下來，她腦子都是空白的。

為什麼會這樣？

趙明溪以前成績那麼差，怎麼會在短短一個月內直接碾壓了？她是去補習了嗎？但是誰幫她補課，才能讓她成績一下子超過自己？

趙媛呼吸急促，怕被人看出來自己難看的臉色，只好低下頭。

鄂小夏看向趙媛，陰陽怪氣地道：「看來趙明溪也不是那麼差嘛。」

相比起常青班的低沉，國際班則再一次炸開了鍋。

「我真高興！十七名，我教出了一個第十七名！這意味著什麼，這意味著整個國際班開了一個好頭！」

盧老師大步邁過來，臉色激動漲紅，眼眶竟然微微溼潤，衝過來就要把明溪拉起來。

傅陽曦及時攔住了他，憤怒道：「盧老師，你為人師表冷靜一點。」

國際班眾小弟驚訝地看著趙明溪——他們現在知道為什麼曦哥從一開始對這個轉班生排斥無比，可慢慢地就接納她了，可能是發現了她成績好，想抄她作業。

但是，從普通班過來的為什麼成績那麼好？

難道以前都是瞎考，在扮豬吃老虎？

總而言之，大家都很震驚。

先前多嘴多舌說過趙明溪成績爛的汪晗臉都腫了，訕訕的不敢抬頭。

「十七？這次不會再出錯了吧？」

明溪驚愕道。

她雖然表面努力想要維持鎮定，但是心裡的高興不比盧老師少。

雖然只是一次月考，但是這意味著，她的命運的確有了徹底改變的可能性。

傅陽曦不知道為什麼看她這麼高興，也像是遊戲闖關一樣有種異常的滿足感。

見明溪「蹭」地一下站起來、臉上激動無比，他也趕緊站起來。

明溪轉頭看向傅陽曦，驚喜的情緒被打斷了一下。

啊？她站起來，他跟著站起來幹什麼？

傅陽曦以為這時候小口罩是熱淚盈眶到了極點，看她那眼神似乎是想突然「嘩」地一下抱住他。

他把外套拉鍊一拉，面紅耳赤，揚起下巴，視死如歸地道：「來吧！」

明溪：？

明溪沒反應過來他要幹什麼。

傅陽曦一天不只發瘋一百遍。她見怪不怪，趕緊坐下了。

柯成文：「……」

傅陽曦：「……」

原來不是要抱的意思嗎？

傅陽曦又氣又羞，摸了摸鼻子，趕緊當作無事發生，扭開頭若無其事地坐下。

這樣插科打諢，誰都冷靜下來了，但盧老師冷靜不下來。

至少到下個月為止，在辦公室裡，聽見姜老師和葉冰老師又誇他們班誰誰成績好的時候，他都不用心裡酸溜溜、而表面卻為了維持禮貌做一個假笑男孩了！！！

之前是誰勸趙明溪別參加這次月考的？！

是他！

盧老師簡直太慶幸趙明溪沒聽自己的！

考出這個成績之後，這天下午，之前叫明溪去做主持人的文藝老師又來了一趟，不過她來時明溪剛好去上廁所了，沒碰到，於是她只讓人帶話給明溪，讓明溪這幾天去她辦公室找她一下。

而下午第三節課下課後，盧老師則把明溪叫到了辦公室，先是誇了明溪一頓，然後又問了明溪課業上的情況。

他本來就對明溪很關心，剛轉到國際班時，還特地讓明溪自己選位置。

現在覺得明溪是個可以培養的好苗子，就更關心了。

「不過我很奇怪妳為什麼以前在普通班每次都沒考好。」盧老師仔細翻看著明溪平時的作業，疑惑地說：「按照妳的作業來看，就感覺妳不可能是考普通班六七百名的成績。」

明溪還沒說話，辦公室的門就被推進來，普通六班班導師的黎老師拿著茶杯進來道：

「我也很好奇這個問題。」

「你來了？」盧老師看了黎老師一眼，對明溪道：「你以前的班導師在你轉班過來時，還讓我幫忙照顧你呢。」

明溪連忙說：「謝謝黎老師！」

「這有什麼好謝的。盧王偉，你別說些有的沒的，讓人家小孩受寵若驚。」黎老師見明溪站在盧老師辦公桌前，拉了把椅子給她，道：「坐。」

明溪看到黎老師，就覺得挺溫暖的，以前在六班，他一直對她很好。

黎老師笑道：「我們明溪有出息了啊，今天吃午飯幾個普通班的老師都在討論，說從我六班轉出去的學生月考比這三個競賽班的大部分人還厲害，我臉上都有光了。」

「都傳到您耳朵裡了嗎？」明溪有點不好意思，撓了撓臉。

她根本沒辦法解釋以前每次考試都會出現的各種狀況，正在想該怎麼回答，腦子裡突然想到了高教授，便說：「我找到了一個很厲害的老師為我補習了，然後最近也刷了很多題，可能成績就這樣提升上來了。」

這種成績到了高三時，突然飆升的情況也不是沒有。

兩個老師也沒多疑惑，只覺得可能是這孩子以前不用心，家裡因素也有影響。現在住校了，離開了干擾因素，又補習了，成績自然就提上來了。

「那妳可能屬於成績不太穩定的黑馬，之後還得繼續努力，不能掉下來了。」

說到這裡，明溪忍不住問了一下自己最關心的問題：「盧老師，那個百校聯賽人選定了嗎？我現在十七名的成績，不知道能不能參加。」

「我也很希望妳能參加。」盧老師神色卻凝重起來，嘆了口氣，說：「但是難啊。這個是由金牌班的班導師姜老師決定的，他是那位特別有名的退休金牌教練高教授的學生，也是每年的帶隊老師。」

「一般能被選上去參加的選手，平均績點都得在這棟樓的前十八名——還有另外兩個名額是給我們國際班的兩個外語專長生的。」

「妳這次雖然是第十七名，但是平均成績被妳之前的成績拉下來太多了。」盧老師道：「所以實在是有些困難。不過我會和姜老師提一提。」

說著盧老師也有些愁苦。

他又何嘗不想讓趙明溪參加呢，她多了一絲機會，他的獎金就多了一分希望。

明溪雖然有些失望，但還是點了點頭。

月考只是一個小小的插曲，但是卻直接讓趙明溪躋身三個班名列前茅的一隊人當中，至少第一炮是打響了，在三個班立足了下來。

叫她轉班生的人也越來越少，逐漸有人忘記她是普通班出身。

金牌班這邊公布成績一向沒有常青班那邊那麼興師動眾，姜老師就只是每個人發張成績表，然後再簡單說兩句。

沈厲堯從來不怎麼看每次發下來的那張排名表，無論看不看，他都是第一。

然而這次他卻緊緊攥著紙張，指骨攥得發白，臉色晦暗不清，盯著看了好久。

一如他以前喜歡繞遠路，去普通班那棟樓，掃一眼每次考試之後的普通班成績排行榜一樣。

趙明溪第十七名。倒也在他意料之中。

與他的差距越來越小了。

沈厲堯心裡有種莫名的預感，總有一天她會漸漸爬到與自己並肩的位置，讓所有人看到她的光芒。

但是，以前他能確定她是為了他在往上爬，這一次，他卻徹底不確定了。

她依然在抬頭，但是看向的好像不再是他的方向。

週三趙宇寧才從別人嘴裡得知，十月月考趙明溪飆進了全樓第十七名，甚至排在趙媛前面。

他心中詫異又驚喜。

好不容易捱到中午吃飯，他立刻飛奔去了高三那邊的學生餐廳。

整整一個月了，趙宇寧沒有再吃到趙明溪親手做的一頓飯，也沒有再在蹺課打遊戲時被趙明溪揪回學校過。

他始終不相信趙明溪對他所說的那番話，不相信她真的能就此與他們一家劃清界線。

他把希望寄託在大哥身上，然而這陣子大哥都不怎麼回家，一副不知道怎麼跟他說的樣子。

趙宇寧就知道了，大哥也沒能把趙明溪勸回來。

趙宇寧本來以為，沒了趙明溪，他和家裡人頂多是回到兩年前的狀態。

但是他沒想到，等真的即將失去趙明溪時，他卻一團糟，遠比他所以為的更加失落。

趙明溪一個月沒出現在他生活裡。

他才突然發現，他並沒有他自以為的那麼煩這個姐姐，趙明溪也並沒有他以為的那麼不重要。

「我看論壇上說，今年校慶主持人有可能是趙明溪，這是真的假的？」

趙宇寧過來的第一件事就是問趙明溪的事，趙媛握筷子的手不由自主地緊了緊。

蒲霜道：「論壇上都是流言，文藝部老師確實去找過她，但是人選到底是誰，還沒決定呢。再說了，往年都是趙媛，今年不可能換人！」

「哦。」趙宇寧有些失望，往年都是趙媛，今年要是換一下趙明溪，其實也挺好的。

蒲霜忍不住道：「趙宇寧，同樣是你姐姐，你怎麼都不問一下媛媛啊，她這次沒考好心情得有多——」

「沒考好？」趙宇寧邊扒飯邊呆了一下，問趙媛：「妳這次不是第二十一名嗎？妳平時也是這個成績啊，怎麼就沒考好了？」

趙媛：「……」

趙宇寧心思還是放在趙明溪身上，若有所思道：「話說，趙明溪成績怎麼進步這麼快啊，要是回家一說，媽媽都得高興死了……」

趙媛知道有趙宇寧這個大喇叭，月考她輸給趙明溪的事情應該是瞞不住了。

月考輸了，至少在百校聯賽和校慶上得扳回一城。

她半晌沒說話，片刻後咬唇道：「你真要那麼想看明溪主持，今天下午我去和文藝部老師說一下，舉薦一下明溪。」

換了趙湛懷或者其他男的可能會察覺到趙媛語氣裡的委屈。但趙宇寧是個直男，他立刻驚喜道：「真的啊？！」

趙媛：「……」

趙媛死死攥緊了筷子。這段時間她甚至希望趙明溪盡快回家。

趙明溪一天不回家，家裡人的注意力就一天都在她身上。

天氣轉冷，下午在階梯教室上音樂課時，有的女生都戴上了圍脖，大衣上方毛茸茸一圈，又好看又保暖。

趙明溪在北方長大，比這邊的人都還不怕冷，白皙的脖子光溜溜一圈，什麼也不戴，也並不覺得冷。

但傅陽曦戴著降噪耳機趴在桌子上盯著她，看得直皺眉。

小口罩她家裡人還能不能行，買圍巾的錢都沒給嗎？

怎麼中午他見樓下那個班的趙圓穿得就格外暖和？穿的還是黑色馬丁靴。但是小口罩整天就穿運動鞋。

傅陽曦越想越心煩，對右後側一個小弟勾了勾手指頭，隨後掏出一張卡給那小弟。

那小弟拿了卡，從教室後門溜了。

回過頭，傅陽曦長腿伸直，一不小心踹到了前面女生的座椅。

那女生一回頭，看見傅陽曦的臉，面色一紅，捂住嘴巴小聲對身邊的人說：「是國際班的那個誰，超有錢的那個。」

前面兩個女生頻頻回頭看傅陽曦。

傅陽曦以為她們要找麻煩，臉都臭了，回瞪了一眼：「怎樣？要打架？」

那兩個女生嚇得匆匆回過頭去。

過了一下其中一個女生摺了個千紙鶴，面紅耳赤地悄悄用手指頭遞過來，放在了傅陽曦面前的桌上。

情書？

傅陽曦下意識反感皺眉，伸手要捏成一團扔掉。可忽然想到了什麼，他趕緊用餘光朝趙明溪瞥去。

完蛋，小口罩這下該吃醋了。他是不是要哄好久？

他好頭疼。

可誰知，卻見趙明溪根本沒看到，還在專心致志地做著奧數題，筆尖寫得「唰唰」的。

傅陽曦：「……」

傅陽曦頓時不爽了。他盯著趙明溪看了一下，竭力裝作只是不小心，用手肘碰了趙明溪一下。

趙明溪以為傅陽曦嫌棄自己位置占得太多，詫異地看了他一眼，用眼神示意「你位置已經夠多了你還擠我幹什麼？」然後還是不與他計較地把書往左邊挪了挪，繼續埋頭寫題。

傅陽曦：「……」

傅陽曦有時候真的被趙明溪的遲鈍氣壞了，簡直要懷疑她到底喜不喜歡他。

為什麼她從來沒有吃過醋？！

為什麼今早看到兩個女生故意和他搭訕，她也不嫉妒，反而悠悠然地在後面等？！

到底是她太大度，還是篤定他就認定她了？！

明溪低頭做題，感覺到傅陽曦一直蹙眉盯著自己，又哪裡惹到他了？她抬起頭，看了眼傅陽曦，又下意識看了眼自己桌上的保溫杯。

「……」

明溪遲疑了下，把保溫杯遞過去：「裡面裝了豆漿，你想喝？」

是沒吃飽嗎還是怎麼了？

可保溫杯自己用過，這位太子爺應該會介意的吧。

傅陽曦視線落到她遞過來的保溫杯上，臉上的冷酷一秒破功，好不容易想好要說一番關於「我沒那麼好追，妳要時刻保持警惕心，不要讓別人撬牆角」之類的話也一瞬間被拋諸腦後。

傅陽曦耳根頓時一紅，她嘴唇沾過的杯子還遞給自己。

這是什麼暗示吧？

這絕對是什麼暗示。

傅陽曦眉頭蹙得更厲害了，手指不由自主地在桌子上畫圈圈，裝作不情不願地道：「妳非要讓我嘗一下的話，我也只能勉為其難地嘗一下了——」

話還沒說完，就見趙明溪從身後的書包掏了掏，忽然掏出幾個免洗紙杯，從中間拿出來一個乾淨的。擰開保溫杯，小心翼翼地倒了一小杯豆漿出來。

傅陽曦：「……」

什麼鬼？她嫌棄他？

這杯豆漿傅陽曦忽然喝得沒那麼高興了，他盯著趙明溪，咬著紙杯一口喝了。

明溪本來以為送豆漿不會增長小嫩苗，畢竟送甜品都已經不漲了，但萬萬沒想到，傅陽曦喝完之後，盆栽居然奇異地動了一下？！

五十棵小嫩芽可以長成一棵小樹，現在她已經有了一棵小樹和二十九棵小嫩芽。

再接再厲。

明溪立刻又倒了一杯給傅陽曦，眼神晶亮：「再來一杯？」

「？」傅陽曦不明所以地又喝了一杯。

「再來一杯。」

「……」又灌了一杯。

「再來一杯？」

「……」又灌了一杯。

一棵小樹和三十一棵小嫩芽。

明溪：「再來最後一杯？」

傅陽曦快喝吐了，緊緊閉上了嘴巴。她當餵豬呢，哪有人一次性把八百毫升的豆漿全灌進肚子裡的。除非她故意的？懲罰他剛剛和別的女生說話？

傅陽曦嘟囔道：「我就說了一句。」

明溪：「？」

好在保溫杯裡也已經沒有了。明溪小聲對傅陽曦道：「你要是喜歡喝的話，以後每天一杯，把甜品換成這個吧？」

靠。小口罩這嫉妒心，不鳴則已，一鳴驚人。傅陽曦雖然心中甜蜜，但還是立刻道：「拒絕，我要甜品，哪有大老爺們整天喝豆漿的？」

喝著喝著胸都大了。

傅陽曦下意識看了眼自己的胸肌。

明溪看著新長出來的兩棵小嫩芽，意猶未盡，只好道：「好吧。」

音樂課是幾個班混雜一起在階梯教室上的。以前傅陽曦這樣的課通常是蹺掉，從來沒來上過，今天竟然破天荒地過來上課了。

而且不只如此，這一個月來，也是他出勤率最高的一個月，幾乎每天都到學校來。

他那一頭紅色短髮十分顯眼，臺上的音樂老師忍不住把他叫上去彈一段鋼琴。

換了之前傅陽曦站都懶得站起來一下，但今天，看著坐在旁邊的趙明溪，他有意露一手，嘴唇一勾，於是懶洋洋地上臺了。

上臺之後，傅陽曦行雲流水地彈了一段。

趙明溪忍不住放下筆，對傅陽曦刮目相看。

不過想想也是，雖然他平時看起來慵懶散漫，什麼都懶得幹，但是好歹是傅氏太子爺，從小的薰陶不在話下，會的東西可比一般人多很多。

明溪十七歲之前的確不會什麼樂器。

但是上一世高中之後，她學過幾年的大提琴。

現在很久沒拉了，有些生疏，不過彈奏曲子應該是不成問題的。

於是輪到她時，她便拉了一小段熟悉的。

低沉優雅的樂聲緩緩流淌，明溪面龐姣好，下午的暖陽光暈落在她身上。

教室裡的視線一時之間全落在她身上。畢竟別人演奏他們早就都見過，但這還是第一次見趙明溪演奏樂器。

沈厲堯坐在最後一排，抿緊了唇，視線緊緊盯著趙明溪。

他也一向不會來上這種大課，但是今天看到國際班的人過來上課，三三兩兩的人群中有一個熟悉的身影，他不知為什麼就腳步一轉，等回過神時，已經進了階梯教室。

身邊的葉柏正和另外一個校競隊的男生議論道：「趙明溪居然會樂器嗎？以前沒聽說過啊！」

沈厲堯也同樣不知道，他認識趙明溪兩年，卻好像從最近才正式開始認識她一般。

他眼睜睜地看著她宛如蒙塵的珍珠，正在一層一層將身上的灰拭去。

趙媛身邊的幾個女生則更加驚愕。

蒲霜張大了嘴巴：「趙明溪什麼時候會大提琴？！而且演奏得還、還——」

還真的很不錯。

如果說她的大提琴有八分的話，那麼她的身段和臉，完全就填補了另外兩分，階梯教室簡陋的講臺都像是舞臺一般。

「不過還是妳更好。」蒲霜回過神，趕緊對趙媛道：「妳的鋼琴都一級了。」

趙媛唇色蒼白，放在口袋裡的手指冰涼僵硬，慢慢掐進掌心。

她忽然站起來，從教室後門離開。

傅陽曦手撐著腦袋，看著趙明溪拉大提琴時，餘光注意到了趙什麼圓。他眉心一皺：

「她那是去什麼方向？」

柯成文看了眼：「好像是文藝部辦公室的方向。」

忽然想到了什麼，傅陽曦揚起一個有些惡劣的笑：「你是不是有認識的人在高一？」

柯成文只覺大事不好：「曦哥，你要幹什麼？」

回到教室裡。

柯成文還在談論趙明溪剛才拉大提琴那一段。

「靠，明溪，妳深藏不露，妳以前怎麼沒說過妳會這個？！」

「也不是什麼重要技能。」明溪把試卷收進桌子裡。

而且是上輩子學會的技能，她也不確定自己還會不會。

但沒想到一碰到大提琴，刻在腦子裡的旋律就出來了。

看來什麼都是虛的，學到腦子裡的知識才是真實的。

「收收你那張垂涎三尺的臉。」傅陽曦暴躁地把柯成文的腦袋推開。

幾人剛坐下，明溪見傅陽曦倒了杯熱水，然後從他的那些瓶瓶罐罐裡倒了幾片白色的像維生素一樣的東西，和熱水一起吞了下去。

明溪剛要問他吃的到底是什麼，就見傅陽曦忽然對教室門口懶懶招了招手：「過來。」

一個小弟趕緊跑過來，把一個大箱子放在明溪桌上，讓明溪先挑。

「這什麼？」明溪的注意力被轉移。

她看著一整箱毛茸茸的圍巾，看起來柔軟蓬鬆，掛著的吊牌她不認識，但很精緻，應該是名牌。

可因為買太多了，只能用箱子裝著。

柯成文解釋道：「幫派圍巾。」

傅陽曦把幾個白色瓶子扔進桌子抽屜裡面，坐在桌子上，雙手朝後撐著，長腿晃蕩，得意洋洋地垂眼看著趙明溪。

他眼角那顆細小的淚痣從這個角度看去格外明顯。

「現在妳是頭號小弟，讓妳先挑。」

明溪：「……你們幫派的東西真別致，又是手機殼又是圍巾的。」

她用一個月時間，終於徹底打入內部，成為頭號小弟了嗎？

雖然明溪完全不冷，但既然是集體行動，她也不好不參與。

她挑了挑，將一條白色的拿出來，低頭繞在脖子上。

圍巾很舒服，戴上之後的確暖和很多。

傅陽曦見狀，假裝若無其事地咳了聲，伸手一抓：「既然如此，我也隨便挑一條好了。」

他隨便一拿拿出了條娘娘腔粉的圍巾，臉都黑了，又把粉色的扔了回去。

看了眼明溪的圍巾的圖案，又去拿了條黑色的出來。

柯成文：「……」

這就叫隨便挑一條？我看您挑得蠻精準的嘛。

班上喜氣洋洋地分發圍巾。

在一片歡樂融融的氣氛當中，明溪坐下來繼續做題。

傅陽曦坐在桌子上翹著腿，美滋滋地正要摘掉自己脖子上原先的，將新的同款戴上。

明溪一抬頭，忽然發現他脖子右側靠近頸後的地方，有兩道深長的血痕。

和上次手背上的血痕一樣，像是被炸開的碎玻璃割傷。現在已經結痂，但是剛割開時想必觸目驚心。

明溪立刻站起來，把傅陽曦的臉掰過去。

兩人一下子拉得很近，明溪呼吸都落了過來。

她的眼睫宛如鴉羽，又黑又長，清晰可見。

「妳幹、幹嘛？」傅陽曦嚇一跳，還以為她忽然要強吻，臉色頓時漲紅，渾身僵硬如石塊——但是等了兩秒鐘，也沒見明溪有所動作。

傅陽曦眼皮一跳，才意識到她在看他脖子上的傷口。

傅陽曦臉色一變，立刻把明溪推開，站直身體，後退兩步，把圍巾飛快裹上。

「你脖子怎麼了？」明溪愕然地盯著他脖子。

一週前她沒在傅陽曦脖子上看到這劃傷，不出意外的話應該是最近這一週弄的。

但因為最近天氣變涼，傅陽曦一直戴著圍巾，再加上他又坐在她右邊，右邊的脖子她看不到，所以居然直到今天才發現。

傅陽曦神情放緩，摸了摸被圍巾裹著的脖子，不以為意道：「泡麵，水的溫度太高，玻璃碗炸了。」

明溪：「上次也是？」

傅陽曦看著她：「嗯。」

「你也太不長記性了，這都第二次了，這位置再不走運一點，都要碰到頸動脈了。」

明溪不知為什麼，心裡莫名有點生氣：「你總是這樣的嗎？」

傅陽曦看她表情，心裡忽然有點軟。

他試圖掩飾心裡軟得一塌糊塗，屈起一條腿將椅子拽過來，一屁股坐下，抱起手臂瞥著趙明溪，得意洋洋地揚起眉梢，臭屁道：「小口罩，妳沒聽說過嗎，傷疤是男人的勳章。」

明溪：「……」

章你妹章。

明溪一下午都有點心神不寧。她覺得是不是自己吸走了傅陽曦的氣運，所以導致傅陽曦這麼倒楣。

他已經接連兩次都被玻璃割傷了。

且不說傅陽曦現在對她很好、把她當小弟罩著，她得知恩圖報。

就算傅陽曦和她並非朋友關係，而只是陌生人，她也不可能允許自己幹出把霉運往傅陽曦身上轉移的事情。

系統對她道：『這種情況不可能存在的，妳只是蹭氣運，不是吸收，妳明白嗎？傅陽曦被玻璃割傷絕對不是妳的原因。』

明溪聽到系統的話，多少鬆了口氣，但心裡還是有些不安。

她打算先暫停蹭氣運幾天，觀察觀察情況。

第十章　好生氣

趙宇寧這邊下午第二節課下課時，忽然被一個朋友火急火燎地拉去文藝部辦公室：「有個高三學長找你。」

「什麼鬼？」趙宇寧在高三根本沒認識什麼人，但是朋友鉗制著他，他根本掙脫不了，抱著煩躁的心情，被拽到了文藝部。

還未走近，便忽然聽到了一道熟悉的聲音，趙宇寧下意識頓住腳步。

「老師。」是趙媛軟軟的聲音：「下個月校慶主持人的人選確定了嗎？」

「怎麼了？」傳來另一道溫和的女聲。

趙宇寧以為趙媛是要按照中午吃飯時說的那樣，舉薦趙明溪，於是越發不敢打攪，就站在外面等她出來。

他心想，還是媛媛姐大度。

「我已經當了兩年主持人了，有經驗和能力也有資格勝任這一次的主持人。」

「我知道現在明溪呼聲很高，包括這次考試她成績也考得比我好，但是老師您沒看論壇嗎？很多人都懷疑明溪是在作弊——她、她是我姐姐我清楚，正常考試她是考不出來這麼高的，她考前的確有找過沈厲堯。」

「校慶的照片還要放在學校網站首頁，恐怕影響不好吧？還是希望您能繼續給我這個機會。」

「如果您同意的話，今年的鋼琴演奏我可以邀請到伯克勤學院的鋼琴手來。」

「有沒有作弊有監視器證明，不是論壇上學生造謠兩句就能變成真的。」那老師道：「但是還是感謝妳告訴我論壇上有這樣的話題，如果有的話，的確，選趙明溪對學校風評不好。」

「……」

接下來還聽到了什麼、那位老師似乎對趙媛說了什麼，趙宇寧完全不知道了。

他腎上腺激素急遽分泌，腦子嗡嗡響，彷彿壞掉了的老舊電視機一般。

如果站在裡面，說這些話的是鄂小夏那樣的人，趙宇寧此刻的反應不會是這樣。

但是怎麼會是趙媛？

為什麼會是趙媛？

趙媛從來都不爭不搶的啊。

可是隨即趙宇寧反應過來，趙媛雖然從來沒有爭搶過，但是家裡所有人，包括她身邊的朋友，都會主動為她對付趙明溪——就像是上次的鄂小夏事件。

回想著過去的一件件。

趙宇寧血液竄到頭頂，震驚到忘記離開。

他臉色變了又變，連把他帶過來的男生匆匆溜了都不知道。

不知道過了多久，門被「啪嗒」一聲打開。

趙媛從裡面出來，禮貌地關上門，嘴角已經染上了幾分笑意。

她一回頭，正對上趙宇寧不敢置信的眼。

空氣死寂了半晌。

趙媛嚇了一跳，悚然一驚：「你怎麼會在這？」

這天放學後，趙家的氣氛相當僵硬。

趙湛懷沒回來，趙母不知道趙宇寧和趙媛這兩孩子又鬧了什麼矛盾，趙宇寧鐵青著臉一回來之後，就把自己關在房間裡打遊戲，直到晚飯也不出來。

而趙媛則眼圈發紅，問她發生了什麼也不肯說，也回了房間。

趙母認定是趙宇寧欺負了趙媛，皺著眉上樓敲門，將趙宇寧拽了出來：「跟你姐姐道歉，你又幹了什麼混帳事？」

趙宇寧簡直要氣瘋了：「他媽的關我什麼事？妳怎麼不問問她幹了什麼？她在學校對老師說趙明溪作弊——」

「你發哪門子的神經？」趙母不信：「媛媛幹嘛要這麼說？」

趙宇寧咬牙切齒，只恨自己沒有錄音。

趙媛聽見門外動靜，趕緊開門出來，對趙母道：「沒有，媽，和宁寧無關，我是遇到了別的事。真的！」

趙母見趙媛不敢說的樣子，更加認定是趙宇寧欺負了她，越發生氣：「宇寧，你都十五歲了，還是不是男子漢，敢做不敢當？！」

趙宇寧腦袋氣得嗡嗡響，他狠狠地瞪向趙媛。

他現在算是明白趙明溪當時有理說不清的感受了，好他媽憋屈！拳頭都硬了！

「下來吃飯。」趙母丟下一句，轉身下樓。

「厲害。」趙宇寧像不認識趙媛一樣盯著她：「把我們所有人都玩的團團轉，爽嗎？」

趙媛道：「宇寧，你聽我解釋，我也是迫不得已！我只是不想失去這個機會——」

「妳和我想的，很不一樣。」

趙宇寧盯著她，失望地打斷了她：「至少這件事妳做錯了，妳要做的是道歉。不是向我道歉，而是向那個老師道歉，因為妳在她面前胡說八道。向趙明溪道歉，因為妳詆毀了她。可是妳還在狡辯，妳根本就不感到愧疚。」

趙媛害怕趙母聽到，壓低了聲音：「我們從小一起長大，為什麼你一定要偏向趙明溪？」

「因為妳鳩占鵲巢，妳懂嗎？！」趙宇寧氣得口不擇言，連日以來因為趙明溪離家而煩躁慌亂不安的情緒一併到了極點。

他吼道：「妳鳩占鵲巢，妳配讓所有人偏向妳嗎？」

「還不讓我養貓，這是我家為什麼我不能養貓？我他媽就要養貓！我他媽要養一百隻貓！」

趙母趕過來打了趙宇寧一巴掌。

當晚，趙宇寧頂著一張巴掌印的臉，搬離趙家，住進了飯店。

等趙湛懷回來後，趙母才知道趙明溪這次月考考了第十七名，甚至比趙媛還要高。

她心裡自然是高興的，百感交集道：「明溪成績一直不好，現在能考到這個名次，的確是非常努力了。」

「本來她考這麼好，如果在家裡的話，應該幫她準備一頓豐盛的晚餐，我們一起慶祝慶祝的。」

「可惜她不在。」

「不然我明天去學校看看她？」趙母忍不住直起身子道。

趙湛懷頭皮一緊，急忙道：「還有三天就是生日宴，她會來的，您別去學校了，等下您說話不好聽，她又生氣。」

趙湛懷心想，無論如何，即便明溪以後不回來，生日宴當晚一定要把她帶回來。

不然這場生日宴真的會直接導致趙家支離破碎。

趙母只好又坐了下去。

看著家裡一片冷清，趙母心情又低落煩躁了。

到底為什麼會這樣，一家人好好相處不行嗎？明溪和宇寧非得先後離家出走，還都封鎖了她。

到底是哪裡出了問題？

趙母雖然並不想埋怨趙媛，也認為是趙宇寧欺負了趙媛——畢竟趙宇寧從小性格暴躁，而趙媛性格乖巧。但是現在見到趙明溪和趙宇寧都因為趙媛離開這個家，心裡仍不可避免地對趙媛生出了一些怨言。

趙媛坐在沙發上哭：「對不起，媽，我明天去把宇寧勸回來。」

趙母拂開她的手，心煩意亂地直接上樓：「算了，妳別去招惹他了，等過幾天讓他大哥去。」

趙媛萬萬沒想到事情會變成這樣，張了張嘴，看著趙母的背影，又閉上了嘴。

她淚眼朦朧地看向趙湛懷。

趙湛懷遞了杯水給她：「早點休息。」

趙媛想從趙湛懷這裡得到一些安慰，像以前那樣。

但趙湛懷看到她，就不由自主地感覺運動會摔傷腿的、沒有任何人關心的「趙明溪」在看著自己。

再加上這陣子又被反覆提醒，他和趙媛沒有血緣關係，他感覺很不自在，避開了趙媛的視線，匆匆轉身逃似的上樓。

「……」

趙媛不敢置信地看著他的背影，頓時站起來。

她心裡越來越慌張，即將失去什麼的害怕感割鋸著她的神經。

家裡這群人到底都怎麼了？就只是因為趙明溪離家出走嗎？

……如果她也離家出走，他們會更關注誰？

趙媛想不通為什麼昨天趙宇寧會突然出現在文藝部門外。她總覺得會不會是趙明溪在搞鬼。但是問了蒲霜和班上幾個人，都說她離開階梯教室時，趙明溪還在教室前面演奏。

「……」那會是誰？

趙宇寧和她正在僵持中，她也不可能去找他問這個問題。

直到上午第二節課做午間操時，趙媛做著轉體運動，下意識抬頭。

忽然對上一道教學大樓五樓投過來的視線。

隔得太遠，看不清那是誰，但是紅色張揚的短髮在陽光下被金色暈染了一層，已然說明了他的身分。

那人皮膚白得耀眼，眼神卻黑漆漆、冷幽幽的。

趙媛只感覺冷風吹來，渾身起了一陣哆嗦。

再往上看，傅陽曦已經和另外兩個少年勾肩搭背地離開了。

——會是傅陽曦嗎？還是，只是巧合？

趙媛不太敢相信堂堂傅氏太子爺會為趙明溪針對自己一個小女生。

傅陽曦不愛做課間操，教務主任也管不了他，也就隨他去了，於是每天課間操他都趴在桌子上抱著他的皮卡丘抱枕睡覺。

明溪做完課間操回來，經過常青班那層樓時，忽然被叫住：「明溪！」

盧老師氣喘吁吁地從後面追上來，對她道：「妳怎麼走得這麼快？邊走邊說。」

「怎麼了老師？」

盧老師道：「我這裡接到了一個消息，聽說我們學校這次百校聯賽多了一個名額。」

明溪驚呆了：「真的假的？」

明溪心臟怦怦怦直跳起來，難掩臉上的激動。

如果A中多一個名額，是不是就意味著她能參加百校聯賽的機率又大了一點？！

「對，消息無誤，我去幫妳跟金牌班的姜老師說一聲，說不定能讓妳去呢。」

說完也不等明溪是什麼反應，盧王偉趕緊繼續爬樓梯，大汗淋漓地去辦公室找姜老師了。

明溪在原地呆站了一下，平復了下心情，才繼續上樓。

還是不能抱太大希望，否則到時候要是沒被選上去參加競賽，心情一定會很低落。

這是奶奶教給她的，放低心態。

盧老師不算是學校的消息靈通達人，消息能傳到他這裡，其他班的幾個老師早就都知道了。

甚至金牌班和常青班的許多學生都知道了。

「我靠，上次孔佳澤說的還真沒錯，我們學校真的多了一個名額！她消息也太先人一步了！」

葉柏放下手中的實驗，感嘆道。

見沈厲堯挽著袖子，一言不發地冷著臉在旁邊組裝那幾個小小的灰色機器人，桌上已經堆了一堆組裝好的零件。

昨天晚上沈厲堯大概又沒回家，睡在實驗室。

葉柏忍不住道：「堯神，其實以你現在的水準，到時候全國奪冠壓力也不大。你談個戀愛也不會浪費多少精力吧。我看孔佳澤就挺好的，會跳芭蕾，成績又好，你們在一起就是天造地設……」

「閉嘴。」沈厲堯臉色冷得嚇人，手中動作不停。

葉柏訕訕地閉了嘴。

他將注意力放到沈厲堯已經做完的零件上。

然後又去看了眼沈厲堯自己手寫的計時板。不知道是不是他看錯了，近幾天沈厲堯出錯頻率好像比以前高了不少。

好像就是從趙明溪在走廊上說「不再喜歡他」的那一天開始的。

葉柏忽然嗅出了一點端倪。

「要不然——」葉柏忽然說道：「你去把趙明溪追回來？其實你們也還算配。她除了成績一般，但是其他都挺好的，而且她現在成績也在慢慢往上爬了……」

葉柏抬頭去看沈厲堯的表情。

「叫你閉嘴，再吵出去。」沈厲堯的神色倒是沒什麼波動。

葉柏又去看沈厲堯的手。

沈厲堯的手也沒停。

但是，很明顯有三根線路都連錯了，紅藍完全連反了。沈厲堯清冷的眉梢擰著，卻似乎沒有察覺。

「……」

完了，葉柏心想，真他媽完了。

多了一個名額這件事也傳到了常青班。

常青班慕嬌的均分正好是第十九名——每次都剛好和競賽名額擦肩而過。可是這次突然傳來消息說多了一個名額，那不就是她了嗎？

她激動得要命，頓時就去找了自己的班導師葉冰。

葉冰是她的小姨，再加上金牌班的姜老師正在追葉冰，有了這層關係，慕嬌想不到這次新增出來的這個名額除了自己還能是誰的。

名單還沒宣布之前，常青班都已經開始為慕嬌祝賀了。

以前都是第十九名，與競賽機會擦肩而過，這次總算有機會能參加了。

「今天在樓梯口，還看見國際班的趙明溪和她班導師在那裡說話，說的也是新增出來的名額的事。」

常青班有人道：「國際班的那個班導師——盧王偉，怎麼想的，難不成還覺得新增出來的名額可能會是趙明溪的？」

「趙明溪就算考了一次第十七名，但是績點根本被我們班所有人都甩在後面好嗎？」

說著說著開始了群嘲：「國際班這個班不行，從老師到學生都愛做夢。」

趙媛靜靜地低頭寫作業，回頭看了那人一眼。

那人以為她是在警告自己別說趙明溪壞話，立刻閉嘴了。

校慶主持人、百校聯賽。

趙媛捏緊了筆，心裡想著，至少這兩件事自己會贏。

然而週四下午，出乎所有人意料之外，一枚重磅炸彈在這棟樓炸開了鍋。

名單公布出來後，最後一個參加的，卻赫然是趙明溪。

這個消息爆出來後，宛如流行感冒般傳遍了整棟樓。所有人都張大了嘴巴聽這個消息。包括盧王偉自己，他都傻了——他雖然請求了金牌班姜老師，但其實心裡根本沒抱希望！

常青班的人反覆確認：「真的是趙明溪？」

「你自己去樓下看，名單上白紙黑字，她就在上面。」

？？？

常青班簡直要對這三個字、這個名字PTSD了。

「這不公平！」

「憑什麼是趙明溪？論績點，第十九名是慕嬌，為什麼慕嬌就這麼被刷掉了？」

「又是黑箱操作？氣死我了！」

有人道：「而且這次機會聽說還是高教授特地為我們學校申請的，結果就被學校這麼草率地給了趙明溪，高教授是最講公平的人，知道了得氣死吧——趙明溪到底花了多少錢，哦，不是，是傅陽曦到底給她花了多少錢？」

慕嬌希望落空，眼淚大串大串往下掉，趴在桌上哭，整個常青班都看不下去。

常青班快要鬧到教務主任那裡去了。

何止是常青班在鬧，葉冰也覺得不公平，在辦公室裡追著姜老師問：「為什麼這個機會給了國際班？你知道一個名額千金難求，為什麼不按公平的來？明明應該是慕嬌的！」

「妳問我我問誰？教務主任就是這麼說的。」

葉冰也開始懷疑起傅陽曦：「傅氏是不是又用捐樓來威脅？太卑鄙了！」

「不行，我得去找教務主任！是我們班學生的我一定要替她爭回來！」

國際班這邊也吵成一片，不過是那種「略略略你們再怎麼生氣名額還是落到了我們班的趙明溪身上」的歡欣鼓舞的吵。

下課時幾個常青班到國際班來罵人。

國際班傅陽曦的小弟掄起圍巾在教室門口捲袖子：「來啊，誰怕誰，來打一架啊。」

那場面相當的殺馬特。

「吵死了。」躺著也中槍的傅陽曦往外看了一眼，雖然疲倦，但也睡不著了。

他詫異地挑起眉，好笑地對趙明溪說：「小爺我真沒找過教務主任讓他把這個名額給妳，和我沒關係的功勞我不認啊。」

「嗯……」明溪整個人處於巨大的餅突然砸下來、懷疑是否真實的眩暈當中。

她覺得可能和高教授有關——上上週他孫子突然發高燒，明溪冒著雨過去幫他把小孩送進醫院，因為這個，高教授就幫了自己一把嗎？

這不可能吧？！

自己上輩子從來沒得到過這種好運啊！

明溪努力讓自己保持鎮定：「還是再等等看，說不定又是和月考分數一樣，搞錯了。」

而教室外常青班的叫囂聲已經越來越大，大部分都是衝著傅陽曦的。

「傅陽曦，常青班不是好欺負的！你知道一個競賽名額多重要嗎？你就這麼隨隨便便的搶了過去？！」

「傅陽曦，花錢買名額算什麼本事？有本事為馬子買名額，你有本事出來！」

傅陽曦：「…………」

馬子？？？傅陽曦懷疑自己耳朵聽錯了。

他飛速用手機搜索了下這是什麼罵人的詞彙，看了眼之後他臉上的怒容消了一半。

趙明溪和柯成文看著傅陽曦忽然莫名其妙紅起來的耳根：「你不生氣嗎？」

傅陽曦象徵性地一拍桌子：「我好生氣哦。」

然而常青班只敢在教室門外叫囂。

傅陽曦黑著一張臉一出去，紅頭髮還只從後門那裡冒出半搓，烏泱泱的一群人便頓時四散，宛如逃竄回去守塔的小人，後背警惕貼牆，生怕傅陽曦靠近半步距離。

只敢拿眼睛虎視眈眈地繼續盯著。

「吵什麼吵？」傅陽曦銀色耳機掛在脖子上，雙手插口袋，懶洋洋地掃了常青班的人一眼：「既然名額給了趙明溪，就說明她有這個實力，你們這群歪瓜劣棗有什麼好嘰嘰歪歪的？」

國際班的一眾小弟見傅陽曦出來，頓時有了底氣，腰桿子挺直，罵了回去。

「就是！」

「你們這群歪瓜劣棗憑什麼說我們花錢買名額？這名額給你們常青班有用嗎，上次數學最後那道大題你們班誰做出來了嗎？略略略。」

「這名額還不是教務主任看重我們班，非塞到趙明溪手上的？我們班校花還不想要呢！」

簡直越說越狂妄，越說越賤！

什麼不想要，簡直是得了便宜還賣乖！

常青班的一群人已經快氣死了，全都捏起了拳頭，時刻準備著衝上去幹一架——和除了傅陽曦之外的人幹一架。

常青班為首的班長道：「傅陽曦，這次不是上一次那種小事，事關競賽，有本事公平競爭，別在背後耍這種下三濫的手段！」

越說越激動，再加上兩個班新仇舊恨累積已久，已經有兩邊的男生開始推搡起來。五樓這條走廊聚集的人越來越多，金牌班的人忍不住從窗戶探出頭也來看熱鬧。

趙明溪起身要出去，被柯成文一把拽住：「妳出去就是火上澆油，還是等曦哥解決再說。」

眼看著戰況就要升級，教務主任焦頭爛額，滿頭大汗地趕過來：「幹什麼都在幹什麼，又想掃廁所是不是？」

被傅陽曦用一種「你敢又讓我掃廁所我就敢拆樓」的威脅眼神盯著，教務主任噤了口水，轉向常青班，怒道：「你們常青班幹嘛呢，都吃飽了沒事幹閒著撐了是嗎，再不回你們自己班上教室去，今天有多少人在這裡，就有多少人等著受處分！」

「憑什麼只凶我們班？」常青班更加憤怒了，正要群情激奮時，葉冰沉著臉，帶著眼圈通紅的慕嬌趕過來。

葉冰冷冷道：「反正這棟樓的學生們都已經知道了，那主任，我們就在這裡說個明白！到底為什麼出現這樣的人選？！你總得交代清楚，給人一個公平公正的說法！」

教務主任解釋得舌頭都要起泡了：「說了這是高教授特地幫趙明溪申請的名額！你們到底在吵什麼？！」

人群立刻竊竊私語。

「誰信啊？！」

「怎麼可能？如果名額是專門給趙明溪的我就吞三百顆籃球！」

「趙明溪一個月前才從普通班轉過來，高教授都沒去過普通班那棟樓，都不認識她，主任你把鍋推給高教授也是醉了。還特地申請？哈，高教授怎麼不特地申請一個給我？」

沒有人信。

他們不可能信。

且不說高教授脾氣古怪，根本不會幹這樣的事。就說金牌班的姜老師是高教授的學生，連姜老師都沒聽說過這個消息！這事情絕對是幕後操作！傅陽曦又不是第一次這麼幹了，哪次他們常青班被他欺負了，教務主任不是放過他、懲罰他們常青班的人？

簡直天理難容！

慕嬌跟在葉冰身後，越想越心酸，眼淚珠子連成線似的往下掉。明明應該落到自己身上的機會，就這樣被國際班的趙明溪橫插一腳搶走了。

難道要怪自己家裡不夠有錢，長得不夠漂亮沒辦法吸引傅氏太子爺嗎？

慕嬌是個小個子女生，平時不爭不搶低調念書，現在被人欺負成這樣。

常青班包括葉冰在內的所有人都出奇的憤怒了。

葉冰道：「教務主任，您必須給個真相！」

教務主任要發飆了：「我給了呀！」

盧老師揣著手站在牆角不敢說話。雖然吵得很凶，但是想想競賽名額落到了他們班，他差點都要咧開嘴笑出聲。

姜老師是金牌班的班導師，也是競賽帶隊和選拔老師，在這幾個班裡最有話語權。

他出來打圓場，對教務主任道：「主任，我們是從事教育行業的，不可以為五斗米折腰。這樣，我斗膽做個主，這競賽名額還是按照規矩來，給常青班的慕嬌同學。」

傅陽曦「嗤」地一聲就笑了：「有趣，我都沒給過米呢，就說什麼折腰不折腰的，誰稀罕您那老腰。」

咯嘣咯嘣的還沒有餅乾脆。

「怎麼跟老師說話的？！」姜老師簡直氣壞了，面色漲紅，怒目圓睜。

盧老師心想，總算讓你也體會一把我被氣得老了十歲的感受了。

就在這時。

『姜廣平，你在胡鬧什麼？！』

一句嚴厲的、不近人情的厲聲忽然打斷了走廊上的混亂。

這聲音怎麼好像、好像……

眾人一看，氣急敗壞的教務主任舉著手機，手機上正在視訊。

而視訊那邊——

雖然訊號不怎麼樣，但赫然是高教授那張讓他們聞風喪膽的臉！

常青班的眾人頓時一喜，高教授是不是也知道名額被塞給了趙明溪，才打這通視訊電話過來？高教授向來是個公平公正、鐵面無私的人，要是了解了情況，根本不會允許這種事情發生！

慕嬌眼中流露出希望。

葉冰老師也趕緊抓住機會走過去，語速飛快地道：「是這樣的，您不是幫我們這些後輩特地申請了一個百校聯賽的名額嗎？按道理來說應該從上往下按照平均分數選人，那麼名額應該是我們常青班的學生慕嬌的，但是現在教務主任公布出來的名單中，新名額卻給了趙明溪，您主持一下公道——」

話還沒說完就被打斷：『就是趙明溪。』

「……」

走廊上的空氣一時之間死寂。幾十號人目瞪口呆。

「……啊？」葉冰沒反應過來高教授是什麼意思。

整個走廊上的人，包括常青班和國際班的學生，都沒反應過來。

就是趙明溪，是什麼意思？

高教授那張古板嚴肅的臉強忍著不發脾氣，耐著性子道：『我本來就是幫我看好的苗子、也就是我的關門弟子趙明溪多申請一個名額，你們在這裡鬧什麼？！還嚷嚷著不公平？我現在連舉薦人的資格都沒有了是吧？！來來來，葉冰老師是吧，競賽副主席給妳當，這樣妳想舉薦誰舉薦誰！！』

「……」葉冰簡直都被吼傻了。

『王志，我不是把申報資料都傳給你了，不是已經說得夠清楚了嗎？』高教授又對教務主任說道：『趙明溪我很看好，上次你們月考最後那道大題只有三個人做出來，她不也是其中一個嗎？』

教務主任連忙道：「是是是。」

『那還有什麼疑問？別再打過來！』高教授冷著臉，「啪」地一下把視訊電話掛掉了。

「…………………」

電話一掛，整個走廊上涼颼颼的。

「……」

眾人面面相覷。

傅陽曦：「噗。」

傅陽曦的小弟們：「噗噗噗噗噗。」

常青班眾人：「…………………」

常青班鬧了這麼大半天，鬧成了一場笑話。

關門弟子？趙明溪什麼時候又成了高教授的關門弟子了？！這名額還真他媽是專門申請給她的，那他們這一大群人在這做什麼呢？搶人家名額？跳來跳去蹦躂得跟蚱蜢一樣。

常青班的臉都被打腫了。

教務主任氣急敗壞道：「我說了你們不信，還非得打擾人家高教授你們才信是吧？！」

眾人：「……」

慕嬌整個人都傻了——專門為趙明溪申請的？

那她剛才哭，是為了什麼哭？

豈不是顯得很二百五？她連忙抹了抹眼淚，恨不得找個地洞鑽進去。

葉冰覺得自己遭遇了教學生涯最大的滑鐵盧，臉色由難看到發白。

她鐵青著臉，一言不發，轉身下樓。

見常青班的一群學生還在人家班級外面呆愣，她怒道：「都愣著幹什麼，回去上課！」

常青班的人才如夢初醒，臉色漲成豬肝色，匆匆蜂擁往下溜。

國際班的一群人反應過來，靠，什麼鬼，名額本來就是高教授專門申請給他們班趙明溪的，常青班的這群人在這裡撒潑打滾什麼呢，要不要臉？！

他們趕緊乘勝追擊地奚落道：「剛才誰說的如果名額是專門給趙明溪的就吞三百顆籃球？來啊，吞啊！是不是玩不起？」

「買不起籃球可以找我們班報銷！」

「我們班有的是錢！」

起鬨的嘲笑聲一響，常青班跑得更快了。

就連姜老師都尷尬地竭力想要裝作若無其事，回自己班上。

比起常青班那邊的灰頭土臉，國際班這邊則嗨翻了天，爽得不行，一群小弟趴在走廊欄杆上，對著樓下的常青班豎中指。

盧老師萬萬沒想到居然是這個結果，興奮得眉開眼笑，又把明溪叫到辦公室去鼓勵一番，還從抽屜裡掏出一個精美的筆記本和一支鋼筆，送給了明溪，祝她競賽旗開得勝。關門弟子？

明溪從來沒聽高教授提過。她猜是高教授怕她被學校裡這群人質疑，所以才故意那麼說的。

不管怎麼樣事情塵埃落定，這個競賽名額是她的了，她終於也能參加競賽了。

明溪心中雀躍地出了辦公室。

樓下的常青班則敢怒不敢言，躲在教室裡，只覺得臉都腫了。

啊啊啊國際班真的好討厭，以前有傅陽曦就已經夠討厭了，在金錢上壓他們一頭。現在又來了個趙明溪，在顏值和運氣上又更加壓他們一頭。

慕嬌聽著教室裡此起彼伏的罵聲，趴在桌子上，尷尬得臉頰發燙，不敢說話。

李海洋倒是沒有參加下午那場討伐活動，他去打籃球了。

放學時，兩個男生從他桌子抽屜裡發現一份準備好的卡通盒子的禮物，頓時都「我靠」起來：「你不會還想追趙明溪吧？我們兩個班都世仇了！」

「還給我。」李海洋不悅地一把奪過禮物，塞回抽屜裡。

兩個男生看見他桌上日曆標注的「十月二十四」，都覺得有些奇怪。

其中一個拿起日曆看了眼，問：「李海洋，你是不是弄錯了人家女孩子的生日？趙明溪不是應該和趙媛同一天，是十月十四嗎？」

李海洋被這麼一提醒，才注意到這件事，也覺得有些奇怪：「但是這是趙明溪親口說的，他們班汪晗聽到後告訴我的。」

「奇怪，她應該和趙媛同一天才對啊。」

另一個男生道：「說不定就是哪裡搞錯了唄，應該是汪晗聽錯了。算了別糾結了，管她呢，打籃球重要。」

李海洋皺了皺眉，也覺得可能是汪晗聽錯了，他要送禮物的話，還是得十月十四送。

幾個男生在教室後面吵吵鬧鬧，沒什麼人注意。

趙媛在得知競賽名額就是趙明溪之後，一下午都沒說話，一放學就直接回去了，聽說要提前去試生日宴的設計禮服。

就只有鄂小夏和三兩個女生還在教室裡收拾書包。

鄂小夏聽見了，忍不住多留了一個心眼。

什麼情況啊？

是國際班的汪晗聽錯了還是趙明溪記錯了她自己的生日？

又或者是趙明溪叛逆，不想和趙媛過同一天生日，於是隨便告訴別人一個日子？

還是說——

鄂小夏也不知道是不是自己腦洞太大。

她聯想起以前去趙媛家，趙媛的家人對待趙明溪那些生疏的場面。

心中忽然有了一個令人悚然一驚的猜測。

競賽名額的事情暫時告一段落，有人歡喜有人愁。常青班偃旗息鼓，國際班趾高氣揚。

當事人明溪則沒把這些班集體之間的鬥氣放在心上，她歡欣鼓舞，一門心思投入到念書上。

而且剛好因為傅陽曦脖頸受傷的事情，她心裡有些擔心，打算先暫停一段時間與傅陽曦接觸。

傅陽曦就有些不明白了，怎麼從週四下午開始，小口罩就對他一副退避三舍的樣子。

「今天作業你自己寫。」明溪把作業推了過去。

「漫畫書也是，別丟在我桌子上。」明溪剛準備替他收拾，想了想，又縮了回來：「你自己收拾。」

「倒垃圾嗎，你自己去吧。」

「甜品？今天沒有。」

「……」

傅陽曦很鬧心，覺都睡不著了，擰著眉緊緊盯著趙明溪看，不明白她在生什麼氣。

還在生氣音樂課上他和那兩個女生說話的事？可他只說了一句！

還是說在生氣昨天常青班來找麻煩，他沒直截了當、乾脆俐落地揍人？可不是她讓他不要衝動嘛？

還是說他還有別的地方做錯了？

於是這週五一上午傅陽曦都在冥思苦想地反省，飯都沒胃口吃。

趙宇寧從家裡搬出來之後，被趙母打了一巴掌那事，他越想越憤怒，週四便沒來上課，蒙頭睡了一整天。

他老師打電話過去，趙湛懷替他請了病假。

本來週五趙宇寧也火大地想乾脆蹺課算了，出去和自己那幫朋友打遊戲。

但是見到自己那群朋友後，不知怎麼就想起以前趙明溪把他從網咖揪出來的場景，他忽地就沒了繼續鬼混的興致。

於是玩了一上午，又意興闌珊地回了學校。

沒了趙明溪的便當，趙宇寧宛如沒落腳之地，中午都不知道該在哪裡吃飯。

至於趙媛，他現在最不想見到的就是她。

趙宇寧在學生餐廳二樓轉了一圈，又上了學生餐廳三樓，正巧見到不遠處，趙明溪和賀漾正在角落裡吃飯。

趙宇寧看見趙明溪桌子旁邊打開的保溫盒，眉梢一喜，下意識就要走過去。

但走了兩步，才後知後覺地想起來，現在趙明溪已經不願意和他待在同一張桌子上吃飯了。

趙宇寧心中頓時湧出一種煩躁又無處發洩的難過。

他冷靜了下，去打了份飯，然後回頭朝趙明溪那邊看了眼。

見她們還坐在那裡，猶豫了下，趙宇寧還是走了過去。

明溪和賀漾一抬頭，趙宇寧正朝這邊走過來。

「姐，聽說妳月考考得很好。」趙宇寧絞盡腦汁地找了個話題，在趙明溪對面坐下來：「恭喜妳啊。」

賀漾立刻把筷子一放，排斥道：「小弟弟，你過來幹什麼？那麼多位子。」

趙宇寧按捺住自己的脾氣，遞給趙明溪一張卡，道：「這是我的飯卡，裡面還有幾千塊，夠妳吃一陣子，反正大哥還會給我錢——妳別打工什麼的——」

趙明溪接都沒接，手都沒抬一下，直截了當拒絕：「不必了。」

賀漾也道：「別假好心了，現在拿了你們家的卡，以後是不是又要做牛做馬幫你做便當？然後一個不小心就要被你們家趕出去？當明溪招之即來揮之即去啊？！」

「……」趙宇寧捏著卡，心中發酸發澀。

他想和趙明溪訴苦，說自己昨天和趙媛大吵一架，現在也不住家裡了。

但是又覺得現在的趙明溪好像不會有這個耐心聽他訴苦。

而且他說這些話到底有什麼意義呢？

以前幫著趙媛欺負趙明溪的是他，現在捨不得趙明溪的也是他。

但趙宇寧還是忍不住脫口而出：「姐，我離家出走了，明天的生日宴我……」

明溪看了他一眼，蹙了蹙眉：「趙宇寧，你是不是沒搞清楚狀況？我話已經說得夠清楚了，劃清界線的意思就是——你們別來管我的事，我也不會再管你們的事，這個『你們』，包括你。你有你自己的家人，你們和樂融融，你還指望我關心你？」

「可是以前不是這樣的！」趙宇寧忍不住道：「以前妳都會——」

話沒說完，明溪看起來不想再聽下去，和賀漾一起端著盤子換位子了。

「……」

趙宇寧實在不明白，為什麼一個人能夠這麼果斷地把感情收回去。

這兩年趙明溪對別的家人怎麼樣他不清楚，但是趙明溪對他一直都是很好的，他敢肯定趙明溪也很在意他這個弟弟。

趙母罵他時，趙明溪還會為了他和趙母頂嘴。

但從趙明溪離開家的那天開始，一切就都變了，她忽然將所有的感情俐落地收了回去。

她能收回去，但他卻無法適應。

他至今都無法適應。

趙宇寧看著趙明溪和賀漾吃著飯，過了一下有兩個國際班的人端著盤子走過去和她們坐在一起吃飯。趙明溪和國際班那兩個傅陽曦的小弟在一起，神情都比和他在一起來得放鬆。

她交到新朋友了。

她會和別的人一起養貓了。

趙宇寧又看到趙明溪把菜分給別人。

本來以前坐在她對面的都是自己，她也只會把好吃的菜撥給自己。

但現在她再也不會對自己那麼好，她以後會不會有「新弟弟」徹底取代自己？

趙宇寧心煩意亂。

一眨眼到了週六這天。

趙家包了飯店，畢竟是趙母五十歲生日，全家都想舉辦得隆重點。

趙父和趙墨都推掉手頭上的工作，搭乘最早的航班趕回來。

「宇寧還有點不開心，不過他說晚上六點左右他會過來，他的西裝我已經讓人送過去給他了。」

趙湛懷穿著一身剪裁精緻的西裝推門進來，看起來帥氣俊朗，眉心蹙著：「不過等他來了，您別又和他發脾氣，您也知道他現在正在叛逆期。」

趙母將幾個太太圈的好友送出去，被她們誇年輕，趙母臉上笑吟吟的。

她對趙湛懷道：「知道了，他不惹我生氣就行了，我幹什麼要和他發脾氣？你是他大哥，你有空也多管教管教他，都十五歲了別那麼臭脾氣。」

說完，趙母忍不住問最關心的問題：「明溪呢？你有沒有讓人去接？」

「……」趙湛懷頓了一下。

趙母沒注意他的神情，對換衣間裡的趙媛道：「媛媛，試好了嗎？再出來試試這件。」

裡面的趙媛應了一聲，趙母進去幫她拉拉鍊，拉完拉鍊出來，趙母又催趙湛懷：「問你話呢，你有沒有讓人去接？」

「去了去了。」趙湛懷抬起手腕看了眼錶：「頂多兩小時後她就來了。」

趙母不悅道：「還得兩小時？！現在都五點了！你讓她趕緊的！再不來都來不及試晚禮服了！」

趙湛懷：「……」

「哦，對了，我買了四套晚禮服，兩套她的尺寸，兩套媛媛的，剛才媛媛說想穿那身白色魚尾裙，我就先讓媛媛穿上了，剩下的三套，應該只有一套符合明溪的尺寸，怕她等等來了穿上不合適，你再讓設計師把備選的送過來。」

放在以前，趙湛懷可能不會注意這些細節，但是此時趙湛懷莫名覺得有些刺眼。

趙湛懷壓低聲音：「所以您讓趙媛先穿了明溪的幹什麼？明溪的不就應該是明溪的嗎？」

趙母莫名其妙：「你這麼蹙著眉幹什麼？一件衣服而已。明溪如果喜歡別的，再買啊，還有很多備選呢。明溪不會介意的。」

趙湛懷扶額，他覺得他無法和趙母說清楚目前的狀況。

現在不是趙明溪喜不喜歡被剩下的這件衣服的問題，而是她會不會來的問題。

他是派人去接了，如果沒成功，他可能還得親自去請一趟。

可是趙湛懷覺得，就算他親自去請，明溪今晚都未必會來。

趙墨端著酒杯推門進來，正好聽見兩人的話，嗤笑一聲：「離家出走搞這麼大陣仗？還得大哥親自派人去接？我們家這位小妹妹不簡單。」

趙墨下午剛風塵僕僕地回來，在飯店套房睡了一覺，這時剛起來。吊梢狐狸眼，微亂的銀髮，顯得有幾分睡眼惺忪。

「好了好了，你在國外拍戲都快一年半沒回來，也不清楚情況，少說兩句。」趙母劈手把他的紅酒杯奪了，道：「的確是我們先冤枉她，她才離家出走的。」

趙湛懷素來和招花引蝶的趙墨不太合，懶得多看他一眼，和他擦肩而過出去：「那我去接人了。」

趙墨百無聊賴地插著口袋：「家裡人我都見了，還沒見到趙明溪呢，我和你一起去接。」

「隨你。」

趙墨也不介意趙湛懷的冷淡，拿起車鑰匙就追了出去。一邊快步追著進地下車庫，一邊笑著道：「哥，你真是轉性了，居然會去接趙明溪，以前你不是只接趙媛嗎？有兩次趙明溪還是我接的，她嚇的呀，笑死我了。」

趙墨說的話，正好戳中趙湛懷最近最心梗的地方。

「閉嘴。」他冷冷道。

趙墨聳了聳肩膀：「正好去看看小女孩長開了沒有，我記得兩年前她還很小一隻，但是我們家的人骨骼都修長，她應該也不例外吧。很期待呢。」

趙湛懷頓住腳步，對趙墨道：「你今天嘴巴最好不要什麼亂七八糟的都對趙明溪說，也別像以前那樣嘴巴賤兮兮冷嘲熱諷的，她現在——她——」

趙墨的性格一直很惹人厭。

明溪剛到家時，趙墨嘴巴很惡毒，經常故意損人，欺負得明溪怒氣沖沖。趙墨彷彿以此為樂，樂此不疲。直到後來明溪不理他了，視若無睹，他才覺得無趣。

不過趙明溪畢竟在家兩年了，兩年下來，趙墨覺得自己多少對這個沒怎麼相處過的親妹妹有了點感情。

「她怎麼了？」趙墨失笑：「叛逆期？總不至於談了男朋友不回家吧？」

趙湛懷煩躁道：「你見到就知道了。」

趙墨無法想像今天是怎樣混亂的一天。

大約二十分鐘後，他的確見到了現在的趙明溪。

但又過了十分鐘，他就和傳聞中的傅氏太子爺一起被逮進了警察局。

——《我就想蹭你的氣運》未完待續——

高寶書版 致青春

美好故事
觸手可及

蝦皮商城同步上架中！

https://shopee.tw/gobooks.tw

高寶書版集團
gobooks.com.tw

YH 165
我就想蹭你的氣運（上）
作　　者　明桂載酒
封面繪圖　單　宇
封面設計　單　宇
責任編輯　楊宜臻
內頁排版　賴姵均
企　　劃　何嘉雯

發 行 人　朱凱蕾
出　　版　英屬維京群島商高寶國際有限公司台灣分公司
　　　　　Global Group Holdings, Ltd.
地　　址　台北市內湖區洲子街88號3樓
網　　址　gobooks.com.tw
電　　話　(02) 27992788
電　　郵　readers@gobooks.com.tw（讀者服務部）
傳　　真　出版部(02) 27990909　行銷部 (02) 27993088
郵政劃撥　19394552
戶　　名　英屬維京群島商高寶國際有限公司台灣分公司
發　　行　英屬維京群島商高寶國際有限公司台灣分公司
法律顧問　永然聯合法律事務所
初版日期　2024年06月

原著書名：《我就想蹭你的氣運》由北京晉江原創網絡科技有限公司授權出版。

國家圖書館出版品預行編目(CIP)資料

我就想蹭你的氣運/明桂載酒著. -- 初版. -- 臺北市：英屬維京群島商高寶國際有限公司臺灣分公司, 2024.06
　冊；　公分. --

ISBN 978-626-402-013-8(上冊：平裝). --
ISBN 978-626-402-014-5(中冊：平裝). --
ISBN 978-626-402-015-2(下冊：平裝). --
ISBN 978-626-402-016-9(全套：平裝)

857.7　　113008714

凡本著作任何圖片、文字及其他內容，
未經本公司同意授權者，
均不得擅自重製、仿製或以其他方法加以侵害，
如一經查獲，必定追究到底，絕不寬貸。
版權所有　翻印必究

GOBOOKS
& SITAK
GROUP ©